ソードアート・オンライン
オルタナティブ

ミステリ・ラビリンス

迷宮館の殺人

紺野天龍

イラスト 遠田志帆　原案・監修 川原 礫

JN075821

Alternative
ystery Labyrinth
Murder in the Labyrinth Pavilion

Sword Art Online Alternative Mystery Labyrinth
Murder in the Labyrinth Pavilion

Tenryu Konno
Shiho Enta | Reki Kawahara
Cover design: Iku Hamada(Kusano Design)

ソードアート・オンライン
オルタナティブ

ミステリ・ラビリンス

迷宮館の殺人

紺野天龍

イラスト 遠田志帆　原案・監修 川原 礫

Sword Art Online Alternative
Mystery Labyrinth
Murder in the Labyrinth Pavilion

Character
登場人物

ギルド《アルゴナウタイ》の面々

イアソン
両手剣使いの男性

カイニス
片手剣使いの女性

アタランテ
短剣使いの少女

ヘラクレス
両手斧使いの男性

オルフェウス
槍使いの男性

アスクレピオス
細剣使いの男性

ギルド《英雄伝説》の面々

アーサー
両手剣使いの男性

イヴリン
細剣使いの女性

ロッキー
片手剣使いの少女

アズラエル
曲剣使いの男性

マルク
棍棒使いの男性

オメガ
片手剣使いの少年

《その他》

スピカ
ケットシー族の少女

俺
語り手

一階

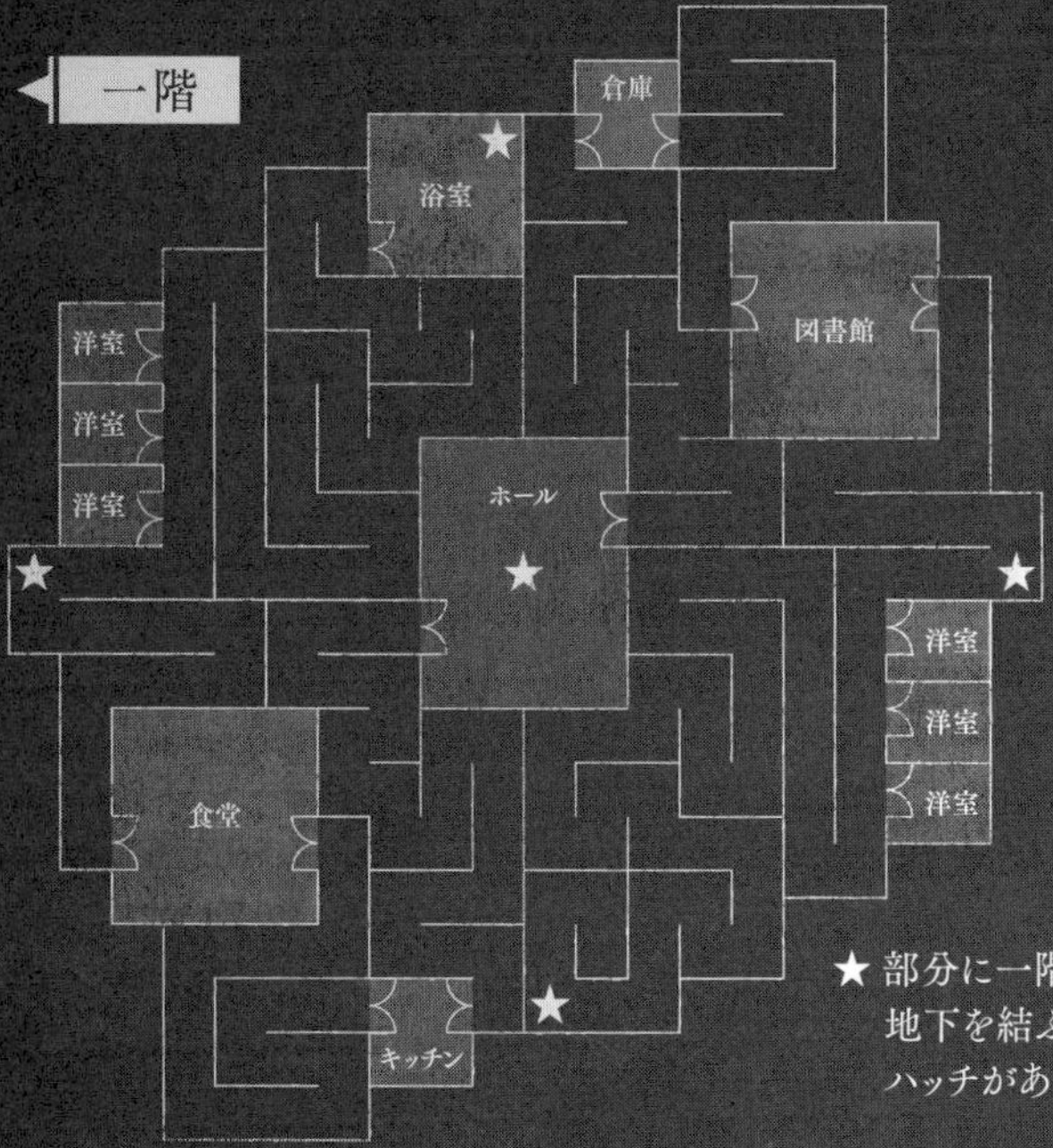

★部分に一階と地下を結ぶハッチがある

地下

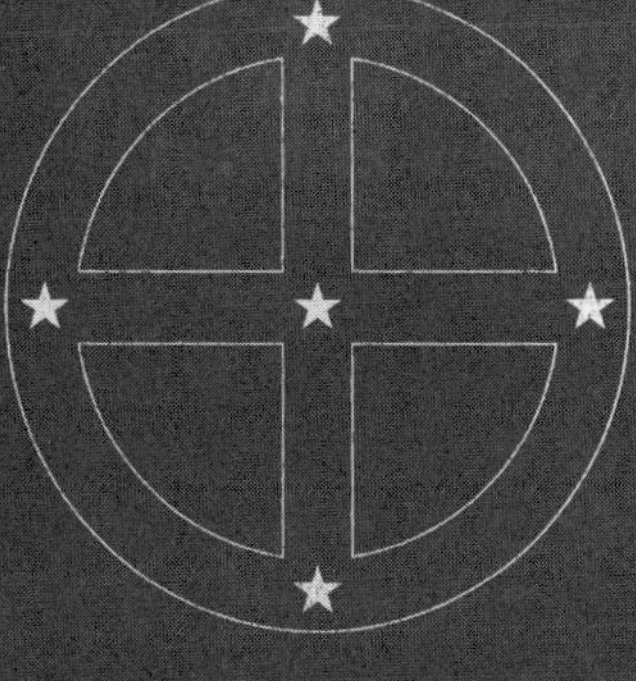

The Labyrinth Pavilion Floor Plan

迷宮館
見取り図

「他人のやってるＲＰＧを傍《はた》から眺めるほど詰まらないことはない」

――『ソードアート・オンライン１　アインクラッド』

Chapter1
The Labyrinth Seduction

第1章
迷宮の誘惑

Sword Art Online Alternative Mystery Labyrinth
Murder in the Labyrinth Pavilion

Tenryu Konno
Shiho Enta | Reki Kawahara

0

もし、この手記が俺以外の誰かの手に渡り、読まれているのだとしたら、そのとき俺はすでに死んでいるのだろう。

──などと、柄にもなく感傷的な書き出しを試みたのは、死体も残らず、跡形もなくこの広大な電子の海に溶けていくであろう数分後の未来を思い、恐怖や悲哀よりもただ虚《むな》しさを覚えてしまったためだ。

この石と鉄の巨城で繰り広げられている剣と戦闘の世界は、あまりにも空虚だった。

得られるものといえば、ささやかな経験値と通貨《コル》くらい。

対して失うものは、比較にならないほど大きいものばかりだ。

日々消費されていく有限のリソース。無慈悲に過ぎ去る《現実》の時間。

そして何より──大切な仲間の命。

俺はこの地獄のようなもう一つの現実が始まってから、常に何かを失い続けてきた──。

──いや、泣き言などそれこそリソースの無駄か。

データ容量も限られているので単刀直入に書くが、ありていに表現するならこれは遺書だ。

俺の最後の意思を、誰かに伝えるためにこれを記している。

俺の願いはただ一つ。

どうか、俺の身に起きた、前代未聞《ぜんだいみもん》の殺人事件を解決してほしい。

本当に殺人事件なのか——そう改めて自問すると、具体的な確証があるわけじゃない。

だが、あまりにも不可解な出来事が連続しすぎて、その裏には何者かの悪意が介在しているような気がしてならないのだ。

いずれにせよ、その解決を俺が知る機会は二度とないのだろうが……構うものか。

俺はただ、誰かに知ってもらいたいだけなのだ。

俺が何故《なぜ》、この史上最悪のデスゲーム《ソードアート・オンライン》から退場したのかを。

死体も残らないこの世界で死後に唯一残せるものは、想《おも》いだけだ。あるいは、それも誰かに見つけられるまえに耐久値が尽きて消えてなくなってしまうかもしれないが……。

とにかく、誰かの手に渡ることを願って、俺はこの手記を残す。

元々日記として書いていたものに前書きを付け足しただけだから、偉そうなことは言えないが……。

さて、事の起こりは、二〇二三年九月二十三日。日本では秋分の日に当たる。

この昼と夜の時間が大体等しくなる特別な日に、俺たちの探索ギルド《アルゴナウタイ》は、二十層《ひだまりの森》の端にひっそりと佇《たたず》む洋館を発見した。

事前に情報がなかったダンジョンの発見に色めき立ち、俺たちは興奮した足取りで、大した準備をすることなくダンジョン内に踏み込んでいった。

その頃、最前線は三十層台の終盤。二十層のダンジョンならば、それほど強力なモンスターも出てこないだろうと高をくくった。

だが、ダンジョンの名前を目にしたとき——気づくべきだった。

館の名は——《迷宮館》。

古来、迷宮には怪物が棲《す》むと言われている。

先人たちが残してくれた生きるための知恵。だが、俺たちはそんな手垢《てあか》の付いた常識を気に留めることすらしなかった。だから……後に痛いほど思い知らされる。

迷宮館《ラビユリントス》には、本当に恐ろしい怪物《ミノタウロス》が棲《す》んでいた——。

1

「……なんだこれ？」

いつの間にか、当たり前のように所持していた紙束を見つめながら、俺は首を傾《かし》げた。

改めて紙束を確認してみる。紙自体は一般的で、近くのショップにも売っているくらいのものだから、そこから得られる情報はない。問題は、俺自身がこの紙束をどこで入手したのか、とんと思い出せないことだ。

文面からすると日記のようなので、おそらく誰かが実際に記したものを、拾ったか譲り受けたかしたのだと想像するが……少なくとも関係する記憶は全くなかった。

それに──。

紙束をテーブルの上に放り、不気味に思いながら睨《にら》みつける。

何よりも気掛かりなのは、その内容。

──《ソードアート・オンライン》。

今やその名を知らぬ者などいないと言ってもいいほどに悪名を轟《とどろ》かせた、前代未聞《ぜんだいみもん》のデスゲーム。最終的に四千人もの犠牲者を出したと言われる、史上最悪の大量殺人事件。

紙束の書き出しは、嫌でもかの事件を想起させる。それどころか──。

まるで《ソ、ソードアート・オンライン、、、、、、、、、、、、、》の中で書かれたようではないか。

それからすぐに、いや、と否定する。

そんなことはあり得ない。何故《なぜ》ならここは──。

脳裏を過《よぎ》った可能性を打ち消すように頭《かぶり》を振った次の瞬間、部屋の扉が勢いよく開かれた。

「ただいま！　いい子でお留守番ができていたかな、助手くん！」

戸口に立つ少女は、珍妙な格好をしていた。

身に纏《まと》っているのは、オーバーサイズな男物のインバネスコートと鹿撃ち帽——所謂《いわゆる》、《シャーロック・ホームズ》の衣装。ただし、鹿撃ち帽の左右からは猫の耳のようなものが、コートの臀部《でんぶ》からは、猫の尻尾のようなふさふさした黒毛が飛び出していた。

帽子の下からは黒々として豊かな、そして如何《いか》にも柔らかそうなショートカットのくせっ毛が溢《あふ》れ出《で》ている。またこの世界では珍しい北欧ふうの彫りの深い顔には、意志の強さを示すすっきりとした眉と、好奇心の豊かさを表した大きな瞳が爛々《らんらん》と輝いていた。

——ケットシー族。

九種の妖精族の中で、最も視力に優れた種族の少女を見て、俺は安堵《あんど》にも似た息を吐く。

《ソードアート・オンライン》の中で書かれたものが、この世界に存在するはずないのだ。

何故《なぜ》ならここは——《妖精郷アルヴヘイム・オンライン》なのだから。

2

仮想現実——バーチャル・リアリティ。

コンピュータの中で作られた、もう一つの現実。

二十世紀、科学技術が発展していく中で人類が夢見た、少し先の未来。それはミレニアムをとうに過ぎた二〇二二年五月に至り、ついに夢でなくなった。

《ナーヴギア》と呼ばれる人間の思考と機械を繋《つな》ぐことができる特殊なインタフェースの登場により、人類はついに念願だった本物の仮想現実を手に入れたのだ。

ナーヴギアは、電磁パルスにより装着者の脳とコンピュータを直接繋《つな》ぐ。そのため、従来必要であった操作のためのコントローラすら必要なく、現実の身体《からだ》を動かすときのようにただ意思を発生させるだけで、仮想現実の世界を自由に動き回ることができた。

これにより仮想現実の世界は、人々にとって身近な存在となり、医療分野などにおいても注目を集め始めるのだけれども……最も人々の関心が集まったのは当然ゲーム分野だった。

その結果、インターネットを介して世界中の人々と共に、仮想現実として作られたゲーム内世界を共有する仮想大規模オンライン——通称、ＶＲＭＭＯ（Virtual Reality Massively Multiplayer Online）と呼ばれるジャンルが台頭し、一世を風靡《ふうび》するようになった。

今、俺たちがいる《アルヴヘイム・オンライン》も、そんなＶＲＭＭＯタイトルの一つだ。

北欧神話をテーマにしたロールプレイングゲームで、プレイヤーは九種の妖精族の中から一種を選び、広大な世界で自由気ままに過ごす。

空を飛び回ったり、他種族と領土争いをしたり、日々追加される様々なクエストをこなしていったり……その遊び方はプレイヤーによって様々だ。

近頃は特に、俺のように《アルヴヘイム・オンライン》——ＡＬＯに広がる仮想世界《妖精郷》での生活をただ楽しんでいるだけのライトユーザーも増えてきているようだ。

さて、ここはケットシー領首都《フリーリア》。その煌《きら》びやかで幻想的な街の片隅、まるで人目を避けるように佇《たたず》む古びた木造家屋の一室である。

突如現れたケットシー族の少女――スピカは、外出から戻るや否《いな》や、手慣れた様子で紅茶を淹《い》れ始めた。

「実は今、街で話題のシュークリームがあってね。先ほどたまたま店の前を通りかかったら、最後の二つが残っていたものだから、思わず買ってしまったよ。いやあ、運がよかったね」

紅茶を淹《い》れる、とは言っても、ここは仮想現実の世界。湯を沸かしたり茶葉を蒸らしたりする必要はない。アイテムを用意し、手元に現れるウインドウと呼ばれるパネルを指先で操作するだけで、日常の大抵の動作は完了する。

テーブルの上にはすぐ、赤褐色の液体が満たされた上等そうなティーカップが二つ現れる。カップからは湯気が立ち上り、芳《かぐわ》しい香りも広がっている。五感が完全にデジタル信号に変換されているとはいえ、ともすればここが仮想現実の世界であることを忘れてしまいそうなほどの現実感《リアリティ》だ。

スピカは上機嫌に、自身のアイテムストレージから先ほど街で購入したというシュークリームを取り出して同じくテーブルの上に並べる。

「――おや？　この羊皮紙アイテムの束は？」

そこで先ほど俺が不気味に思って無造作に放った、例の紙束に気づいた。

「なになに……『もし、この手記が俺以外の誰かの手に渡り、読まれているのだとしたら――』これはなんだい？　助手くんの暗黒厨二病《ちゅうにびょう》日記かい？」

「断じて違う……」変なキャラ付けをしないでほしい。「何か知らないけど、俺のストレージに入ってたんだ。全く覚えがないんだけど……どっかで拾ったんだと思う」

「ふうん」

興味深そうに鼻を鳴らし、紙束を手に取り眺めながらテーブル向かいのソファに腰を下ろすと、黒タイツに包まれた形のいい足を組んだ。

ちなみに大仰なコートの下は、フリルの付いたブラウスに深緑を基調としたタータンチェックのミニスカートという、如何《いか》にも女子高生然とした格好をしており、全体的なバランスで見るととてもちぐはぐしている。

俺と同じように最初の数ページに目を通したスピカは、しかし俺とは異なる反応を見せる。

「こ……これは……！」

大きな双眸《そうぼう》を満天の星のように煌《きら》めかせ、頬は興奮して赤く上気していた。背中から覗《のぞ》いている長い尻尾も、そわそわしながら揺れている。そして紙面から顔を上げて俺を見ると、テーブルに両手を突いて勢いよくこちらへ身を乗り出す。

「これは事件の匂いがするね！　しかも、我が事務所で最初に扱うに相応《ふさわ》しい怪事件だ！」

「――紅茶冷めるぞ」

冷静に突っ込むと、スピカは慌てたように、

「むっ……それはもったいない。せっかく買ったシュークリームも耐久値が切れては惜しい。ひとまずはティータイムと洒落込《しゃれこ》もうか」

改めてソファに座り直し、スピカはシュークリームを片手に紅茶を飲み始めた。

ＡＬＯの世界では、アイテムに耐久値と呼ばれるパラメータが設定されており、オブジェクト化――つまり、ストレージから取り出して実体化させたままにしておくと、徐々に耐久値は減っていく。そして耐久値がゼロになった瞬間、アイテムは消失する。

幸運に恵まれて購入できた人気のシュークリームが、味わうことなく消えてしまったら誰でもショックだろう。

シュークリームに齧《かぶ》りついたスピカは、途端に恍惚《こうこつ》とした表情を浮かべた。

「んーっ！　カスタードと生クリームの上品な甘さが絶妙なハーモニーを奏《かな》でているね！　素晴らしい仕事だ……！　これは流行《はや》るのも頷《うなず》けるね！」

仮想世界での味覚は、《味覚再生エンジン》と呼ばれるシステムによって再現されている。ゲーム内の飲食で実際に腹が膨れることはないが、不思議と満腹感のようなものは得られ、しかもその感覚は現実世界へ戻っても一定時間持続する。そのためダイエット目的で仮想現実を利用する人もいるのだとか……。

俺もスピカに倣《なら》い、シュークリームをかじってみる。口の中いっぱいに広がる卵とミルクとバニラの繊細な風味は、とても電子的に生み出された偽物《にせもの》の味とは思えない。

「……美味《うま》いな」

思わず呟《つぶや》くと、対面のスピカは嬉《うれ》しそうに目を細めた。

「それはよかった！　是非味わって食べたまえ。もちろん、代金を取ろうなんて思っちゃいないよ。これも我が社の福利厚生だからね」

「それ以前に給与も賞与ももらってないけど……」

「ない袖は振れないからね！　それもこれも、依頼人が来ないこの平和すぎる世界が悪い！」

悪びれもなくそう言って、スピカは快活に笑う。

彼女は、小さな頃から推理小説《ミステリ》と呼ばれる謎と探偵の物語を偏愛しており、それが高じてついに自分を名探偵だと思い込むようになった厄介な一般女子高生だった。その結果、このALOの世界で、長年の夢であったらしい《真珠星探偵社《しんじゅぼしたんていしゃ》》という探偵事務所を開くに至っている。

まさに今俺たちがのんびりとお茶をしているこのあばら家がその事務所だ。

が、当然実績など何もない一般人なので、依頼人など来るはずもなく、日々閑古鳥《かんこどり》が鳴いている次第だった。ちなみに俺は、幼馴染《おさななじ》みということで、彼女の趣味に付き合わされ、《助手》などと呼ばれている。

「——それにしても」

早々にシュークリームを平らげたスピカは、二杯目の紅茶を飲みながら再びテーブルの上の紙束に目を向けた。

「イタズラにしても手が込んでるね。しかも、あの《ソードアート・オンライン》を引き合いに出すとは……悪趣味にも程がある」

僅かに顔をしかめて、彼女は帽子からはみ出た猫のような耳を揺らした。

——《ソードアート・オンライン》。

ALOよりも先、ナーヴギアの発売から半年後に公開された世界初のVRMMOタイトルだ。《巨大浮遊城アインクラッド》と呼ばれる、全百層からなる巨城の中で展開される広大なフィールドを、インターネットを介して世界中の人々と共に、剣の力だけを頼りに冒険するというかなりハードなロールプレイングゲームである。

世界初の本格的な仮想現実のRPGということで話題になり、初回ロットの一万本は瞬《またた》く間に市場から姿を消した。幸運なことに転売の餌食《えじき》にもならず、サービス開始の午後一時過ぎには接続率が九十五%を超えていたというのだから、人々が如何《いか》に熱狂してこのゲームを待ち侘《わ》びていたのかがよくわかる。

ところが。

サービス開始から数時間が経過したところで異変が起こった。ゲームサーバにログインしていたプレイヤーがログアウト——つまり、ゲーム内の仮想世界から肉体のある現実世界へ帰って来られなくなっていたのだ。当然運営はすぐにこのトラブルを把握。直ちにサービスの一時停止とプレイヤーの強制ログアウトを実行しようとするが……この段になりいよいよ本格的に事態は深刻化していく。

このログアウト不可は、《ソードアート・オンライン》——SAOの開発ディレクター茅場《かやば》晶彦《あきひこ》が仕掛けたある種の仕様であった。その上で、外部から回線を切断する、ナーヴギアの電源を落とすなど、プレイヤーのゲーム進行を妨げる行為を行うと、ナーヴギアから高出力マイクロウェーブが発生し、装着者の脳を焼き切ってしまうことが判明した。

にわかには信じがたかったが、実際にそれらの行為が行われた結果、全世界で数百名以上の犠牲者が出てしまったのだから、人々はこの悪夢のような現実を認めるしかなかった。

茅場《かやば》はナーヴギアの基礎設計にも携わっており、この犯行はかなり以前から綿密に計画されていたであろうことが窺《うかが》えた。

茅場《かやば》が運営、警察、マスコミに出した声明によると、ゲーム内に囚《とら》われたプレイヤーは、ゲーム内で死亡すると同じように肉体も脳が焼かれて死亡するのだという。彼らが無事に生き残り目を覚ますには、ゲーム内で次々に襲い掛かる試練を乗り越えて、見事最終ステージである百層をクリアする必要があるのだとか。

つまり茅場《かやば》晶彦《あきひこ》は、自らが生み出した仮想現実の世界に、一万人近い人々を幽閉したのだ。

稀代《きたい》の大量殺人犯となった茅場《かやば》は行方を晦《くら》ませ、その二年後の二〇二四年十一月七日、閉じ込められていたプレイヤーたちによってようやくゲームがクリアされた後に、長野の山奥で遺体となって発見された。

最終的に、ゲームがクリアされるまでに犠牲になった人は、四千人を超えていたという──。

「でも、実際のところ、SAOの世界で書かれたテキストファイルが、何かの拍子にこっちのALOの世界に紛れ込む、みたいなことはないのか？」

「あり得ないね」澄まし顔で断言をして、ケットシーの少女は優雅に紅茶を啜《すす》る。「そもそも両者はシステム的に完全に独立している。ALOはSAOと同じ基幹の《カーディナル・システム》を使っているらしいから、システム的な仕様の多くは共通しているけど、アイテムみたいなユーザーデータがこちらに紛れ込む余地はないよ」

自信ありげに言うからには、きっとそれは事実なのだろう。

「ならこれは、最初からALOの世界で書かれたってことか」

「それが論理的帰結だね。しかし問題は、誰が何の目的でそれをやったか、だ」

星屑《ほしくず》の双眸《そうぼう》を好奇心に煌《きら》めかせてスピカは続ける。

「結局、この手記はその一言に尽きる。まだすべてに目を通したわけではないので確かなことは言えないが、手記の記述者は、SAO内で未知の殺人事件が起きていたと主張したいらしい。

それが事実であれ虚構であれ、何故《なぜ》わざわざＳＡＯ内で書かれたように偽っているのか、それこそが最大の謎と言えるね。助手くんが知らないうちに所持していた、というのも不思議と言えば不思議だけど……。まあ、どこで入手したのか覚えていないアイテムがストレージに入っていることなんてゲームではよくあることだし、それほど気にすることでもない」

上機嫌に言って、スピカは懐《ふところ》から焦げ茶色のパイプを取り出して咥《くわ》えた。先端からはぷかり、ぷかりと煙――の代わりにシャボン玉が浮かんでいく。あれは格好付けで使っているだけのパイプ型シャボン玉ストローである。

よくあること――確かに言われてみればそうかもしれない。ダンジョンやクエストの途中で複数のアイテムを入手した際などは印象の薄いものは記憶に残らないし、モンスターのドロップ品なども戦闘が連続したときには一々確認していられないから、そのまま忘れてしまうことが多い。

「しかし、もしも本当にあの前代未聞《ぜんだいみもん》のデスゲームの最中、人知れず連続殺人事件が起こっていたのだとしたら、由々しきことだ」

「デスゲームの最中に殺人事件って……意味あるのか？」

率直な疑問を呈すると、自称名探偵は肩を竦《すく》めた。

「さあね、意味なんて最初からないのかも。でも実際、ＳＡＯの攻略中にＰＫも多発していたみたいだし、あり得ない話じゃないよ」

ＰＫ――プレイヤーキル。またはそれを行う者を示す専門用語。文字どおり、自分以外のプレイヤーに危害を加え、ＨＰ――ヒットポイントをゼロにして《殺害》する行為である。人道に悖《もと》るということで禁止されているタイトルも多いが、リアリティ追求のため採用しているタイトルも少なくない。

実際、俺たちがプレイしているこのＡＬＯも、かつては他種族のＰＫがむしろ推奨されていたほどだ。おそらく種族間の対立を煽《あお》ることで、当初の目的であった《世界樹《せかいじゅ》》攻略を焚《た》きつけるためだったのだろう。

普通のゲームであれば、ＰＫをされるとアイテムや経験値の一部を失うなどのペナルティを受け、時間が経《た》てば再び《蘇生《そせい》》できるものだが……プレイヤーの死と肉体の死が同一であった、かのＳＡＯならば……ＰＫは普通の殺人と何ら変わらない犯罪ということになる。

「殺されれば人は死ぬ。現実では当たり前のことだけど、その当たり前の仕様をゲームに導入した結果、ＰＫという犯罪が横行した、というのは、言い方は不謹慎かもしれないが興味深いね。そもそもプレイヤーをゲーム内に閉じ込めて攻略させたいだけなら、ＰＫの仕様など不要なんだ。ゲームが続くほどプレイヤーは減る一方だし、プレイヤーが減ればいずれ攻略すら覚《おぼ》束《つか》なくなるのは目に見えている。本来、ＰＫの仕様は、足枷《あしかせ》でしかない」

「確かにそのとおりだと思うけど……じゃあ、どうして茅場《かやば》はＰＫを導入したんだ？」

スピカは神妙な顔でティーカップをテーブルへ戻した。

「ＳＡＯ事件は、茅場晶彦《かやばあきひこ》が本物の異世界を作り出すために起こしたとされている。何がそこまで彼を駆り立てたのかは、結局わからず終《じま》いだったみたいだけど……。とにかくＰＫは彼にとって、異世界を構成する上で当然の仕様だったと考えるのが自然だ」

本物の異世界を作り出す、ねえ……。神にでもなろうとしたのだろうか。凡人の俺には理解できない思想だ。

「いずれにせよ、事件あるところに名探偵ありだよ、助手くん」スピカは興味深そうに両手を摺《す》り合《あ》わせる。「事実であれ虚構であれ、とにかくまずはこの長い手記に目を通す必要がありそうだ。少なくともこの手記の記述者は、読者に対して伝えたい何かがあるようだからね」

スピカの探偵趣味には辟易《へきえき》しているが、俺としてもこの一件が気にならないといえば嘘《うそ》になる。だから何かわかったら教えてもらおう、くらいの軽い気持ちでいたところ――。

彼女が事務所に置いてあった、真《ま》っ新《さら》な羊皮紙アイテムの束を持ってきて嬉々《きき》としながら手記の複製を始めたので俺は首を傾《かし》げた。

「……何してんの？」

「何って、コピーを取ってるのさ」

「いや、そんなことしなくても、その手記そのまま持って行けばいいじゃん」

「そうしたらきみが読めなくなるだろう」

さも当然のように少女は言った。

「……なんで俺も読むことになってんの？　スピカが勝手に読めばいいじゃん」

するものだよ」

「あのねえ……」作業の手を止めて小馬鹿にしたような目を向けてくる。「どこの世界に自分だけ事件に挑む探偵がいるのだ。探偵と助手は一蓮托生《いちれんたくしょう》。共に事件に臨み、協力しながら解決するものだよ」

そんな常識は知らないし、仮にあったとしても創作の常識を現実に持ち出さないでほしい。

「第一、今回は依頼人も他の関係者もいないのだ。ボクが事件の真相に気づいたとき、誰に推理を披露すればいいんだい？　そしてボクの推理を聞いて、誰が驚いてくれるんだい？」

「ギャラリーがほしいだけじゃねえか」

至極真っ当な指摘だったが、自称名探偵は勝ち誇ったように不敵な笑みを浮かべた。

「それが──《名探偵》さ。……というわけで、助手くん！　きみもちゃんとこの手記を読んでおくようにね！」

複製の終わったオリジナルの紙束を俺の手元に押しつけてくるスピカ。

「でも、今日はもう遅いから、明日からかな。ああ、この手記を現実へ持ち帰れないのが非常に惜しい。まあ、でも明日の楽しみが増えたと思えばそれも重畳《ちょうじょう》か。くふふ……腕が鳴るよ……！　さあ助手くん！《真珠星探偵社》の最初の仕事だからね、気合いを入れていくよ！」

自分を名探偵だと思い込んでいる幼馴染《おさなな　じ》みは、夏のひまわりのような笑顔でそう言った。

ぷかりと、またシャボン玉が宙を舞った。

3

その翌日。

いつものように七時に起床して、母親が作ってくれた朝食を食べてから、学校へ向かう。

高校は歩いて通える距離にある場所を選んだので、朝はいつも比較的のんびりとしている。

心地よい風に柔らかな春の日差しを満喫しながら、心穏やかに歩みを進める。慌ただしいのは好みではない。電線に止まった雀《すずめ》たちの愛らしい囀《さえず》りに耳を傾けながら、心を豊かにしているとすぐに校門に到着した。

校門の前には、数名の生徒が立っているのが見える。『生徒会』と書かれた深紅の腕章が朝日を浴びて煌《きら》めいていた。

おそらく、朝の挨拶週間的なイベントなのだろう。こんな朝早くから御苦労なことだ。

気づかなかった振りをして校舎へ入っていこうとするが、進行を妨げるように一人の女生徒が俺の前に立ちはだかった。

「――おはようございます、円堂《えんどう》くん」

几帳面《きちょうめん》に制服を着こなした女生徒は、極上の微笑《ほほえ》みを浮かべながら上品に小首を傾《かし》げて見せた。艶《つや》やかなストレートの黒髪が肩口からするりと滑る。

——月夜野雫《つくよのしずく》。

この高校の生徒で彼女の名前を知らないものはいない。文武両道、才色兼備、質実剛健にして快刀乱麻の生徒会長様である。

入学以来、成績は常にトップ。運動神経も抜群で、運動部の助っ人《すけと》としても引っ張りだこ。その上人当たりもよく誰にでも優しい穏やかな性格で、とどめとばかりにアイドル顔負けの整った顔立ちをしているという完璧超人だ。

二年生に進級して間もなく立候補した生徒会選挙では有効票のほぼ百パーセントを集めた伝説を持つ、まさしく生徒会長となるべくして生まれてきた真の生徒会長である。

どこか高貴な雰囲気の湧き立つ美しい顔と、生真面目さを表すように切り揃《きそろ》えられた前髪から、生徒たちの間では密《ひそ》かに《かぐや姫》などと呼ばれて慕われている。

——が、俺はそんな会長様に憧れを抱く生徒の一人というわけでもないので、渋面を浮かべそうになるのを必死に堪えながら挨拶に応じる。

「……おはようございます、会長」

「はい、おはようございます。朝の挨拶は一日の活力です。今日も一日頑張りましょう」

頭一つ分ほど小柄な会長は、そこでようやく満足したように頷《うなず》いて道を譲ってくれた。そそくさと通りすぎようとしたところで、ぽんと背中を優しく叩《たた》かれた。

「背中、曲がってますすよ。もっと胸を張ってください。せっかくのハンサムが台なしですよ」

その頃すでに周囲からは、みんなの憧れの生徒会長がモブみたいな一生徒の進行を遮ってまで声を掛けた、ということで奇異とやっかみの視線が集まっていた。

俺は申し訳程度に会釈《えしゃく》をすると、逃げるように昇降口へ走った。

朝から言いようのない疲労感に包まれながら教室の扉を潜ると、クラスメイトに絡《から》まれる。

「よう円堂《えんどう》！　会長から声掛けられたんだって？　羨ましいな、この野郎！」

髪を金色に染め、制服を着崩した上田だった。

「耳が早いにも程がある……」げんなりして肩を落とす。「ただ挨拶されただけだよ。騒ぐほどのことじゃないだろ」

「うるせえ！　あーっ！　俺も目の前で麗しの会長様に優しく微笑《ほほえ》みかけられてえーっ！」

ワックスで逆立てた髪を掻《か》き毟《むし》る。朝から騒がしい奴《やつ》だった。他のクラスメイトの迷惑になるから正直止めてほしい。見かねたように別の長身の男が寄ってきた。

「そのへんにしておけ。円堂《えんどう》だって困ってる」

同じくクラスメイトの山下だった。メタルフレームの眼鏡を掛けた所謂《いわゆる》理系男子で、寡黙だが芯を食った一言をよく言うので一目置かれている。普段ならばそのまま騒ぐ上田を窘《たしな》めるところだったが、何故《なぜ》か今日は興味深そうに俺を見て言った。

「しかし、男の影を見せないあの完全無欠の会長が、何故《なぜ》か円堂《えんどう》だけは気に掛けているように俺も思う。やはりかの才女も、《英雄》の魅力には敵《かな》わないか」

「……そんなんじゃない」珍しく饒舌《じょうぜつ》な友人の言葉にため息を零《こぼ》す。「あと頼むから俺をその名で呼ばないでくれ……」

円堂《えんどう》英雄。《英雄》と書いて、『てせうす』と読む。当然、ギリシア神話に登場するアテナイの大英雄テセウスから来ている。

恐るべき、キラキラネーム。まあ、世の中には《皇帝》と書いて、『しいざあ』と読ませる場合もあるらしいので、それと比べたらいい勝負だ。

……いい勝負など、初めからしたくなかったけれども。

ちょうどそこで予鈴が鳴った。上田と山下は、自分の席へと戻っていく。タイミングがよくて助かった。俺としてもこの件はあまり掘り下げられたくない。

やがて教室に現れたのは、物理教師だった。一限目からの物理は……正直しんどい。

物理教師の口から紡《つむ》がれる、眠りの呪文にも似た言葉を子守歌に、俺の意識は次第にまどろんでいった。

4

かったるい四限目までをどうにかやり過ごして、ようやく昼休みに入った。俺はクラスメイトからの誘いを断り、母が作ってくれた弁当を片手にふらふらと教室を出た。廊下は早くも賑《にぎ》わい始め、購買目当てと思《おぼ》しき生徒たちが目の色を変えて階下へ駆けていく。

御苦労なことだ、とそんな彼らを横目に見ながら、俺は本校舎を抜けて別館の部室棟へ入る。

さすがにこの時間の部室棟は静かで大変過ごしやすい。

様々な部活名の書かれたプレートが両側に立ち並ぶ廊下を突き進み、目的の《哲学部》の前で足を止めた。

さすがにまだ来ていないだろう、とは思いつつ念のためにノックをしてからドアを開ける。

「いらっしゃい円堂《えんどう》くん。今日も私のほうが早かったですね」

「…………」

先客がいた。しかも、取り立てて急いできた様子もなくのんびり紅茶など飲んでいる。

おかしいな……授業終わって最速で来たはずなんだけど……。

納得のいかないものを感じながらも、後ろ手にドアを閉めて現実を受け入れる。

「……お邪魔します、会長」

部室のソファにゆったりと腰を下ろしていたのは、完全無欠の生徒会長、月夜野《つくよの》雫《しずく》その人なのだった。ちなみに、この哲学部の部長でもある。

俺は半ば呆《あき》れながらいつものようにテーブルを挟んで向かい側のソファに腰を下ろす。

「どうしていつも俺より先に部室へ来られるんですか……俺だってかなり急いでるのに」

「生徒会長たるもの、常に生徒たちの規範として素早く行動しているのですよ」

答えになっていない。困惑していると、会長はティーカップをソーサに戻して、どこか不機嫌そうに唇を尖《とが》らせる。

「二人のときは『会長』禁止、といつも言っているでしょう。普段どおりにしてください」

「……でも、学校だと人目が気になるんで。あと先輩に敬語使うのは普通です」

「今はお昼休みですよ。こんな文化部の隅っこなんて誰も来やしませんよ」

そうかもしれないけど……朝のようにどこで誰に見られてるかわかったものではない。

葛藤が募るが、目の前で悲しげに瞳を揺らされると、余計な保身はどこかへ霧散していく。

「――わかったよ、雫《しずく》」

早々に諦めて名前を呼ぶと、会長――雫《しずく》は、とても嬉《うれ》しそうに口元に三日月を浮かべた。

「よくできました！　円堂《えんどう》くんはいい子ですね！　アメちゃん要りますか？」

「いらねえ……」

相変わらずの子ども扱いに辟易《へきえき》する。小さな頃から、ずっと変わらない扱い。

そう、完璧超人の生徒会長こと月夜野《つくよの》雫《しずく》は――俺の幼馴染《おさななじ》みなのであった。

つまり、この人望溢《あふ》れる生徒会長様こそが、《真珠星探偵社》の自称名探偵のケットシー族、スピカなのである。

見た目もキャラも違いすぎるので、にわかには信じがたいけれども……残念ながら紛れもない事実だ。どちらの状態も知っている俺でさえ、たまに別人なんじゃないかと思うときがある。

世の不条理を嘆いている俺を尻目に、雫《しずく》は本棚の奥の隠し戸棚から二台の次世代VRヘッドギア——アミュスフィアを取り出した。ナーヴギアの後継機に当たる安全なものだ。

どういう事情があるのかは俺自身よくわかっていなかったが、哲学部の部室にはALOを遊ぶためのVR機器が二台分揃《そろ》えてあるのだった。

「え？　何やってんの？　飯は？」

率直な質問。雫《しずく》はあっけらかんと答えた。

「ごはんなら向こうで食べればいいかなあ、って。それよりも例の手記が早く読みたくて」

「…………」

ゲーム廃人が過ぎる。VR空間内での飲食によって満腹中枢が刺激されるとは言っても、体内には一切の栄養が入って来ないのだから身体《からだ》にいいはずがない。

俺はため息交じりにソファから立ち上がり、雫《しずく》を手伝いながら告げる。

「……わかったよ。先に向こう行って軽く例の手記に目を通してから、早めに切り上げてこっちでちゃんと飯食うぞ」

「えぇー」不服そうにまた唇を尖《とが》らせる。「ごはんよりゲームですよ。健康など二の次です」

「黙れ廃人。生徒会長なんだから生徒の規範になれ」

「ちぇー……わかりましたよう」

まだふて腐れてはいたが、雫《しずく》はしぶしぶ提案を受け入れた。これが学校中から羨望《せんぼう》を集める麗しの生徒会長様の本性だというのだから、何というか泣けてくる。好きなことにとことんのめり込むだけの子どもなのだ。俺を子ども扱いしている場合ではない。

手早く準備を終えたところで、俺たちは改めてそれぞれのソファに座り直して、リクライニングさせる。座ったままでも問題はないが、背中を預けたほうがダイブ中は安定するためだ。

お互いアミュスフィアを被《かぶ》り、心を落ち着けるために一拍置いてから、ほぼ同時に呟《つぶや》いた。

『──リンク・スタート』

5

【謎の手記・第1節】


この呪われた石と鉄の巨城《アインクラッド》の片隅で、俺たちがその未踏破ダンジョンを見つけたのは、サービス開始から間もなく一年が経《た》とうとしていた九月二十三日のことだった。

《他人のやってるRPGを傍《はた》から眺めるほど詰まらないことはない》というゲーマーたちのある種の共通認識が、如何《いか》に薄っぺらい冗句であったのかを、まざまざと思い知らされる日々。

近頃は、いい加減プレイヤーもこの囚《とら》われの現実を受け入れて、皆思い思いに生活していた。解放される日を夢見て、危地に身を置いて攻略を進める者。解放を夢見ながらも、目の前にある死から顔を背けるように《圏内《けんない》》に籠もる者。あるいはそれ以外の選択をした者――。

俺たちのギルド《アルゴナウタイ》は、広義の意味では攻略組に属するのだろうが、厳密な意味で最前線にいるわけではない。鍛え上げたステータスでフロアボスモンスターを撃破するのは、本当に一握りの最前線プレイヤーたちの仕事。

俺たちの使命は、そんな最前線プレイヤーたちの生存確率を、わずかでも上昇させるための《情報》を収集することだ。

この日も、俺たちは情報収集のためすでに踏破済みであった二十層の調査を行っていた。

まだみんな勝手がわからなかった頃、第一層の攻略には一ヶ月もの時間が費やされ、その時点ですでに二千人を超える犠牲者を出してしまっていたが、最近では犠牲者の数は激減し、攻略ペースも上がってきていた。フロアによっては、わずか数日で踏破されることも珍しくないほど、攻略組最前線プレイヤーたちの練度は上がっていたのだ。

反面、一つのフロアに掛ける時間が相対的に減ってしまったため、各フロアの広大なマップも、攻略に必要な箇所以外は手付かずになることも増えてきた。

だが、そういう場所にも、直接攻略の役には立たないかもしれないが、重要なアイテムやクエストが隠されていたりするかもしれない。

この《アインクラッド》を制御している《カーディナル・システム》には、《クエスト自動生成機能》なるものが備えられているとも聞く。これは、ＡＩがインターネットを介して世界各地の伝承などを収集し、それらを下敷きにしたオリジナルのクエストを自動で導入するものなのだという。

つまり、この世界では日々クエストが生成されており、ともすれば攻略組の生存確率を上げることに寄与できるようなアイテムやクエストが新たに発見されるかもしれないため、俺たちは常にアンテナを張り巡らせて、情報収集を行っているのだった。

だからこの日——二十層の《ひだまりの森》の片隅で、見知らぬ洋館を発見したときは、皆色めき立った。

「——《ひだまりの森》にこんな不穏な洋館が建ってるなんて話、聞いたことないっすね」

オルフェウスが、いつもの軽口を飛ばした。剣士というよりは吟遊詩人のようなラフな格好をした男だが、ムードメーカーとしていつも俺たちの仲を取り持ってくれるなくてはならない存在だ。

しかし、そんな根明な男の口から、不穏などという言葉が飛び出すほど、実際にその洋館からはただならぬ気配が漂っていた。

この辺りは随分と森が深くなっており、日の光も届きづらく日中の今でもかなり薄暗い。そんな中に突然現れた、如何《いか》にも古めかしい石造りの建物は、まるで童話に出てくる悪い魔法使いの住処《すみか》にも見えて何とも不気味だった。

館の入口には、薄汚れた金属プレートが貼りつけられ、《迷宮館》などと仰々しく記されている。名前からして、ただの民家ではない。

彼の隣に立つカイニスが、不敵に口元を吊《つ》り上《あ》げて言った。

「――見てみろよ、そこの立て看板。面白いことが書いてあるぜ」

どこか皮肉っぽいハスキーな声に釣られて、少し離れたところに設置されていた看板に目を向ける。

幾分朽ちた如何《いか》にも手作り然としたチープな看板には、刻み文字が記されていた。

『Abandon all "HOPEs", those who enter in the labyrinth.』

それを一目見て、オルフェウスが悲鳴にも似た声を上げた。

「英語はやめてくれぇー。先生、なんて書いてあるんすかぁ！」

先生と呼ばれた男――アスクレピオスは、一歩進み出て眼鏡のブリッジを押し上げた。

「『迷宮に足を踏み入れる者、すべての希望を捨てよ』ってとこかな。オルフェウス、本気で音楽で食っていくつもりなら、英語もちゃんと勉強しないと駄目だよ」

「ちぇー……。先生は厳しいなあ」

現実での本業が医師であるアスクレピオスにとっては英語など容易《たやす》いのだろうが、高校を中退してメジャーデビューを目指すバンドマンをやっているオルフェウスには、中々難しいらしい。

助けを求めるようにオルフェウスは、年下の少女に水を向ける。

「アタランテちゃんも読めんかったっすよね？　そうっすよね？」

「——いえ、読めましたよ」落ち着いた声でアタランテは答えた。「高校レベルだと思いますけど……オルフェウスさん、本当に途中までても高校行ってたんですか？」

「うんにゃ。ほぼ行ってなかったっすね。だってそんなのロックじゃないっしょ？」

「……意味不明です」

呆《あき》れたようにため息を吐く少女。見かねたようにヘラクレスが割って入った。

「まあ、俺もよくわからないし、そんなに気を落とすな。筋肉があれば英語なぞ不要だぞ」

「うわぁー！　脳筋の旦那に慰められるとかいよいよお終《しま》いじゃないすか！　やっぱ現実戻ったらちゃんと英語勉強しますわ！」

オルフェウスが叫ぶと、周囲から自然と笑みが零《こぼ》れた。いいチームだな、と改めて思う。

実際、この《アルゴナウタイ》は、非常にバランスの取れたパーティーだ。

前衛が、両手剣の俺と、片手剣のカイニス。カイニスは一見すると華奢《きゃしゃ》な女性だが、心は男性という少々複雑な背景を持っている。システム的には女性と認識されているカイニスだったが、このパーティーでは彼の望むとおり男性として扱われている。実際、彼の剣技は力強く豪快で、女性的なたおやかさとは無縁だった。今では、共に前線を守るよき相棒となっている。

後衛は、短剣のアタランテと槍《やり》のオルフェウス。

アタランテは、小柄で如何《いか》にも生真面目そうな黒髪の少女だ。デスゲームが始まったときには高校一年生だったという。全国大会に出場したほど弓道に秀《ひい》でているらしいが、ＳＡＯには弓がないため現在は、短剣メインに加え、ピックなどの投擲《とうてき》武器でのサポートに回っている。

オルフェウスは、二十五歳のバンドマンだ。インディーズバンドとしてはそこそこの知名度を誇っており、メジャーデビューも夢でなかったらしい。金色に染めた髪をだらしなく肩まで伸ばしており、見るからに気怠《けだる》げな男だが、これで意外と真面目で仲間想《おも》いのいいやつだった。

そして両手斧持ちのヘラクレスはタンク役で、細剣使いのアスクレピオスはブレイン担当だ。

ヘラクレスは、筋骨隆々の大男。本業では消防士をしているというので、それによって培《つちか》われた急場の判断力は俺たちの重要な生命線の一つになっている。身体《からだ》が大きく、また基本的に寡黙であるため一見すると威圧感があるが、性格は非常に穏やかで情に篤《あつ》い。パーティーの頼れる『兄貴』的な存在だ。

アスクレピオスは、細面の美男子だ。二十八歳の外科医ということで、現実では大層モテそうだが、本人はかなり重度の廃人ゲーマーで色恋に一切の興味がないらしい。その地頭のよさを活《い》かし、パーティーの頭脳として非常に重宝している。

ＳＡＯの世界では現実の視力は無関係だが、メタルフレームの眼鏡を掛けている。本人曰《いわ》く、現実でも常に掛けているものなので、ないと落ち着かないらしい。眼鏡は命の次に大事なものなのだとか。ちなみに、命中補正なども付いていない完全なファッションアイテムだ。

皆、元前線の攻略組だったこともあり、練度も高く、探索でも戦闘でも非常に頼もしい。

彼らのリーダーである俺――イアソンが一番、何の取り柄もない一般人で申し訳ないくらいだが……ありがたいことに皆俺を慕ってくれていた。

さて――、と意識を改めて、怪しげな立て看板に目を向ける。

すべての希望を捨てよ、か。

物々しいが、ある意味お約束の文言とも言える。おそらく館に入ると、特別なクエストが開始されるのだろう。どうしたものか、と腕組みをしてしばし考え込む。

未知のクエストに臨むときには、必要以上に安全マージンを取る必要がある。何故《なぜ》ならこの世界ではちょっとした不注意から簡単に――人が死んでしまうからだ。

様々な法律によって守られている現実より、よほど死にやすいとさえ言える。

俺は日本という国で生まれ育ち、これまで人並みに法律や政治に不満を抱いていたが、この無法の異世界に放り込まれて、初めて自分の生まれ育った世界が如何《いか》に安全で尊いものだったのかということを思い知らされた。

人が生まれながらに持つ、ただ生きるという権利を当たり前に行使できる世界。街の外に出ても、理不尽に殺されることがほぼない夢のような世界。

だが、そんな安寧の日々は――突然終わりを迎えた。

無慈悲に、容赦なく。

だから俺は、ギルドのリーダーとして、パーティーのみんなが絶対に死ぬことのないよう、冷静かつ的確に状況を判断していかなければならない。俺の小さな判断ミス一つで、全員が死んでしまう可能性すらあるのだから、それは慎重にもなる。

しかし、それと同時に慎重になりすぎるわけにもいかない。どれだけ安全マージンを取ったところで、誰かが死ぬ確率がゼロになるわけではないためだ。誰も死なないようにするためには、システムによって安全が確保された街の中――つまり《圏内《けんない》》に立て籠もるしかないが、それではいつまで経《た》っても攻略が進まず、俺たちがこのデスゲームから解放される日が遠退《とおの》くばかりだ。

つまり、ある程度のリスクを許容しなければ、俺たちは永遠にこの世界に囚《とら》われてしまうことになる。しかも、医師のアスクレピオスによると、それは永遠ではないという。

俺たちがSAOの世界に囚《とら》われている間、現実にある俺たちの肉体は完全な寝たきり状態になっているわけだが、そんな不自然な状態は本来人体にとっては想定されていないため、早ければ二年も経《た》たないあたりから肉体的限界を超えた人が亡《な》くなっていく可能性があるという。

寝たきり状態により体力と免疫力が低下したところで、褥瘡《じょくそう》――いわゆる床ずれなどから感染症を起こし、最終的に死に至るらしい。

早くて二年、保って三年。

そんな見立てを現役の医師に出されてしまったら……多少のリスクは取らざるを得なくなる。座してただ死を待つことなど、俺にはできない。

だから慎重にマージンを取りながらも、時には大胆に決断する。

みんなの命を預かるリーダーとして、俺は常にぎりぎりの判断を求められるわけだが……。

俺は目の前の怪しげな洋館を見つめながら思案に耽《ふけ》る。

事前情報になかったこのダンジョンが未踏破であることはほぼ確実なので、クエストの内容次第では貴重なアイテムが手に入る可能性は高い。もし、攻略を優位に進められるようなアイテムが手に入れば……俺たちがこのデスゲームから生還する確率だって必然的に高くなる。

そして何よりも——未踏破ダンジョンのクエストをクリアして貴重なアイテムを持ち帰ることで、最前線の攻略に寄与したというささやかな栄誉も得られる。

ここで一旦引いてしまえば、他のパーティーに先を越されてしまうかもしれない。

——結局のところ、そんなことを判断基準に盛り込んでしまう程度には、俺も廃ゲーマーなのだろう。

「……行くか」

俺の決断に、皆色めき立った。

「そうこなくちゃな、相棒！」上機嫌に背中を叩《たた》いてくるカイニス。

「アイテム取り尽くしてやるっす！　今夜はご馳走《ちそう》っすね！」オルフェウスもそれに続く。

対して、アタランテはどこか不安そうだ。

「……でも、何の準備もなく突入して大丈夫でしょうか？　一旦立て直しても、こんな辺境ならそう簡単に他のパーティーには見つからないと思いますが……」

「そうかもしれないが、それも絶対じゃない」アスクレピオスはまた眼鏡の位置を直す。「それに僕たちは最前線の三十層台後半だって十分に戦えるレベルと練度がある。二十層のダンジョンなんて楽勝だろう」

「それはそうかもしれませんが……」

まだ不安げに俯《うつむ》くアタランテ。俺は彼女を安心させるために優しく微笑《ほほえ》みかけた。

「──大丈夫だ、俺を信じろ」

それは俺の口癖だった。どんなに不安なときだって、その言葉を口にするだけで、不思議と力が湧いてくる。みんなもきっと耳にタコができるくらい聞かされ続けているので、またか、というふうに苦笑する。狙いどおりアタランテの不安も、多少は和らいだようだ。

「何があっても、俺が責任を持ってみんなを守るよ。それに強い敵が出てきたなら、ヘラクレスの陰に隠れればいい。ウチの最強タンクは伊達《だて》じゃないさ」

期待を込めてヘラクレスを見やると、彼は分厚い大胸筋を自信満々に叩《たた》いた。

「ああ、イアソンの言うとおりだ。俺が誰も死なせやしないさ」

その言葉で、少女の顔に苦笑が浮かんだ。

「……わかりました。でも、守られるばかりの私ではありませんよ。遠間《とおま》なら私が一番強いんですから、皆さん私のことも頼ってくださいね」

パーティー全員、覚悟は決まったらしい。

一度皆で顔を見合わせて思い思いに頷《うなず》いてから、俺を先頭にして未知なるダンジョンの中へ足を踏み入れていった。

——事前の警告どおり、すべての《希望》を置き去りにして。

6

——そこまで読んだところで、俺たちは一度学校の部室へ戻ってきた。

昼休みは短い。あまりVRの世界に長居をしてしまうと、昼食を食いっぱぐれてしまうため、早めに引き揚げてきたのだった。

本気で昼食の用意を何もしてこなかった雫《しずく》に、弁当を半分分け与えると、

「わあ、円堂《えんどう》くんのお母様の手料理です！　卵焼きが絶品なのですよねえ……！」

などと宣《のたま》いながら至極幸せそうな顔で、弁当をかき込んでいった。先ほどは食事よりゲームが大事だと言っていたのに現金なものだ。

時間も惜しいので、俺もありがたく弁当を食べながら、先ほどまでの内容で気になった部分を振り返ってみる。

「なんか日記というよりは、回顧録みたいだったな。誰かに読まれることを想定してるっていうか」

　そうだね、と美味《おい》しそうにタコさんウィンナーを齧《かじ》りながら雫《しずく》は同意した。まだ意識が半分向こうの世界へ行っているのか、口調がケットシー族の自称名探偵に戻っていた。

「システム的にはあり得ないことだけど、ひとまず、あの文章は《本当にSAOで書かれたものである》という前提で話を進めていこうか。そのほうが面白いからね。さて、その場合、もしかしたら記述者はあえて日記に詳細な説明や描写を増やすことで、SAOクリア後に備えた記録を取っていたのかもしれない」

「記録？」

「だって、SAOがクリアされて現実の世界で目覚めたら、中で起こっていたことを可能な限り正確に、外の人間に説明する必要があるだろう？　彼らがSAOの世界に囚《とら》われている間、自分たちの行動が外から観察されている保証なんてなかったし、実際にそれはできなかった。下手なことをして人質たちの脳を焼かれてしまったら大変だし、誰もそんな重大な責任は負えなかった。ならばと保険の意味も込めて、詳細な記録を取っていた者がいたとしても不思議じゃないよ。実際、『SAO事件記録全集』なんて本も出版されてるし」

　事件の後、SAOサバイバー、つまりSAO帰還者によって執筆された『SAO事件記録全集』は、世界中で大変な注目を集めたと聞く。もしかしたら、将来的な小遣い稼ぎのためにも、中で詳細な記録を取っていた者は結構いたのかもしれない。

不幸にもゲームクリア後、サーバに残されていたすべてのデータは消去されてしまったため、せっかくの記録を外部へ持ち出すことは叶《かな》わなかったようだが……少なくとも詳細な記録を取ることは記憶の定着にも繋《つな》がるため、決して無駄な行動ではなかっただろう。

ならばこの手記は、そんなSAOサバイバーのALOプレイヤーによって書かれたということなのだろうか……？

と、そこでようやく自らの口調の違和感に気づいたのか、照れたように頰を染めて雫《しずく》はわざとらしく咳払《せきばら》いをした。

「——とにかく、出所《でどころ》や出典に関しては今考えたところで答えは出ないでしょう。重要なのは、手記の内容をすべて事実と認識することです。この手記がどのような結末を辿《たど》るにせよ、それが遊び半分でこの件に首を突っ込んでいる私たちの義務です」

「遊び半分は雫《しずく》だけだと思うけど……」

俺の真っ当な呟《つぶや》きはさらりと無視された。

「そういえば、『SAO事件記録全集』によれば、ゲーム内のアバターはキャラクリエイトされたものではなく、現実の容姿だったのですよね」

通常、MMOで自分の分身となるアバターは、メーカーから用意された様々なパターンの中からモンタージュ写真のように組み合わせて作られる。

ＳＡＯも本来は、豊富なパターンから性別を含め自由にキャラクリエイトできる仕様だったはずだが、デスゲームが開始された時点で現実の容姿に戻されてしまったらしい。なお、性別を偽り、男性であるにもかかわらず女性キャラを使用していたプレイヤーも多かったようで、現実の容姿に戻された瞬間、阿鼻《あび》叫喚《きょうかん》の地獄絵図だったのだとか……。

ちなみにＡＬＯの場合、アバターは性別以外、完全にランダムで自動に作られる。スピカと雫《しずく》が全く似ていないのと同様に、俺もまた全く別人の顔の男性アバターになっている。なお性別は、肉体的つまり生物学的なものに固定され、変更することは不可能だ。

「現実の容姿にされた話は、俺も聞いたことあるけど……眉唾だろ。実際に可能なのか、それ？」

「正直、私も半信半疑ではありますが……不可能ではないと思います。顔はナーヴギアで覆われていたわけですから、測定は容易でしょうし、身体データも初めのキャリブレーションで収集可能でしょう。実際、一部のＶＲタイトルではアミュスフィアによる生体スキャンで、現実の容姿に近いアバターが設定されます。技術的なハードルはそれほど高くありません」

キャリブレーションというのは、ヘッドギアを過不足なく動作させるために必要な、個人に合わせた微調整のことだ。

「おそらくそれも、開発ディレクター茅場《かやば》氏のこだわりだったのでしょうね。ＶＲ世界が本物の異世界なのだとしたら、人工的に作られたアバターなど無粋の極みです」

そういうものなのだろうか。俺にはそのこだわりが理解できない。

でも——と、自分の手を見つめる。現実の、本物の自分の手だが、VR世界から戻ってきてすぐだと、妙に現実感が薄くて、まるで自分の手ではないように感じてしまう。そう考えると、人間の脳が現実を正しく理解することに、自分の容姿というものが、全くの無関係ではないような気もしてくる。

そのとき、不意に雫《しずく》が見つめていた手に触れてきた。温かく、柔らかな感触が伝わってくる。

「——大丈夫ですよ。ここは紛れもなく現実です」

間近で煌《きら》めく雫《しずく》の双眸《そうぼう》を見て、急に胸のつかえが取れたような気がした。

そうだ……。この温《ぬく》もりも、芳香も、すべて現実のものだ。

そんな当たり前のことに今さら気づくと、何だか急に気恥ずかしくなってきた。

俺は努めて冷静を装《よそお》いながら、戯《おど》けてみせる。

「……ここが現実かどうかなんて、高校生らしい哲学じみた問いだな」

「おや、円堂《えんどう》くんはお忘れかもしれませんが、ここは哲学部ですよ？　哲学的思索に耽《ふけ》るのはむしろ当たり前のことです」

そういえばそうだった。完全にVRゲーム部だと思ってたわ……。

「というか、どうして哲学部の部室にVR機器が揃《そろ》ってるんだよ。しかも二つも」

純粋な質問だったが、雫《しずく》は下らないことを問うなとばかりに肩を竦《すく》めた。

「今さらですねえ。そんなもの、現実と仮想現実を比較しそこに抽出、投影された事象の差異を主観的に認識することで現実性の本質を探るために決まっているではありませんか」

「ちょっと何言ってるかわからない」

すると雫《しずく》は、急に茶目っ気たっぷりにちろりと赤い舌を覗《のぞ》かせて言った。

「――会話の途中で、相手を煙《けむ》に巻《ま》くのは名探偵の特権なのだよ、助手くん」

つん、と人差し指で俺の額を軽く突いて、雫《しずく》は上機嫌に立ち上がる。

「さて、この続きは放課後にしましょう。手記も気になりますし。お弁当、分けてくれてありがとうございました。お母様にも美味《おい》しかったですとお伝えください。それでは、いつもの時間に《フリーリア》中央広場の噴水前で」

言いたいことだけを言って、雫《しずく》はさっさと部室を出て行ってしまった。

その細身の背中を視線だけで見送ってから、半ば無意識に額に触れてみる。先ほど雫《しずく》に突かれた箇所から波紋のように広がる甘い感触がまだ残っていた。

そこに紛れもない現実性を見出《みいだ》して感慨に耽《ふけ》っていた俺だったが――そんな慣れない哲学的思索は、遠くから響いた五限目の予鈴によって呆気《あっけ》なく打ち消された。

Chapter 2
The Labyrinth Monster

第2章
迷宮の怪物

Sword Art Online Alternative Mystery Labyrinth
Murder in the Labyrinth Pavilion

Tenryu Konno
Shiho Enta | Reki Kawahara

1

【謎の手記・第2節】


入口の朽ちた扉を押し開いた瞬間、俺たちは見知らぬ場所に立っていた。

薄暗く、妙に広々とした閉鎖空間だった。背後に入口は見えないので、おそらく建物の中へ自動転移されたのだろう。

洋館型のダンジョン、というのは初めてだ。いつも岩肌が剝《む》き出《だ》しになっている洞窟や、やたらと意匠の施された城塞のダンジョンを攻略することが多いため、白い壁とフローリングの床が広がるこの場所には、酷《ひど》い違和感があった。

ファンタジーの世界観としては明らかに前者のほうが真っ当で、この洋館の中はまるで現実世界へ引き戻されたように錯覚してしまう。正直言って、居心地が悪い。

照明器具らしきものは存在しなかったが、三メートルほど離れた天井が薄らと光を放ち、一様に室内をぼんやりと照らしていた。光量は少ないが、見通しは悪くない。

俺たちが転移させられたのは、目測で十メートル掛ける六メートルほどの長方形の空間だった。ダンジョンとして見れば手狭だが、部屋として考えるとホテルのスイートルームくらいはありそう。古びた外観に反して、中は小綺麗《こぎれい》で近代的だ。

ファンタジー世界の森から、突然現実的な洋館に転移させられ、皆困惑したようにきょろきょろと周囲の様子を窺《うかが》っている。辺りはとても静かで、モンスターがポップして襲い掛かってくることもなさそうだ。

「……不気味ですね」

アタランテの呟《つぶや》き。確かに――これまで経験してきたダンジョンとは真逆の意味で不気味だ。如何《いか》にも物々しい、石と鉄で作られたダンジョンと比較して……ここはあまりにもシンプルすぎた。何とも言えない歪《いびつ》な現実感が、妙な不安を煽《あお》ってくる。

「こういうの、ホラー映画によくあるパターーンっすよね」オルフェウスが軽口を叩《たた》く。「なんか、陽キャの大学生がノリで人の家に上がり込んで、家主に一人ずつ殺されていくやつ」

「……不穏当なことを言うな、馬鹿者」

カイニスの一喝。だが、正直俺も同意見だった。オルフェウスの軽口は、この状況ではジョークとして全く笑えなかった。あまりにも――的を射すぎている。

「どうする？　やはり一旦引いて態勢を立て直すか？」

青色の《転移結晶》を片手に取り出したヘラクレスが、真剣な声色で尋ねてきた。現実でいくつもの修羅場をくぐり抜けてきた彼の提案は無下にはできない。今の状況に何らかの強い危機感を抱いているのだろう。

だが――《転移結晶》は、どこでも好きな場所から安全な主街区へ瞬時に移動できる優れものだが、如何《いかん》せん高級品だ。ただダンジョン内に転移させられただけの今使うには惜しい。せめてもう少し情報を収集してからでも遅くはないはずだ。

「……進もう。ただ、いつでも使えるようにみんな《転移結晶》を用意しておいてくれ」

俺の指示に皆思い思いの顔で頷《うなず》いた。

それから改めて、室内を見回す。部屋の長辺には左右それぞれに道が続いているようだ。あと部屋の中央の床にも、何やら四角い金属の蓋のようなものが付いている。大きさは一・五メートル四方程度。ただの床下収納か、それとも地下にも部屋があるのかは、現状判断ができない。試しに取っ手を引っ張ってみたが、ロックでもされているように頑《かたく》なに動かない。仕方がないので今は無視する。

二手に分かれるわけにもいかないので、ひとまずは向かって右側の道を進むことに決めた。

二メートルほどの幅がある必要以上に曲がりくねった長い廊下が続く。枝分かれなどはせずにずっと一本道だったが、方向感覚はすぐに失われ、ともすれば自分がどちらから来たのかもわからなくなりそうだった。

警戒を怠らないまま廊下を進んでいくと、急に少しだけ開けた場所に出る。

「ここは……キッチンか？」

アスクレピオスが眉を顰《ひそ》めた。確かにそこは、調理台やシンク、オーブンなどが設置されたありふれたキッチンだった。その見慣れた生活感が逆に大きな違和感を生んでいる。キッチンの壁には、何故《なぜ》かデフォルメされたゴリラのイラストが掛けられていた。

戸棚など色々調べたい気持ちを抑えて、ひとまずは素通りして先へ進む。

右へ左へ四回ほど曲がり角を折れると、今度は最初の広間ほどの大きさの空間に出た。床には赤い絨毯《じゅうたん》が敷かれ、中央には木製の長いテーブルが置かれている。そのほか壁際《かべぎわ》に飾られた調度品の数々から、どうやらここは食堂に当たるらしいことがわかった。

「なかなか立派な部屋っすね。何か上流階級って感じっす」

興味深そうに調度品を眺めながらオルフェウスが言った。確かに華美ではないが、ハイセンスなインテリアからは品のよさが窺える。椅子は全部で十四脚と十分な数が揃《そろ》っていた。テーブルもあることだし、話し合いなどをここで行うのもいいかもしれない。

食堂の壁には、デフォルメされたシマウマのイラストが掛けられていた。何か……意味があるのだろうか。気にはなったが、詳細な調査は後回しにして、また俺たちは先へ進んでいく。

その途中で、最初の部屋の床にあったものと同じ金属の蓋がまた現れた。また試しに取っ手に手を掛けて引っ張ってみるがびくともしない。やはり力業で開くものではないようだ。仕方なくそのまま通りすぎる。

続いて見えたのは、三つ等間隔で横並びになったドアだった。これまでのように廊下と一続きにはなっていない個室のようだ。中は六畳ほどの洋室で、ベッドと簡単な書き物机と椅子が置かれているだけだった。他の二部屋も同様の造りだ。唯一の違いは、それぞれドアに異なるイラストのテクスチャが貼りつけられていることだった。

手前からカバ、ヨークシャーテリア、灰色のずんぐりむっくりした鳥というチョイスだ。何かの共通点でもあるのだろうか。

「妙にファンシーなのが逆に不気味だな」とカイニス。

それについては皆同意見だったようで、警戒を怠らないまま頷《うなず》いていた。確かに、各部屋のイラストがなければ、無味乾燥な洋館ということでシンプルな不気味さがあったが、デフォルメされた動物のイラストを所々に見かけることで、ちぐはぐな違和感が付きまとい、ますます不安感を増長している。

ホラー映画の定番アイテムとして朽ち果てた子どもの玩具《おもちゃ》があるが、同等の不気味さがこの館には当たり前に漂っていた。ただ、不気味なだけでモンスターが現れたりトラップが仕掛けられたりしているわけでもないので、今のところ命の危険性はなさそうだった。

再び足を進める。曲がりくねった長い廊下を歩いた先で、ようやく行き止まりに当たった。そこはバスルームのようで、バスタブとシャワーが備え付けられていた。ただ入口にドアの類はないため、使うことには躊躇《ためら》いがある。

元より、ＳＡＯの世界では生物的な代謝は存在しないので、汗をかいたり垢《あか》が溜《た》まって不潔になったりすることはない。砂や泥などで身体《からだ》が汚れることはあるが、それも簡単に落とせるのでわざわざシャワーを浴びたり風呂《ふろ》に入ったりする必要はないのだ。

――が、あくまでも趣味的な欲求から風呂《ふろ》を望む声も多い。特に女性プレイヤーにその傾向が強く、うちのギルドではまさにアタランテが毎日シャワーを浴びなければ気が済まないタイプだった。現に今も、いつもの無表情に少しだけ喜色を滲《にじ》ませている。

バスルームの床にも、例の金属の蓋が付いており、壁にはデフォルメされたタコのイラストが掛けられていた。

「行き止まりか……戻るか？」

簡単にバスルームの中を確認してから、ヘラクレスが呟《つぶや》いた。いつまでもここにいるわけにもいかないので、そうだな、と答えて来た道を引き返すことにした。今のところ、クエストの目的もわからなければダンジョンの存在意義も不明なままだったが、最初の広間の反対側の道も調べてみないことには何も始まらない。

また曲がりくねった長い廊下を進んでいる途中で、不意にアスクレピオスが呟《つぶや》いた。

「……なるほど。それで《迷宮館》か」

「なるほど、って何がだ？」

振り返って俺は尋ねる。アスクレピオスは、どこか得意げに眼鏡のブリッジを押し上げた。

「みんなは――『迷路』と『迷宮』の違いを知ってるかな？」

逆に問われて、俺は閉口する。迷路と迷宮の違い――そんなこと、考えたこともなかった。

みんなの無言を質問に対する否定と捉えたらしいアスクレピオスは、すぐに答えた。

「ようは道が枝分かれしてるか否《いな》か、だよ。十字路があったり行き止まりが頻繁にあったりするタイプのものを『迷路』と呼ぶ。文字どおり、路《みち》を迷わせるものだね。その特性からゲームやパズルとしての性質が強い。反対に『迷宮』は、枝分かれはなく一本道だ。その代わり、曲がり道を多くして方向感覚を狂わせ、自分が今どこにいるのかわからなくさせる性質がある」

「それじゃあ、『迷宮』は何を目的として作られた建物なんだ？」

「何って……決まってるだろう。何かを閉じ込めるためだよ」

当然のように、アスクレピオスは言った。他のメンバーはどこか緊張したように静まり返った。

「外に出たら危険なものを、閉じ込めておくために最初の迷宮は作られた。人類最古の迷宮は、神話の時代にまで遡るほどだ。そして、その最古の迷宮に閉じ込められていた怪物こそ――」

そこまで言って、アスクレピオスもまた言葉を呑《の》んだ。

視線の先、十メートルほど直線が続く廊下の先に、先ほどまでは存在しなかったはずの異形の人影が佇《たたず》んでいた。

二メートルを優に超える巨体。張り裂けそうなほど身体《からだ》中の筋肉が肥大化している。両手にはそれぞれ無骨な両刃の斧《おの》を摑《つか》んでいた。

だが、そこまではまだ許容範囲だ。その者を何よりも異形たらしめているもの――それは丸太のように太い首から上が牛であることだった。頭部には立派な二本の角。双眸《そうぼう》は閉じられ、その瞼《まぶた》の上にはまるで光を封じ込めるようにそれぞれ十字の刀傷が刻まれていた。

目を凝らして焦点を合わせることで、その存在の名前を知る。

──《Labrys the Blind Minotaur》

ダンジョンに入ってからようやく巡り合った初めてのモンスター。《盲目のミノタウロス》はまだこちらに気づいていない様子だ。普段ならば好機とばかりに奇襲を仕掛けるところだったが……すんでのところで俺は踏みとどまった。

ＳＡＯでは、モンスターのカーソルカラーによって彼我《ひが》の相対的な強さを推し量ることができる。大した経験値ももらえないようなザコであれば、白に近い赤だが、どう足掻《あが》いても勝ち目がないような強敵であれば、黒に近い赤になる。

ミノタウロスのカーソルカラーは──血よりも濃いダーククリムゾンだった。

断じて、こんな小さなダンジョンクエストにポップしていいモンスターではない。フロアボス級とさえ言っていいかもしれない。

俺たちだってそれなりにレベルは高いつもりだったが、それでもフロアボスは別格。そもそもこのＳＡＯのフロアボスは、いくつものパーティーが連結《レイド》を組んで、交代しながら少しずつＨＰを削ることでようやく倒せるほどに強く設定されている。一パーティー、しかも攻略組でない俺たちには万が一にも勝ち目などないだろう。

脳裏に過るのは、第一層のフロアボス《イルファング・ザ・コボルドロード》の攻略に参加したときの記憶。あのとき、みんなを率いてくれた指揮官ディアベルは、あまりにも呆気《あっけ》なく死んでしまった。あの悲しみを、絶望を、俺の大切な仲間たちに味わわせるわけにはいかない。

俺は全員に目配せをして、片手に持った青い結晶を示す。即座に俺の意図を理解して、皆頷《うなず》いた。

「転移——《フリーベン》！」

八層の俺たちのホームがある街へ飛ぼうとする。普段ならば即座に青い光を放ち、使用者を遠くの地へ送り届けるはずの《転移結晶》だったが、しかし今は反応がない。

何故《なぜ》……！　そんな馬鹿な……！

思いどおりに行かない状況。混乱しかけるが、すぐにその仕掛けに気づく。

まさか……ここは《結晶無効化空間》なのか……！

全身の毛穴が開いたような不快な感覚に襲われる。《結晶無効化空間》では、文字どおり《転移結晶》を含む結晶系のアイテム使用が禁止されている。

つまり、どれほどの緊急時であっても、逃げ出せないということだ。

しかも、不幸なことに《転移結晶》発動のための音声でモンスターに気づかれてしまった。

ゆっくりとこちらに身体《からだ》を向けるミノタウロス。光の粒子となって消えていくディアベルの姿がフラッシュバックする。ヤバい、と本能が命の危機を知らせるアラートを鳴らすが、パニックになった思考は空転を繰り返すばかり。

他のメンバーにも視線を走らせるが、まだ誰も混乱からは立ち直れていない。

「クソッ……！」

判断は一瞬。俺は即座にソードスキルを発動させて、モンスターに斬り掛かっていた。

両手用大剣突進技――《アバランシュ》。

威力はでかいが単発技なので、未知のボスモンスターに対して乱暴にぶっ放すことなど普段ならば絶対にしないが……今は緊急時だ。出の早い大技で不意を打ち、パーティーメンバーが状況に対応できるだけの時間を作るのが、リーダーである俺に今できる唯一のことだった。

渾身《こんしん》の力を込めた《アバランシュ》は、ミノタウロスの上体を袈裟《けさ》斬りに傷つける。だが、肝心のHPはミリしか削れず、大して効いているように見えない。

「ヴオオオオォォォォ‼」

ミノタウロスが激しく雄叫《おたけ》びを上げて、反撃とばかりに無骨な両刃斧《おの》を振る。

俺は咄嗟《とっさ》に剣でそれを受けた。ずしりと重たい衝撃が全身を貫く。攻撃自体は完全に防いだはずなのに、俺のHPは僅かに減っていた。いったいどれほどの威力なのか。

どうしようもない状況に心が折れかける。追い打ちを掛けるように、ミノタウロスはもう片方の両刃斧《おの》を高々と振りかぶった。

ヤバイ――ッ！

すぐ目の前にちらつく圧倒的な死の気配。すべて——俺の判断ミスが招いたことだった。こんな強力なモンスターが隠れ潜むダンジョンだと思っていなかったとはいえ、ささやかな功名心から判断を誤り、愛すべき仲間たちを危険に晒《さら》してしまった。

ならば俺が一秒でも時間を稼いで、その間みんなには脱出の算段を固めてもらおう。

死を覚悟して、再びミノタウロスの攻撃を剣で受けようとした次の瞬間——。

目映《まばゆ》いばかりの光の軌跡が、俺の両サイドを疾走した。

片手用直剣突進技《ソニック・リープ》と、細剣突進技《シューティングスター》。

共に我がパーティー最速のソードスキルが、すんでのところで敵の攻撃をいなした。

「イアソンにばかり美味《おい》しいところを持ってかれて堪《たま》るかよ！」

「……判断が遅れた。ブレインとして申し訳ないばかりだ」

俺を庇《かば》うように飛び出して来たのは、カイニスとアスクレピオスだった。残りの三人もすぐに追いついて、臨戦態勢を整える。

強敵を前にして、逃げることではなく、共に戦うことを選んだ仲間たち。

俺は思わず涙ぐみそうになるのを必死に堪える。

そうだ……いくら勝ち目がなくとも、諦めてはいけないのだ。

これまで苦楽を共にしてきたこの六人ならば、強大な試練も乗り越えていける——！

気持ちを切り替えて、俺は早口でまくし立てる。

「回復結晶が使えない今、長期戦は不利だ！　攻撃重視で一気に決めるぞ！　アスクレピオスは前線補佐、アタランテはデバフ優先、ヘラクレスは全力でヘイトを集めろ！　あとは俺、カイニス、オルフェウスで攻めまくる！」

後衛のオルフェウスとアスクレピオスを攻撃に回す火力特化構成。これで無理ならばもう諦めるしかない。一瞬の沈黙。精神を集中させ、覚悟を決めたところで――。

突然、ミノタウロスの動きがぴたりと止まった。

大きな隙――ここぞとばかりに攻め立てるべきだったのかもしれないが、俺は咄嗟《とっさ》にハンドサインだけで全員を待機させる。皆、練度が高く、すぐに臨戦態勢を保持したまま音も立てずその場に留まった。

ミノタウロスは、耳を左右に動かしながら何かを探すように首を振ったかと思うと、その場でくるりと俺たちに背を向けて、大股でやって来た廊下を引き返して行った。

よくわからないが――ひとまず窮地は去ったらしい。

「……何だったんだよぉ、今のはぁ……」

緊張が解けたのか、今にも泣き出しそうな声でオルフェウスが呟《つぶや》いた。

何だ、と聞かれても答えられる者はいない。誰もこの状況を正確に把握できていないのだ。

一旦は安堵《あんど》の息を吐くが、それほど安心していられる状況でもない。

《転移結晶》が使えないダンジョンに、フロアボス並みの強敵が彷徨《うろつ》いていることに変わりはないのだ。これからは、ミノタウロス討伐とダンジョン脱出の二方向について模索していかなければならない。

「——どうする、リーダー。ヤツの後を追うか？」とアスクレピオス。

おそらくは、情報収集の優先を提案しているのだろう。確かにどうして突然ミノタウロスが去って行ったのかは気になる。あるいは何か攻略の糸口が見つかるかもしれない。

正直少し昂《たか》ぶった精神を鎮《しず》める時間がほしかったが、俺はすぐに、行こう、とミノタウロスの後を追うように足音を殺して歩き出した。

個室前の廊下を進み、食堂、キッチンと通り抜けるが、ヤツの姿は見当たらない。何かの条件でポップしたり消えたりするのだろうか、などと考え始めたところで、急に怒声のような音が聞こえた。

咄嗟《とつさ》に足を止めて、耳を澄ます。すると廊下の先——おそらく俺たちが最初に現れた広間の辺りから複数人が争っているような声が漏れ聞こえてきた。

まさか——！

俺たちは広間へ向かって駆け出した。

2

ケットシー領首都《フリーリア》。

その中央広場のベンチに腰を下ろして、例の手記を流し読みしていると、突然悲鳴にも似た声が聞こえた。

「ちょっとぉ！　なに勝手に読み進めてるんですかぁ！」

顔を上げると、インバネスコートに鹿撃ち帽を被《かぶ》った、猫耳の少女が立っていた。少女——スピカは怒ったように耳と尻尾を逆立てているが、よくよく見ると軽く涙目になっていた。

「一緒に読み進めるって約束したじゃないですか！　どうして待っててくれないんですか！」

「そんな約束した記憶はないけど……」

現状、スピカに言われて無理矢理読まされているだけだったような気がするが。

「あと、口調バグってるぞ」

「え……？」そこでようやく自分のミスに気づいたのか、スピカは恥ずかしそうに頬を染めて咳払《せきばら》いをする。「……失礼、取り乱したね。名探偵たるもの、常に冷静沈着でなければいけないというのに恥ずかしいばかりだ」

そんな今さらキメ顔で格好付けられてももう遅い気がするけど……。

「というか、無理して口調まで変える必要ないんじゃないか？　普段どおりでいいじゃん」

「それは違うよ、助手くん。探偵の口調はコレと、昔から相場が決まっているのだ。このコートに身を包むと、探偵としての自覚が生まれて、自然と口調が変わってしまうものなのだ」

「そうかなあ……」

俺は訝《いぶか》しんだ。全然自然と口調が変わってなかったけど……。まあ、本人がそれでいいなら、外野がとやかく言うことでもない。俺は早々にこの話題を切り上げる。

「それで、珍しく今日はいつもより遅かったけどどうした？　生徒会が忙しいのか？」

「いや、生徒会など片手間にやっているだけだから忙しいことはないよ」

怒られろ。

「今日はね、ここへ来るまえに少し情報収集をしていたんだ」

「情報収集？」

首を傾《かし》げる俺に、スピカは誇らしげに口角を吊《つ》り上《あ》げて言った。

「どうやら、《新生アインクラッド》の二十層にも、《迷宮館》なるダンジョンがあるらしい」

思わず目を見開く。

――《新生アインクラッド》。

最近実施されたＡＬＯの大型アップデートで、世界樹《せかいじゅ》の上部にあの曰《いわ》く付《つ》きの巨城、《浮遊城アインクラッド》が実装された。

元々ＡＬＯは、ＳＡＯの複製システム上で稼働《かどう》していたため、そのサーバ上にはＳＡＯの舞台であった《アインクラッド》のデータが丸々残されていたらしい。

ＡＬＯの前運営会社《レクト・プログレス》の不祥事やら何やらで、ユーザー数が激減してしまったことを受け、新規運営会社が話題集めのために鳴り物入りで実装したのが、この《浮遊城アインクラッド》なのだった。

基本的な内部構造などは、SAO時代と変わっていないらしくSAOサバイバーからも人気を博していると聞く。

……かつて自分が殺され掛けた《アインクラッド》に愛着を持っているサバイバーの心理は、正直理解できないけれども。

「《迷宮館》が実在するなら……この手記の信憑性《しんぴょう》が高まった、ってことか？」

「いや、客観的にはまだ一概に言い切れないと思うよ。単純に《新生アインクラッド》の《迷宮館》を知った人が、あたかも当時のSAOを知っている体で綴《つづ》っているだけの可能性もある。まあ、いずれにせよボクらはこの手記の内容を鵜呑《うの》みにするしかないのだけどね。ちなみに、《新生アインクラッド》の《迷宮館》だけど、残念ながらまだ未攻略のようであまり大した情報がなかった。もう少し手記を読み進めてから、折を見て実地調査に行こうじゃないか」

今ひとつ調査の必要性を感じられないでいたけれども、真冬の夜空のようにきらきらと双眸《そうぼう》を輝かせているスピカを前にしたら、そんな無粋な突っ込みは入れられなかった。

ただ、それと同時にささやかな違和感のようなものも覚える。そもそもスピカは、何故《なぜ》ここまでこの件に首を突っ込みたがるのだろうか。確かに旧SAOで密《ひそ》かに発生していたかもしれない殺人事件、というのはミステリ好きならばそそられるシチュエーションなのかもしれないけれども……それだけではない、何か執念のような強い意志を端々から感じてしまう。

まさか……この件に関して、何か俺の知らないことを知っているのか……？

幼馴染《おさなな じ》みにそんな不審感を抱いてしまうが、すぐに脳裏に過《よぎ》った馬鹿げた発想を捨て去る。

スピカはあくまでも、自分を名探偵だと思い込んでいるただの女子高生だ。ＳＡＯなんて不穏なものに関わっているはずがない。

俺の疑念を払拭《ふっしょく》するように、スピカは邪気のない満面の笑みを浮かべて言った。

「それじゃあ、早く我らが《真珠星探偵社》の事務所へ向かうとしようか！　ちなみに、今日のおやつはチョコチップドーナツだよ！」

「この時間にこっちで間食なんかしたら、晩飯食えなくなるぞ」

「甘いものは別腹だから大丈夫さ！」猫耳少女は胸を張った。「それに頭脳労働は大量のブドウ糖を消費するから何も問題ない！　さあ、張り切って続きを読もう！」

3

【謎の手記・第3節】

長い廊下を抜けた先、広々とした空間では、見知らぬパーティーが先ほどまでの俺たちと同じようにミノタウロスと戦闘していた。

おそらく俺たちとほぼ同じタイミングでこのダンジョンを見つけて、入ってきてしまったのだろう。

俺たちは無言で頷《うなず》き合うと、加勢に飛び込む。戦力は増えても、回復結晶が使えない状況に変わりはない。だから自然、短期決戦の攻撃重視にならざるを得ない。

当然、向こうも同じ考えで攻撃優先の戦術を取っているのだと思うが……それにしても無茶な戦い方をしている気がする。

前衛は両手剣使いと片手剣使いの二人。両手剣使いがプレートメイルの長身の男で、もう片方が素早さにスキルポイントを振っているのか軽装の少年だ。プレートメイルの男は、時折後衛とスイッチしては、削られたＨＰを回復するためのポーションを飲み、その後再びスイッチして前衛へ戻っていく標準的な戦闘スタイルだったが、軽装の少年のほうは回復の暇すらなく常に前衛で無謀な攻撃を続けていた。

プレートメイルの男は、一目見てわかるほどの熟練プレイヤーだった。体捌《さば》き、ソードスキルの選択、状況判断とどれを取っても隙がなく、高レベルプレイヤーであることが窺《うかが》える。

対して軽装の少年のほうは、使用しているソードスキルも基礎的なものばかりだったし、何よりその挙動にはどう贔屓目《ひいきめ》に見てもベテランとは思えない鈍くささがあった。

攻撃頻度の高い少年には、自然とヘイトが集まる。ミノタウロスの苛烈な連続攻撃に、少年は少しずつ押されていく。

「おい！　前衛を下がらせろ！　死ぬぞ！」

何とかヘイトをこちらへ向けようと必死に上位ソードスキルを繰り出しながら俺は叫ぶ。

だが、リーダー格と思《おぼ》しきプレートメイルの男は苛立《いらだ》たしげに怒鳴った。

「外野が指図すんな！　俺らには俺らのやり方があんだよ！」

取り付く島もない。そのとき、少年の攻撃が弾《はじ》かれ、鋭い追撃が襲い掛かった。

当然、体勢を崩した少年にそれを躱《かわ》す術《すべ》はない。少年の顔が絶望に歪《ゆが》む。

「──っ！　クソッタレ！」

考えるより先に身体《からだ》が動いていた。全速力で飛び出し、右腕を伸ばして少年を突き飛ばす。

そこでやっと俺の存在に気づいたらしく、驚愕《きょうがく》に目を見開く少年。

少年と俺の間に──ミノタウロスの両刃斧《おの》は無慈悲に振り下ろされた。

直後、鈍い衝撃。

「──ッ！」

思わず歯を食いしばる。俺の右腕は宙を舞い、そのままボトリと床に落ちた。

ＳＡＯに痛覚はないけれども、代わりに本能的な忌避感や不快感に襲われる。特に四肢の欠損は大きな違和感を伴う。システム的には欠損ダメージ──所謂《いわゆる》、デバフとなる。

流血描写もないため、床に落ちた腕はデジタルノイズをエフェクトにしてそのまま霧散した。

欠損ダメージは三分間継続する。逆に言えば、三分後には何事もなく右腕は元どおりになるのだが、その間、両手剣使いの俺は、剣を振るうことができない。

つまりこのミノタウロスを前にして、丸腰になるしかないわけで……その先に待ち受けるものは速やかな死のみだ。ＨＰも今の一撃で一気に半分以上持って行かれた。

再び、圧倒的な死の予感に襲われるが、そこでまたミノタウロスはピタリと動きを止めた。ヤツのＨＰはあれだけの集中的な攻撃を受けて一割ほどしか減っていない。行動パターンが変化するには早すぎる。

いったい何をする気なのか。皆も迂闊《うかつ》に攻撃を加えることができず、警戒を緩めないまま様子を窺《うかが》っている。

ミノタウロスは何かを気にするように耳を動かしながら首を左右に振り、やがて重たい足取りで広間の中央へ向かうと、床に設置されていたハッチを持ち上げて床下へ消えていった。

俺たちは閉じられたハッチを遠巻きに見つめる。またいつ戻ってくるのかわからなかったためだ。そのまま一分ほどが経過したところで、オルフェウスが呟《つぶや》く。

「助かった、んすかね……？」

今の状況で本当に助かったと言い切ってしまっていいものか判断に迷ったが、少なくとも修羅場が終わったのは事実のようだった。

全員に安堵《あんど》が広がっていく。俺はアイテムストレージからポーションを二つ取り出して、一つをすぐ側でへたり込んでいた少年に差し出す。

「ほら、飲んどけ」

少年はまた驚いたように目を見開いて俺を見つめてから、ありがとうございます、と小さく呟《つぶや》いてそれを受け取った。まだあどけなさを残した小太りの少年だった。見た目と強さには一切の関係がないＳＡＯではあるが、やはりどう贔屓目《ひいきめ》に見てもそれほど強そうには見えない。

ポーションを飲み干してから、俺は助け起こしに来たヘラクレスに肩を借りて立ち上がる。

そのとき、向こうのリーダー格と思しきプレートメイルの男がばつが悪そうに声を掛けて来た。

「……先ほどはすまない。救援に来てくれたのに、興奮してしまった」

どうやら怒鳴り返したことを謝罪しているらしい。

「いや、戦闘中だし仕方ないよ。俺も気にしてない。でも、もう少し安全マージンを取ったほうがいいよ。俺が割って入らなかったらそこの少年は死んでたぞ」

右腕はまだ復活していないので視線だけで少年を示す。少年は気まずげに視線を逸《そ》らした。

「オメガはうちの貴重なダメージソースなんだ。確かに今回は多少無理させたかもしれないけど、アレは無理でもしなきゃ倒せない相手だっただろう？」

それを言われると俺も言い返せない。事実、俺も本来後衛のオルフェウスたちを前衛に立たせてしまっていた。仲間を危険に晒《さら》したという意味では、この男を責める資格などない。

それからプレートメイルの男は話題を変えるように言った。

「とにかく、助けてくれて感謝する。俺は探索ギルド《英雄伝説》のリーダー、アーサーだ」

「俺は《アルゴナウタイ》のリーダー、イアソンだ。よろしく」

差し出された手を握り返す。一見すると温厚な好青年でしかないが、目だけが笑っていないように見えた。少し不気味な男だ。

それからアーサーは、簡単にパーティーメンバーを紹介する。

明るい髪色が特徴的なスタイルのいい美女——細剣使いのイヴリン。

髪を逆立てたチンピラ然とした目付きの悪い男——曲剣使いのアズラエル。

黒髪をツインテイルに結った少女——片手剣使いのロッキー。

にこにことした笑みを絶やさない温和そうな青年——棍棒《こんぼう》使いのマルク。

そして、如何《いか》にも頼りなげで気弱そうな小太りの少年——片手剣使いのオメガ。

礼儀としてこちらも簡単にパーティーメンバーを紹介するが、やはりどうにも俺は相手パーティーのことが信用できなくて一歩引いた対応をしてしまった。

表面上は仲良しパーティーのように見せているものの、パーティー内に不和のような感情が見え隠れしている気がして、話していると何とも居心地の悪さを感じてしまうのだ。

互いの自己紹介を終えたところで、アーサーは不意に探るような目付きになった。

「ところで《アルゴナウタイ》と言ったけど、ひょっとして《鼠《ねずみ》のアルゴ》の関係者かい？」

——鼠《ねずみ》のアルゴ。今やこのＳＡＯでその名を知らぬものはいないというほどの有名プレイヤーだ。情報屋であり『アルゴの攻略本』という本を無料配布して、攻略の士気を高めている。

俺は最前線で剣を振るう以外にも、ＳＡＯでできることがあるのだと知り、その心意気に感銘を受けて、少しでもアルゴの役に立てるよう前線を退いてこの情報収集ギルド《アルゴナウタイ》を発足したのだ。ただし、直接的な協力者というわけではなく、あくまでも俺が勝手にやっているだけなのだけれども。

「……関係者だとしたら、どうなるんだ？」

相手の言葉に不穏なものを感じて、敢《あ》えて俺ははぐらかす。するとすぐに俺の真意を悟ったようで、アーサーは殊更明るい口調で答えた。

「いやなに、ちょっとした興味本位だよ。俺たちだって別に先方と敵対してるわけじゃない。そんな怖い顔しないでくれよ。ただ――」

それからアーサーは、どこか蔑むような笑みを湛《たた》えて続ける。

「同じベータテスターとして、ヤツの行動は理解できなくてね。どうして貴重な情報リソースを全員で共有しようとするのか……。全員に分配するよりも、一部で独占したほうがよりプレイヤー強化にも繋《つな》がって攻略も楽になるんじゃないかと思うんだ。だから俺はどちらかというと《黒ずくめ《ブラッキー》》さんを支持するよ」

ベータテスターとは、ＳＡＯがこの悪夢のようなデスゲームを始めるよりも少しまえ、まだ健全な世界初のＶＲＭＭＯを標榜《ひょうぼう》していた頃に実施されたベータテストに参加したプレイヤーのことだ。

もちろんベータテストで得た経験値などはすべてリセットされた状態で新たにこのデスゲームが始まっているので、システム的にプレイヤーは全員平等なはずだったが……一部のプレイヤーが、ベータテストで得た知識を使い、リソースの独占を始めたのだ。MMOにおいて、情報格差はすぐに戦力差に繋《つな》がってしまう。

中でも《黒ずくめ《ブラッキー》》と呼ばれる攻略組の中でもトップ層に位置するあるプレイヤーは、最初期からベータテストの知識を独占している《ビーター》として悪名高い。《ビーター》とは、《ベータテスター》と《チーター》を合わせたこのゲーム独自の蔑称だ。

だが、当然すべてのベータテスターがそのような利己的な行為を行っていたわけではない。《鼠《ねずみ》のアルゴ》などは、ベータテスターとしての知識、経験を幅広い層に共有して、全員で力を合わせてこのデスゲームを生き残ろうと頑張っている。

……ただ、そのどちらの判断が正しいのかは正直なところよくわかっていない。アーサーが言うように、一部のプレイヤーが特別に強くなることもまた、SAO攻略には極めて重要なことだからだ。実際ゲーム内リソースの経験値や金《コル》が有限であることは紛れもない事実である。

その有限のリソースが、一部ではなく全体に満遍なく行き渡ることは攻略を不利にしてしまう恐れもあるのだ。このVRの世界に囚《とら》われた俺たちの残り時間は決して多くはないのだから……下手をすると攻略が進まずに全滅する可能性だってゼロじゃない。

ただ、それでも。

俺は、アルゴが日指す全員で一丸となってこのデスゲームを攻略する未来を信じたい。

「——まあ、どう考えようとそれはアンタの自由だよ」

この話題を切り上げるべく、俺は本題に切り込んでいく。

「で、これからどうするつもりだ？　あのミノタウロスは、一パーティーじゃたぶんどうあっても倒せないぞ。連結《レイド》を組むなら喜んで話に乗るが」

いくら相手がいけ好かない利己的なベータテスターであっても、今は貴重な戦力だ。選《え》り好《ごの》みなどをしている場合ではない。

それは当然、相手も同じはずだったが……アーサーは口元を曲げて肩を竦《すく》めた。

「いや……せっかくの提案だけど遠慮させてもらうよ。元よりこっちはあの怪物と戦うつもりもないしね。もしかしたらそっちはアレと戦うつもりかもしれないけど、それなら協力できなくて申し訳ない」

戦うつもりがない——つまり、初めから探索と脱出を目的としているということなのだろうか。もちろんそれができればベストなのだろうが……本当にそんなことが可能なのか。何よりも、あの怪物と次に対峙《たいじ》した場合どうするつもりなのか。

色々と突っ込みたいことはあったが、アーサーはこれで話はお終《しま》いとばかりにパーティーメンバーを連れて、さっさと俺たちが先ほどまで探索していた廊下の先へ消えていった。

去り際にアーサーは、「このダンジョンに眠るお宝は渡さないよ」と意味深な言葉を残す。

協力を取り付けられなかったことは正直痛手だったが……まあ、いけ好かないヤツと肩を並べるというのもストレスになるし、パーティーメンバー同士で諍《いさか》いが起きても面倒だ。

大人しくここは諦めて俺たちだけで生き残る方策を探し出そう。

——そんなふうに気持ちを切り替えようとしたのだけれども。

《英雄伝説》の面々が広間を出て行く際、最後尾を歩いていた小太りの少年——オメガが一瞬だけ振り返って見せた悲しげな顔が、どうしても意識の片隅から消えなかった。

4

「迷宮を模した怪しげな館に、そこを彷徨《さまよ》い歩く強大な怪物、そして不和を煽《あお》る訪問者——いよいよこれは、本格ミステリじみてきたね！　くぅ！　堪《たま》らん！」

「不謹慎だぞ」

手記を眺めながら奇声を発するスピカに、一応釘《くぎ》を刺しておく。だが、当の自称名探偵は素知らぬ顔で、

「名探偵とは往々にして不謹慎な存在なのだよ、助手くん」

などと嘯《うそぶ》き、優雅に紅茶を啜《すす》った。

ここ《真珠星探偵社》の事務所は、今日も長閑《のどか》に閑古鳥が鳴いている。街の端っこで人が通りかかることも極めて稀《まれ》なため大変静かである。読書にはうってつけの環境だ。

俺は幼馴染《おさななじ》みに対するあらゆる不平をドーナツと共に飲み下して、身体《からだ》の奥底へ紅茶で流し込む。

「……まあ、でも不穏だという意見には概《おおむ》ね賛成だよ。如何《いか》にもなシチュエーションであることも客観的な事実だと思う。ただ、気になることがある」

「ほう――？」

興味深そうに眉尻を上げるスピカ。

「何かみんなその如何《いか》にもなシチュエーションを受け入れすぎてないか？　やべぇ怪物が彷徨《うろつ》いてて命の危険に晒《さら》されてるわけだろ？　ならもっと必死になるべきじゃないか？　連結の交渉《レイド》が決裂してもすんなり受け入れてるみたいだし……。俺にはこれに書かれてることが、現実のこととはとても思えないよ」

「実際問題、現実のことじゃないからねぇ」

揚げ足を取ってから、スピカは至極真面目な口調で続ける。

「この手記はあくまでも主観でしかないので確かなことは言えないけど、彼らが状況を受け入れすぎているのはおそらく感覚が麻痺《まひ》してしまっているのだろうね。VRMMOのデスゲームという意味不明な環境に置かれてもうすぐ一年経《た》とうという頃だろう？　彼らが現実《こちら》の常識や観念からズレた行動を取っていたとしてもそれほど不自然ではないと思うよ。それほどまでに彼らは異常な環境で生きることを強いられていた。言ってしまえば、文字どおり《異世界》での出来事だからね。ボクらが心情的に理解できなかったとしても、それは仕方のないことさ」

そういうものなのだろうか。自分の命を守るためにも、みんなで固まって行動したほうがいいに決まっている、というのは、現実世界で平和に暮らしている俺の思い上がった理想論でしかないのだろうか。

ＳＡＯというデスゲームに巻き込まれた人々の複雑な心理は──俺には理解しがたい。

まあ、理解できないことを無理に理解することもない。重要なのは、中で書かれている《起こったかもしれないこと》のほうだ。それが事実であれ虚構であれ、何らかの解決をもたらすことができればスピカは満足するのだろうから、俺はそれに付き合うだけだ。

「そういえば、もう一つ気になったことがあるんだけど」

「なんだい？」

「《鼠《ねずみ》のアルゴ》っていう、有名プレイヤーがいたのは別に構わないんだけど、それとギルド名の《アルゴナウタイ》ってのは、何か関連があるのか？」

「《アルゴナウタイ》というのは、ギリシア神話に登場する英雄たちの一団だよ」

スピカはさも常識であるかのようにすらすらと答える。

「《コルキスの金羊毛》と呼ばれる大秘宝を探し求めて、アルゴー船という巨大な船に五十人以上ものギリシアの英雄たちが乗り込んだんだ。《鼠《ねずみ》のアルゴ》がギリシア神話から自らの名を取ったのかは定《さだ》かではないけど、少なくともギルド《アルゴナウタイ》は、確実にギリシア神話を意識して名づけられたものだと思うよ。どういう偶然か、ギルドメンバーの名前は、ギリシア神話でアルゴー船に搭乗した英雄たちと一致しているからね」

確かにヘラクレスやオルフェウスならば、俺でさえ名前を聞いたことのあるギリシアの大英雄だ。そんな都合のいい偶然なんて本当にあるのか、と俺は首を傾《かし》げるが……まあ、元より信《しん》憑《ぴょう》性のほうは怪しいものなのだから、あまり気にしないことにする。

しかし、それにしても——と、俺は手元の紙束を改めて眺める。

この手記が、《アルゴナウタイ》のリーダーであるイアソンなる人物によって書かれたものである、ということは一日事実と認識するとして。確か最初のところには、前代未聞《ぜんだいみもん》の殺人事件が起きたので自分の代わりに解決してほしい、というようなことが書かれていたが、本当にそんなことが起きていたのだろうか？

今のところ、ダンジョンにヤバいモンスターがいた、くらいの情報しかないけれども……。事件が起きることを期待するのはやはり不謹慎だと思ったが、何か動きがなければ始まらないのも事実だ。ひとまずは、事件が起こることを前提として注視しつつ読み進めるしかない。

視界右下の時刻表示を確認する。夕食の時間まではまだ間がありそうだ。

今のうちにもう少し、と俺は手記の続きを目で追い始めた。

5

【謎の手記・第4節】

最初に転移させられた広間の、今度は反対側の廊下を進んでいってわかったこと。

それは、この《迷宮館》は、広間を中心として、左右が点対称の構造をしている、ということだった。

ただし完全な対称というわけではなく、左翼でキッチンがあった場所の右翼側は倉庫に、食堂があった場所は図書室になっていた。またバスルームがあった場所に至ってはただ廊下が続いて行き止まりになっているだけだった。

この対称構造に何か意味があるのかはわからなかったが、館全体が一本の道で繋《つな》がっている、ということがわかったのは大きな収穫だと思う。……不幸な事実とも言い換えられるが。

館中の部屋が一本で繋《つな》がっている、ということは、もしミノタウロスと対峙《たいじ》したならば逃げ場がないということに等しい。

先ほどは何らかの幸運によってたまたまヤツを撤退させられたが、次もその幸運に見舞われる保証などどこにもない。

ほとんど唯一と言ってもいい救いは、右翼側にも三連の個室が存在したことだ。ＳＡＯの個室はシステム的に保護されているので、モンスターに開かれる心配はいらない。つまりいざとなれば、個室に逃げ込めば一旦はミノタウロスをやり過ごせるということだ。

問題は、個室に逃げ込む隙をヤツが見せてくれるかということだが……真正面から戦うよりはそちらのほうが幾分生存確率は高そうなので、どうしようもなくなったら一か八かで試してみる価値はある。

そのようなわけで、一旦ダンジョンの探索を終えたところで、俺たち六人は右翼側の個室の一つに集まって作戦会議を始めた。窓もない六畳ほどの部屋で六名（内一名は大男）が膝をつき合わせるというのは、なかなかに窮屈だったが贅沢《ぜいたく》は言っていられない。

「――今後の方針としては、ミノタウロスをやり過ごしながらこの《迷宮館》から脱出する、というものになると思うけど……何か具体的なアイディアや気づいたことはないか？」

随分まえに復活した自分の右腕を撫《な》でながら質問すると、皆の視線がただ一人へと向かった。当パーティーの頭脳担当、アスクレピオスだ。

皆の期待に応えるためか、渋々といった様子で医師は口を開く。

「……ここがクエストダンジョンである以上、何らかの脱出手段が隠されているのはほぼ間違いないと思う。そして、例のミノタウロスがまともに戦っても勝てないほどの強敵ということは、正攻法での攻略は脱出のほうだと考えるのが自然だ」

「ミノタウロスの撃破は、クエストのクリアに必須じゃないってことか」

さすがは《アルゴナウタイ》のブレイン。思わず舌を巻くような冷静な分析が続く。

「その上で、いくつか気になっていることがある。まずは、マップを見てくれ」

言われるままに俺たちはウインドウからマップを開く。先ほど《迷宮館》全体のマッピングが終わったところで、地下通路の構造も自動的にマップに記載されていた。地下通路への降り方はわからなかったし、当然誰も足を踏み入れていないが、自動的にマッピングされた以上、そういう仕様なのだと理解するしかない。

「地下通路は、館の下の周囲を円形に走りながら、東西南北を十字の通路で繋《つな》いでいる。先ほどミノタウロスが中央広間のハッチの下に潜っていったのはみんなも見ていると思うけど、このことからヤツは地下通路に棲《す》み着いていて、五箇所のハッチの好きな場所から館側に姿を現せる可能性が高い、ということが推察される」

おお、とオルフェウスとヘラクレスが感嘆の声を上げた。対してカイニスは、些《いささ》か懐疑的な様子だった。

「本当に好きな場所から出入りできるのか？　根拠は？」

「そんなものはないよ」アスクレピオスは淡々と答えた。「そう考えたほうが安全だ、というだけだ。もし今後の調査で、何らかの法則性によって出現場所が固定されていることがわかれば、それはそれで大きな前進だ」

確かに情報の少ない現段階では楽観的な推測は控えるべきだろう。

「……それもそうか。悪い、話の腰を折ったな。続けてくれ」カイニスは頬を掻《か》いた。

「いや、みんなも気になったことがあったらどんどん聞いてほしい。僕はあくまで自分の考えを述べてるだけだからね」

そう断りを入れてからアスクレピオスは続ける。

「じゃあ、ひとまずミノタウロスのほうからいこうか。ヤツに関してもいくつか考察できることがある。たとえば、《音》に敏感に反応するとかね」

「音……目が見えてないからか？」とカイニス。

「うん。最初、ミノタウロスと遭遇して、みんなで臨戦態勢を取ったときのことを思い出してほしい。あのとき僕らの間に一瞬の沈黙がおりた」

俺は記憶を呼び起こす。確かにあのとき俺たちは一瞬だけ沈黙し、その後何故《なぜ》かミノタウロスは踵《きびす》を返《かえ》して去って行ってしまった。

「あれはおそらく、ちょうどそのタイミングで《英雄伝説》の面々が《迷宮館》に入ってきたんだと思う。ミノタウロスは、目の前で突然沈黙した僕らよりも、広間に現れた《英雄伝説》が発する音に気を取られたんだ」

あのとき何故《なぜ》ミノタウロスが突然去って行ったのかずっと気になっていたが……なるほど、そういうことだったのか。

「他にもどんな法則性で動いているのか、いくつかの可能性を検討することはできる。たとえば……ヤツは一度の出現で三十分程度しか一階にいられない、とかね」

「……何故《なぜ》、そう思うのですか？」アタランテが真剣な表情で尋ねた。

「あくまでも可能性の話だけど……。たとえば、僕らがこの館に足を踏み入れたときから、すでに右翼側にミノタウロスが出現して徘徊《はいかい》していたと仮定しよう。その場合、僕らはもっと早くにミノタウロスと遭遇していたと思うんだ」

　言われてみればそのとおりだ。俺たちがヤツと遭遇したのは、左翼側の探索が終わり、引き返している最中だった。もしも、もっと早くヤツが館側に出現していたのだとしたら、遭遇したタイミングが遅すぎるような気はする。

「たまたま右翼側の奥のほうにいて、俺たちの出現に気づかなかったとか？」とオルフェウス。

「いや、ヤツの聴覚はかなり鋭敏だ。実際、ヤツは左翼の三連個室付近の直線廊下から、中央広間に現れた《英雄伝説》の存在を早急に察知している。僕らのときだけ都合よく気づかなかったとはとても考えられない」

　理路整然とした言葉。俺は感心してため息を零《こぼ》すばかりだった。

「つまり――論理的に考えて、俺らが左翼を探索している途中にヤツは地下通路から館側に現れたと考えるのが妥当ってことか」

　カイニスの念押しに、アスクレピオスは頷《うなず》いた。

「そして、移動とその後の戦闘を含めたヤツの出現時間は、長く見積もってもせいぜい三十分程度。もしかしたら、ダメージを負ったために撤退したのかもしれないけど……一割程度ＨＰを削っただけで行動パターンを変えるモンスターには今のところ出会ったことがないから、統計的に見れば前者の可能性のほうが幾分高そうだ、という結論になる」

もちろん絶対じゃないけどね、と肩を竦《すく》めてから眼鏡を押し上げる。

「現時点でミノタウロスに関して考察できることはこれくらいかな。出現のタイミングなどはまだ情報が不足しているため検討できない。続けて、《迷宮館》の話に入るけど……。この館に何らかの脱出ギミックが隠されているのはほぼ確実だと思う。一番気になるのは……やはり《絵》だね」

アスクレピオスの言葉に、皆頷《うなず》いた。

左翼側と同様、右翼側の部屋にも例の絵がこれ見よがしに飾られていた。

倉庫には、どこかの庭を描いたと思《おぼ》しき白い家と芝生の風景画。

図書室には、白い砂浜と青い海が描かれた風景画。

個室にはそれぞれ北側から、桃、ウナギ、そして全体が真っ黄色に塗りたくられただけのものという、動物で統一された左翼側と比べると何とも取り留めのないものだ。

「ゴリラ、シマウマ、カバ、ヨークシャーテリア、灰色の鳥、タコ、庭、海、桃、ウナギ、それからよくわからん黄色い絵の計十一点。何か隠されてますと言わんばかりだが……共通点でもあるのか？」

カイニスが腕組みをしながら首を傾《かし》げた。

「灰色の鳥は、白鳥の雛《ひな》だと思います」不意にアタランテが口を開く。「昔、実際に見たことがあります。それに、灰色の鳥の後ろにはちゃんと白鳥も描かれていたので間違いないかと」

「さすがアタランテちゃん！　目敏《めざと》いっすね！」

囃《はや》し立《た》てるオルフェウスにアタランテは呆《あき》れたような視線を向けた。慌てて俺は割って入る。

「いや、実際大したものだよ。じゃあ、あれは白鳥ってことで今後は話を進めよう」

もっとも、あれが白鳥だとわかったところで、共通点など見出《みいだ》せなかったが……。期待を込めた視線をアスクレピオスに向けるが、ゆっくりと首を振った。

「生憎《あいにく》だけど、こういう謎解きはそれほど得意じゃない。これはどちらかと言えば、カイニスの本職だろう」

今度はカイニスに視線が集まる。彼は現実世界では、私立探偵をやっていたらしいので、言われてみれば確かにカイニスのほうが適任のような気もする。

しかし、カイニスは声を上げて笑った。

「みんな探偵に夢を見すぎだぜ。現実の探偵なんて、そんな立派なものじゃない。シャーロック・ホームズみたいな快刀乱麻の名探偵を期待してるのだとしたら、俺じゃ役に立てないね。俺は浮気《うわき》調査専門だよ」

確かにカイニスなら、見た目は美女なので浮気《うわき》調査などでも相手に警戒される可能性は低いかもしれない、などと的外れなことを考える。

しかし、アスクレピオスでもカイニスでも無理ということは、もうほとんどお手上げの状態だ。

「まあ、絵に隠された秘密に関しては保留にして、他にも気になることはある」

一度咳払《せきばら》いをして、アスクレピオスは話を戻す。

「どうしてこの《迷宮館》は、完全な左右点対称じゃないんだろう？　左翼のバスルームの位置に、どうして右翼は部屋を作らず廊下を延ばしてただの行き止まりにしたんだろう？　そのほうが絶対に館の構造としては美しいはずなのに」

「——つまり、そこには何らかの意味がある、ということか？」

当て推量の俺の確認に、アスクレピオスは神妙な顔で頷《うなず》いた。

彼の言うとおり、完全な左右点対称じゃないために、全体の部屋数も中央広間を除いて十一部屋という何とも中途半端《ちゅうとはんぱ》なものになってしまっている。

もちろん、それが悪いというわけではないのだけれども、これだけギミックの凝らされた館ならば、そこにも相応の理由があると考えるのが自然だ。

「今のところ僕のほうから言えることはそれくらいかな。もう少し情報を集めてから、またみんなで改めて考えよう。——大丈夫、ここにはアルゴー船の英雄が六人もいるんだ。こんなダンジョン、簡単にクリアできるさ」

みんなを勇気づけるようにそう言って、アスクレピオスは身を引いた。

本当はリーダーである俺が引っ張って行かなければならないはずなのに……情けない。

俺は顔を軽く叩《たた》き、気合いを入れ直して言った。

「――とにかく、少し休もう。幸い、ベッドもある。順番で身体《からだ》を休ませてから、改めて情報収集に向かおう」

提案はすんなりと受け入れられ、右翼側の三部屋を俺たち《アルゴナウタイ》で使わせてもらうことにした。

《桃》の部屋が、俺とヘラクレス。

《ウナギ》の部屋が、オルフェウスとアスクレピオス。

《黄色》の部屋が、カイニスとアタランテ。

大体、いつもの宿の部屋割りと一緒になった。ちなみに、カイニスは身体《からだ》は女性で心が男性のため、普通の女子高生であるアタランテと同室にしてもよいものなのか悩みどころではあるのだが、アタランテのほうがカイニスに懐《なつ》いているため一緒の部屋になることが多い。

カイニスもアタランテのことは妹のように思っているようで、変な気は起きないらしい。

俺たちはそれぞれの部屋に一旦解散して、束《つか》の間《ま》の休息を満喫する。

俺は、ヘラクレスに先にベッドを譲り、彼が寝ている間、書き物机で今日起こったこと――つまりこの手記を書き始めた。

それから一時間ほどが経過したところだろうか。

突然、部屋がノックされた。

SAOの個室は、システム的に保護されているので廊下や隣の部屋の音などは一切聞こえないようになっているが、例外としてノックの音と叫び声だけは聞こえる仕様になっている。また、ノックの後であれば三十秒間、音声も通る。

まさかミノタウロスが部屋をノックしているわけもない。誰だ、とドアの外に声を掛けてみると、

「あ……あの……お休み中のところすみません……」

と聞きなじみのない、今にも消え入りそうな小声が返ってきた。俺は慌ててドアを開く。

そこに立っていたのは、ギルド《英雄伝説》の少年——オメガだった。何故《なぜ》こんなところに一人でいるのか。あまりにも危険すぎるのではないか、と苦言を呈しそうになるが、それにしても様子がおかしい。

データ的に血流などは存在しないはずなのに、少年の顔は真っ青で明らかに尋常の状態ではないことが窺《うかが》えた。

「……どうかしたのか？」

不安になり尋ねる。するとオメガは、視線を泳がせながら、唇を震わせて言った。

「あ……アーサーさんが……死にました……」

Chapter 3 The Labyrinth Tragedy

第 3 章
迷宮の悲劇

1

翌日、昼休み。

いつものように弁当片手に哲学部の部室に顔を出すと、先に来ていた月夜野《つくよの》雫《しずく》は早くもリクライニングソファに身体《からだ》を預けて、アミュスフィアを被《かぶ》っていた。

両手を組み合わせて腹部の上に置いた姿勢で、雫《しずく》は身じろぎ一つしない。

静かな息づかいだけが室内に響く。

ゆっくり上下する胸元と、プリーツスカートから伸びる黒タイツに包まれた太ももが視界に入り、何となく罪悪感を覚えて視線を逸《そ》らす。

「無防備が過ぎる……」

部屋に入ってきたのが、幼馴染《おさなじ》みの俺だったから邪《よこしま》な劣情を催さずに済んでいるが、もしこれが部外者の変質者だったらどうするつもりなのか。

一応、外的な刺激に対しては、アミュスフィア内でも警告が入るはずなので、滅多なことは起こらないと思うが……警戒をするに越したことはないだろう。

呆《あき》れと、小さじ一杯程度の不安を覚えながら、しっかりとドアの施錠《せじょう》を確認し、俺もアミュスフィアを被《かぶ》ってALOにログインする。

気がつくと俺は、いつもの広場に立っていた。酩酊《めいてい》感や浮遊感などはない。慣れたものだ。

周囲に雫《しずく》――もとい、スピカの姿はない。特に待ち合わせの約束などもしていないので、おそらく先に事務所に行っているのだろう。

昼休みは短い。俺は足早に《真珠星探偵社》へ向かう。

事務所に足を踏み入れるが――普段の指定席にスピカはいなかった。代わりにスピカがいつも着いている事務机の上には、両手にシンバルを持った挑発的な顔をしたサルの人形が置かれている。スイッチを押すとシンバルをかき鳴らすタイプのアレだ。こんなものまでALOの世界にあるとは驚きだが、きっと好奇心旺盛なスピカが街で見つけて思わず買ってきてしまったのだろう。

だが、肝心のスピカの姿はどこにも見当たらない。はて、またどこかで寄り道でもしているのだろうか、と何気なく事務所に併設されたシャワールームのドアを開くと――。

「――おや、いらっしゃい助手くん。きみも一汗《ひとあせ》流しに来たのかな？　すぐ上がるからそこで少し待っていてくれたまえ」

「――ッ!?」

慌ててドアを閉めた。何故《なぜ》スピカはわざわざこの昼休みにシャワーを浴びているのか。VRの世界でシャワーを浴びたところで現実の身体《からだ》の汚れは一切落ちないのだから、全く意味がないのに……。

考えれば考えるほど、理解不能な行動だった。

何より、脳の記憶領域に貼り付いた、艶《あで》やかな全裸の後ろ姿が頭から離れない。VRの世界ではあるが、リアリティを追求するために全裸もしっかりと描画される。もちろんそれは、あくまでもアバターの裸であり、現実の雫《しずく》とは一切の関係がないことは理解しているつもりだったけれども……。

それでも、幼馴染《おさななじ》みだと認識している少女の裸を見てしまうというのは、禁忌に触れるようで何とも後ろめたい。

その場で身もだえしていると、前言どおり早々にスピカはシャワールームから出てきた。すでにいつもどおりのインバネスコートに鹿撃ち帽の姿をしている。

「いきなり有無を言わせずドアを閉めるなんて酷《ひど》いじゃないか。さすがのボクも傷ついたよ」

「シャワーを浴びるときは鍵を掛けろ、鍵を！」

「どうせ助手くんしか来ないのだから、鍵を掛ける必要性がないよ」

「今みたいに気づかないで俺が開けちゃうかもしれないだろ！」

ALOでは、ドアの防音性はほぼ完璧なので、シャワーの音などは外へ漏れないのだ。

「別に開けられたって構わないよ。小さい頃はよく一緒にお風呂《ふろ》に入っていただろう？」

「ああもう、話が通じねえなあ！」

終始、何故《なぜ》俺が怒っているのかわからないというふうな態度が、また俺をイラつかせる。

「それに、せめてダイブするなら俺が部室に来るのを待ってからにしてくれ。鍵も掛けずに一人でダイブするなんてあまりに無防備すぎる」

またキョトンとしか言いようのない顔をするスピカだったが、ようやくそこで俺の言わんとしていることを理解したようで、

「ひょっとしてきみ……ボクの身体《からだ》を心配してくれているのかい？」

嫌らしく口元を歪《ゆが》めて、からかうように目を細める。何となくその視線が耐えられず、俺は視線を逸《そ》らす。

「……一応幼馴染《おさななじ》みだからな。それは心配くらいするよ」

「『雫《しずく》お姉ちゃん大好き』って言ってくれたら、きみの要求を呑《の》んで今後は気をつけよう」

「意味不明な条件を突きつけるのはよせ。おまえのために言ってやってるんだぞ」

自分の魅力に対してもっと自覚的であるべきだ──などとは、口が裂けても言えないけど。

それからスピカは、すぐにごめんごめん、と苦笑する。

「そんな怖い顔をしないでくれよ。少しからかっただけじゃないか。確かにきみの言うとおり、ボクも少し自己防衛を疎《おろそ》かにしていた。今後は気をつけるとしよう」

幾分まだ納得がいっていないが、今後気をつけるという言質《げんち》が取れた以上、俺もうこれ以上責め立てられない。仕方なく話題を少し逸《そ》らす。

「……で、なんでシャワーなんて浴びてたんだ？」

「午前中体育の授業があったからね。少しさっぱりしたかっただけさ」

「ALO《こっち》でシャワーなんか浴びても意味ないと思うけど……」

「精神的充足感を得られればそれでいいのさ。乙女心の複雑さがまだわかっていないようだね、助手くん」

あまりにも非合理的すぎてたぶん一生理解できないだろう。

それにしても、とスピカは洗い立ての髪に手ぐしを通す。

「びしょ濡《ぬ》れになっても、すぐに乾くのがVRの素晴らしいところだね。特にボクは現実だと髪が長いから、毎日手間ばかり掛かって大変だよ」

それは確かに髪が長い人特有の悩みかもしれない。一時的にびしょ濡《ぬ》れになっても、水場から離れるだけですぐに濡《ぬ》れ状態が解除されるVRの世界は楽で仕方がないだろう。逆に言えば、あくまでも擬似的に濡《ぬ》れているだけであることの証明でしかないのだけど。

早々に乙女心への理解を放棄して、改めて尋ねる。

「ところで、どうしていつも俺より先に部室にいるんだ。本当にちゃんと授業出てるのか？」

「当然さ！　勉学は学生の本分だからね！」

胸を張って答えるが、本当かどうかは怪しい。でも、スピカのほうが一学年上なので、俺には彼女の発言の信憑《しんぴょう》性を確認することが難しいのだった。

まあ、実際に真面目に授業を受けているかどうかなど、生徒会長として実績を残しつつ、圧倒的な人気も誇っている彼女には関係のないことなのかもしれないけれども。

気を取り直して俺は話題を変える。

「それより、早速犠牲者が出たみたいだけど、自称名探偵は何か真相に気づいたのか？」

「事件のほうは情報が不足しているからまだ何も。ただ、館のほうに関しては気になっていることがある」

スピカは手記の何枚目かを俺に示す。そこには、館と地下通路のマップが記されていた。

「まだ具体的なイメージが湧いているわけじゃないんだけど……。何だかこの見取り図、妙な既視感がないかい？」

「既視感？」

俺は眉を顰《ひそ》めて改めて見取り図を見やる。一本道ですべての部屋が結ばれた迷宮と、シンプルな円形の地下通路。言われても特に思い当たるものはないけど……。

「強いて言うなら、小学生のとき雫《しずく》に薦められて読んだ『迷路館の殺人』の《迷路館》に似てるくらいかなあ」

「うん、それはボクも思った。もっとも、あちらは迷宮ではなく迷路だけどね」

『迷路館の殺人』は、日本を代表するミステリ作家綾辻行人《あやつじゆきと》氏による『館シリーズ』の三作目に当たる。他にも迷路や迷宮を題材としたミステリは国内にいくつか散見され、ミステリのモチーフとしては、現在はそれほど物珍しいものでもない。しかし、俺の回答は満足のいくものではなかったようで、スピカは形のいい眉を寄せて続ける。

「ただ、既視感というのはそういうことではないのだ。もっとこう、概念的な……上手《うま》く言えないけど、何というかもっと自明で本質的に似た何かを見たことがある……ような気がする。その既視感が事件の解決に重要なものかどうかまでは、今はまだ判断ができないけど……。ボクの直感が、これは避けては通れない問題だと囁《ささや》いている」

スピカの直感がどの程度信頼できるのかは何とも言えないところだったが、何かを摑《つか》みかけているのだとすれば、俺から言うことは特に何もない。

あくまでも今回の事件には、彼女を満足させるために関わっているだけなのだから。

それから俺たちは、今が昼休みであることを思い出し、慌てて手記の続きを読み始めた。

2

【謎の手記・第5節】

オメガの報告を聞いて眠気を吹き飛ばした俺は、休んでいたほかのパーティーメンバーを急いで叩《たた》き起《お》こした。皆、最初は不満そうだったが、すぐに深刻な状況であることを悟り、俺の指示に従ってくれた。

オメガによると、今後のことを相談したいので、一度左翼側の個室へ来てもらいたいらしい。彼はそのためのメッセンジャーだった。

本来であれば、《英雄伝説》側がこちらへ出向くのが礼儀であろうとは思ったが、さすがに一人減った五人で館内を彷徨《うろつ》かせるわけにもいかなかったので、俺は大人しくその提案を受け入れることにした。

アーサーのことは正直好ましく思えなかったが、彼が死んでしまったというのであれば、そんな俺の個人的な感想はさっさと捨て去るべきだろう。困ったときはお互い様だ。

ミノタウロスの出現に気をつけながら廊下を進む。会話はない。もし、ミノタウロスが出現している時間帯であったならば、声で居場所を探られるかもしれないためだ。

足音なども極力殺し、静かに移動していく。

幸いなことにミノタウロスと遭遇することなく、俺たちは左翼側の三連個室前まで辿《たど》り着いた。歩みが遅かったこともあり、十分ほども掛かってしまった。《英雄伝説》の面々が待っているというカバの部屋に素早く入り込む。

俺たちの到着を見た《英雄伝説》のメンバーは、明らかに安堵《あんど》の表情を浮かべてから、すぐにばつが悪そうな顔をした。おそらく、数時間まえの別れの際の印象があまりよくなかったことを気にしているのだろう。こうなってしまった以上、今さらそんなことを気にする必要はないと伝えるためにも、俺は皆を安心させるように言った。

「不安にさせてしまってすまない。急いで駆けつけるつもりだったけど、ミノタウロスに見つからないよう慎重に進んだら時間が掛かった。だけど、俺たちが来たからにはもう大丈夫だ。可能な限り力になろう」

残されたメンバーの中で一番癖が強くない青年、マルクが顔を綻ばせた。

「本当にありがとうございます。とても心強いです。……でもまさか、こんなことになってしまうなんて……」

途端、表情を暗くして俯《うつむ》いてしまう。他のみんなも似たような反応だった。できれば傷ついている彼らの気持ちを尊重してやりたかったが、そんなことを言っている余裕もない。六畳ほどの小部屋に十一人はあまりに手狭だったが、女性陣をベッドの上に座らせ、男たちは立ちっぱなしで話を進める。

「つらいところ悪いけど、どうしてこんなことになったのか説明してもらえないか？　さっきは、ミノタウロスと戦うつもりはない、って言ってたのに」

「それが……我々にもわからないんです」マルクは困ったように眉を顰《ひそ》めた。「先ほど、あなた方と別れた後、館の探索を始めた我々はこの三部屋の個室を見つけました。戦闘の疲れもあったので、ひとまずは二時間ほど休むことになりました。部屋割りは、アーサーとオメガ、イヴリンとロッキー、私とアズラエル、という感じです。しばらくは何事もなく休んでいたのですが……小一時間ほど経過したところで、突然アーサーのHPがゼロになったんです」

ＳＡＯでは、パーティーメンバーのＨＰは視界の左隅から常時確認することができる。状況的には俺たちと似たようなものだったようだが……何とも奇妙な話だった。俺はオメガに視線を向ける。

「オメガはアーサーと同室だったんだろう？　何があったんだ？」

「そ……それが……」小太りの少年は急にしどろもどろになる「個室に入ってしばらくした頃、『少し様子を見てくる』と言って、出て行ってしまって……」

「出て行った？　一人で？」

「は……はい。その、僕は止めたんですけど……」

至極申し訳なさそうに肩を落とすオメガ。そこで突然、ベッドの上で憔悴《しょうすい》していたイヴリンが涙声でヒステリックに叫んだ。

「アンタがちゃんと止めてれば、アーサーはあの怪物に殺されなかったのに！　責任取りなさいよ！」

狭い室内で突然声を張られたので、皆驚く。怒鳴りつけられたオメガはますます萎縮したように俯《うつむ》いてしまう。

「……まあでも、オメガの制止をあの人が聞き入れるわけありませんし、ここでオメガを責め立てるのはお門違いでしょう」

困ったようにマルクが割って入る。確かにアーサーのワンマンチームだったみたいだし、彼の言うことは一理ある気がする。俺もこれ以上話がこじれないよう、話題を先に進める。

「問題は、どうしてアーサーが一人で出て行ったのか、ってことだ。いくら腕に自信があったとしても、あのミノタウロスにソロで挑んでも勝ち目がないことくらいはわかるはずなのに」

何か聞いていないか、と期待を込めてオメガを見やるが、彼は俯《うつむ》いたまま何も答えなかった。

代わりに口を開いたのが、目つきの悪いチンピラ然とした男、アズラエルだった。

「……やっぱりあの野郎、お宝を独り占めにするつもりだったんだ」

お宝──そういえば、先刻の別《わか》れ際《ぎわ》にもそのようなことを言っていたか。

「どんなレアアイテムが隠されてるのかは知らないけど、たかがアイテムだろう？　どうして別パーティーどころか自分のギルドすら抜け駆けして独り占めしようとするんだ。あんな絶対に勝てない化け物が彷徨《うろつ》くダンジョンを一人で探索するなんて、リスクとリターンが見合っていないだろう」

アスクレピオスの冷静な指摘。しかし、チンピラ男は小馬鹿にしたように鼻で笑った。

「ハッ！　何だよ、気づいてねえのか。このダンジョンに隠された超激レアのお宝に」

「……しかし、それはあくまでも我々が勝手に立てた仮説でしかありません。彼らがそれに至っていなくても仕方がない」マルクがまた割って入った。

「ここは未踏破ダンジョンで、情報なんか何もないはずだろう？　どうしてあんたらはここに何かすごいアイテムが隠されてると思うんだ？」

率直な疑問。そんなにすごいアイテムの情報ならば答えてもらえないかとも思ったが、今さら隠し立てをしたところで状況が悪くなる一方だと悟ったのか、マルクが重たい口を開いた。

「……ここが《ミノタウロスの迷宮》だからですよ。といっても、私たちも先ほどの戦闘の後、アーサーから指摘されるまでは気づかなかったのですが……。《迷宮館》というこのダンジョンの名前、そしてその中を彷徨《さまよ》い歩く強力なモンスターであるミノタウロス。状況的に考えて、このダンジョンがギリシア神話のクレタ島の迷宮をモチーフにしていることは間違いありません。ならばここには――《アリアドネの糸》が隠されている可能性が高い」

確かに……言われてみればそのとおりだった。一切考慮していなかったが、このダンジョンは明らかにギリシア神話のミノタウロス伝説をモチーフにしている。

伝説によると、ギリシアの英雄テセウスは、迷宮で怪物ミノタウロスを退治したあと、アリアドネの糸を手繰ることで迷宮を脱出したという。

ならば、このダンジョンには伝説を下敷きにしたアイテム《アリアドネの糸》なるものが存在したとしても決して不思議ではない。

迷宮にミノタウロスにアルゴナウタイにテセウス、か……。自分が置かれた状況の奇妙な符合に苦笑する。

「しかし……仮に《アリアドネの糸》が隠されていたとしても、その効果はせいぜい『ダンジョンから脱出する』程度のものだろう？　ここのような《結晶無効化空間》でも使えるなら、転移結晶を超える激レアアイテムかもしれないけど……それでもやはり仲間たちを出し抜いて、命懸けで探すようなものでもないだろう」

アスクレピオスの真っ当な指摘。よしんばそれが手に入って、このダンジョンから一人だけ脱出できたとしても、ギルドメンバー五人の喪失という損害はあまりにも大きすぎる。やはりメリットとデメリットが釣り合ってない。

それでもマルクはゆっくりと首を振る。

「神話に登場する《アリアドネの糸》の本来の効果は、『脱出不可能な迷宮からの脱出』――。ならばもし本当にそれが存在するのだとすれば、この脱出不可能なデスゲームからさえ脱出できるかもしれません」

「――まさか強制ログアウトか⁉」

カイニスが声を張り、それに伴ってどよめきが狭い室内に満ちる。

強制ログアウト――つまり、この囚《とら》われのＳＡＯ世界から脱出できる。

たとえそれがささやかな希望でしかないとしても、そんなものを目の前にちらつかされたら……俺たちは何が何でもそれに縋《すが》ってしまう。

もし、本当にそんなとんでもないアイテムが存在するならば……。そしてそれが一つだけしか存在しないとするならば……仲間さえ出し抜き、強敵が出現するダンジョンを一人彷徨《さまよ》い歩いてしまったとしても、何も不思議はない。

この地獄のようなデスゲームから脱出できるのだとしたら……それはまさに命を懸けるに値する。メリットとデメリットが、釣り合ってしまう。

「……それでアーサーは一人で出て行ったわけか」

急に得心がいって、俺はため息を吐いた。それと同時に言い知れぬ不安のようなものを覚える。何という……爆弾を投下してくれたのか。

歴戦の《アルゴナウタイ》の面々にも、少なからず動揺が見られる。しかし、それも無理からぬこと。諦めて現状を受け入れ、何とかこの世界で生き延びようとしていたところで、不意に天から蜘蛛《くも》の糸が下りてきたのだ。動揺しないほうがおかしい。

俺はこのよくない流れを引き戻すように続ける。

「——だが、それはあくまでも可能性の話だ。そんなもの、初めから存在しないかもしれない。そんなささやかな可能性に縋《すが》って命を危険に晒《さら》すより、今生き残ることを優先すべきだろう。違うか？」

目の色が変わりつつあった俺の仲間たちも、その言葉ですぐに落ち着きを取り戻したようにこくりと頷《うなず》いた。

確かに、ＳＡＯからログアウトできるかもしれない、という可能性はあまりにも魅力的だ。だが、そのあまりの眩《まぶ》しさは——正常な判断を失わせる。そしてその結果は、アーサーがその身をもって示してくれたとおりだ。

冷静に考えれば、俺たちがこれからどうするべきかは自《おの》ずと見えてくる。

「とにかく、俺たちは全員このダンジョンから生き延びなきゃいけない。さっきはご破算になったけど、俺たちは初めからそちらと協力したいと思っている。俺たちをわざわざ呼びつけたってことは……そちらもそのつもり、という認識でいいのか？」

リーダーがいなくなってしまった以上、誰に決定権があるのかはわからないが、おそらく全員の意見を事前に聞いてまとめてくれていたのであろうマルクが、ええ、と頷《うなず》く。

「リーダーと主戦力を同時に失ったこちらに、選択の余地はありません。可能であればそちらの旗下に加えていただきたい。……ただそのまえに、一つだけよろしいでしょうか」

マルクはわずかに目を細めて告げた。

「――念のため、ここ一時間ばかりのそちらの状況を教えていただきたいのです」

最初、言っている意味がわからなかった。しかし、誰よりも早くその真意に気づいたらしいカイニスが青年を睨《ね》めつけて低い声で言った。

「……それは俺らのアリバイを聞いてるのか？」

アリバイ――現場不在証明。思わず背筋がぞっとする。その意味するところは、俺たち《アルゴナウタイ》の誰かが、アーサーを殺害したのではないか、と疑っているということだ。

慌てたようにマルクは両手を振って言い繕う。

「いえ、別に本気であなた方がアーサーを襲ったと考えているわけではありません。実際、皆さんのプレイヤーカーソルはグリーンのままですし」

SAOの世界で窃盗、傷害、殺人などの犯罪行為を行うと、頭上に表示されるプレイヤーカーソルがグリーンからオレンジに変わり、一目で犯罪者だとわかるようになっている。

「ただ、犯罪者フラグを立てずに、PK《プレイヤーキル》を行うことも不可能ではありません。そしてそれは、我ら《英雄伝説》のメンバーに対しても言えることです。なので、念のため双方のアリバイを確認し合い、後顧の憂いを解いてから協力しあったほうがお互いのためになると思うのです。もちろんアーサーは99%の確率でミノタウロスにやられた、という前提の元で、です」

一理ある、のだろうか。俺にはよくわからない。

これまでは当たり前のように、アーサーはミノタウロスにやられたのだと思っていた。

だが……彼が何者かによって殺害された可能性も、ゼロではないのだ。

もしその万が一の可能性が事実なのだとしたら当然……このダンジョンに囚《とら》われた十一人の中にその犯人がいることになるわけで。

マルクに突きつけられた条件を呑《の》むべきか否《いな》か、俺には判断ができない。この手のことは、ブレインのアスクレピオスか、探偵のカイニスの領域だろう。

当然二人もそのように判断したようで、互いに視線を合わせてからどちらともなく頷《うなず》く。

「──そちらの主張は理解した」アスクレピオスが答える。「万に一つの憂いを取り除きたい、という気持ちもわかる。だが、残念ながらこちらは一時間ほどまえから、右翼側にあった個室でそれぞれ身体《からだ》を休めていた。明確なアリバイがあるとは言い難《がた》い状況だ」

「こちらも似たようなものです。大体、誰がどこで何をやっていたのかだけ教えていただければ十分です」

マルクはそう応じて、先んじて状況を語り始める。

「私は、アズラエルと共に個室で休んでいました。彼がベッドを使いすぐに眠ってしまったので、その間私は、椅子に座ってのんびりしていました。言ってしまえば、私にアリバイはありません」

随分あっさりと自分に不利になることを言うものだ。自分が犯人ではないことは自分がよくわかっている、ということなのだろうか。

どうにもこのニコニコ笑顔が信用できない。

「アタシは、イヴリンさんとずっと一緒でしたー」

不意に黒髪ツインテイルの少女、ロッキーが緊張感のない声を上げて挙手した。

「ベッドで一緒に寝ていたら、急にオメガに起こされてびっくりしちゃいましたよー」

ずっと一緒にいた、ということは二人にはアリバイが成立しているということか。ただ、眠っていたのだとしたら、それほど当てになるものではなさそうだ。

続けてオメガに視線を向けると、彼はまた見ていて可哀想《かわいそう》になるくらい萎縮して答えた。

「ぼ、僕は……アーサーさんが部屋を出て行ってから、ずっと部屋で一人、アーサーさんの帰りを待っていました……」

　つまり当然のようにアリバイがない、ということか。

　気弱な少年を責め立てる趣味はないので、俺は素早く彼の後を引き継ぐ。

「もしかしたら知らないかもしれないから念のため伝えておくと、この館は、広間を中心にして点対称の構造をしている。だから、左翼と同じように右翼にも三つ並んだ個室があるんだ。俺は、その中の一つでヘラクレスと同室だった。ヘラクレスにベッドを譲って、彼が眠っている間に俺は書き物机で日記を書いていた。一時間くらいが経過したところで、オメガが訪ねてきてそちらの状況を知った感じだな」

　俺はカイニスへ視線を向けた。彼は不承不承としか言いようのない顔で答えた。

「……俺はアタランテとずっと一緒だったよ。彼女にベッドを譲って、俺は椅子に座って寝てた。幸いSAOじゃどんな姿勢で寝ようが、寝違えたりする心配はないからな。それからリーダーに叩《たた》き起《お》こされて今に至る」

　アリバイはなし、か。アタランテは不安げな視線をカイニスに向けていた。

　続きをアスクレピオスが引き継ぐ。

「最後は僕らか。僕はオルフェウスと同室だった。彼にベッドを譲ってもらってずっと眠っていたよ」

「先生の言うとおりっす」オルフェウスが続いた。「俺は先生が眠っている間、暇だったんでアルゴさんの攻略本読んでたっす。念のため確認してたんすけど、やっぱりこのダンジョンの情報は一切載ってなかったっすね」

つまり眠っていなかった俺、オルフェウス、そして眠っているところを誰にも確認されていないカイニスには、アーサーを殺すことができたかもしれない、ということか。

もっとも、アーサーが単独で部屋を抜け出していることを、そもそも俺たちは知り得なかったわけだから、その仮定にはあまり意味がない気もするけれども。

曖昧極まりない俺たちのアリバイだったが、それでもマルクは十分に満足した様子で、ありがとうございます、と答えた。

「元より、あなた方を本気で疑っていたわけでもありません。情報としては十分でしょう。では、後顧の憂いもなくなったので、改めて旗下に加えていただけると幸いです」

些《いささ》か腑《ふ》に落ちない気持ちはあったが、初めからこちらはそのつもりだ。これ以上変なふうにこじれなければ何でもいい。

さて、《英雄伝説》の面々を受け入れたとして、これからどうしようか。正直言うと、もう少し休みたいとこではあったが……。

ちらとアスクレピオスを窺《うかが》う。それだけでこちらの意図を察したように、ブレイン担当はメタルフレームの眼鏡を押し上げた。

「ひとまず全員で脱出するにせよ、十一人では動きが取りにくい。だから、二手に分かれる必要があると思うけど、今のままだと戦力の偏りが心配だ。そちらに不都合がなければ、混合で一度パーティー分けをしたほうがよいかと思うが、如何《いかが》だろう？」

すでに《英雄伝説》のブレインはマルクであると察したようで、アスクレピオスは全員というよりもマルクへ直《じか》に尋ねた。当然のようにアスクレピオスの意図を看破した雰囲気のマルクは、油断ならない笑みを浮かべてもちろん、と答える。

「こちらの戦力情報なども共有しますので、よきように分けていただけると嬉《うれ》しいです」

「──ちょっと待って」

そのとき、明るい髪色の美女──イヴリンが、どこか不機嫌そうな声で割って入った。全員の視線が集まる中、イヴリンは確固とした意志を滲《にじ》ませて告げる。

「今日初めて会った得体の知れない人たちとパーティーを組む気はないわ」

その一言で、場の空気が凍りついた。それまで柔和な笑みを絶やさなかったマルクでさえ、顔を引きつらせている。

「……あの、イヴリン。私たちは、先方の旗下に加えていただくようお願いする立場なんですよ。あまり訳のわからないことを言って困らせないでください」

「訳のわからないことなんて言ってないでしょう」イヴリンは強硬的な姿勢を崩さない。「私たちが無事にここから脱出できるよう、みんなで協力しましょう、ということに関しては私も異論はないわ。ただ、よく知らない人とパーティーや連結《レイド》を組むのは嫌。別にパーティーを改めて組む必要もないでしょう？　組まなくたって一緒にいれば戦うことはできるのだから」

「それは……そうですが……」

何か事情があるのか、マルクも強くは出られない様子だ。

こんなことで余計な時間を取っている暇はないので、俺はすぐに折れる。

「──わかった。そちらの意思を尊重しよう。システム上のパーティーは今のままで行く。ただ、そちらの戦力を補うためにも、戦力は双方で振り分けるから、そこは納得してくれ」

「いいわ。パーティーを組み直さないのであれば、そちらの指示に従いましょう」

本当に納得したのか定《さだ》かではなかったが、イヴリンは切れ長の目を細めて言った。

多少の波乱はあったが、どうにか話は纏《まと》まった。

3

ＡＬＯからログアウトし、現実へ戻ってきた俺たちは、残り少ない昼休みで先日同様、俺の持参した弁当を摘まんでいた。当然、雫《しずく》は何も用意していない。

「ＳＡＯのＰＫ《プレイヤーキル》の仕様ってどんな感じなんだ？　ＡＬＯとは違うんだろう？」

おにぎりを片手に尋ねると、雫《しずく》は至福の表情で咀嚼《そしゃく》していたハムカツを嚥下《えんげ》して答えた。

「ＡＬＯはむしろＰＫ推奨ですからね。確かＳＡＯでは、プレイヤーを攻撃した時点で犯罪者フラグが立って、プレイヤーカーソルがグリーンからオレンジに変化するはずです。ＰＫも同様ですね。カーソルカラーを元に戻すには、フィールドに出て七面倒くさいアライメント浄化クエストをこなす必要があったそうです。ダンジョンである《迷宮館》の中でこれを行うのは不可能でしょう」

「《迷宮館》に残された十一人が全員グリーンだったのなら、アーサー殺しはＰＫではない、ってことか？」

「順当に考えればそういうことになりますね。ただまあ、何事にも例外はあるわけでして」

「例外？」

「ええ。犯罪者フラグを立てずにＰＫを行う手法もいくつかあったそうです。その一つが、《睡眠ＰＫ》です」

箸を一度テーブルの上に置き、淹《い》れたての緑茶を啜《すす》ってから、雫《しずく》は続ける。

「眠っている相手に《決闘《デュエル》》を申し込み、相手の手を勝手に操作して受け入れさせ、その後一方的に攻撃をしてＨＰをゼロにしてしまう、という手法です。あらゆる感覚が仮想であるＶＲの世界ですが、睡眠だけは本物です。ＳＡＯの世界にも空腹感はありましたが、食べずともＨＰが減ったり、そのまま餓死したりすることはありませんでした。何故《なぜ》ならＶＲ世界の食事は、実際に何の栄養素も含んでいないためです。食欲はあくまでも感覚的なものに過ぎないのです。ところが睡眠欲だけは違います。睡眠は脳の休息としてとても大切な人間の機能です。そのため、VR世界で睡眠を取ると当然肉体の脳も睡眠状態へと移行します。生きる上で、睡眠欲にだけは逆らえないのです。言い換えるならば、全プレイヤーにとっての弱点ということ。《睡眠PK》はいわば寝込みを襲うようなものですね。ちなみに《決闘》《デユエル》では、たとえ相手のHPをゼロにしても犯罪者フラグは立ちません」

《決闘》《デユエル》とは、任意の相手に戦闘を申し込む仕様のことだ。主に相手の実力を図る目的で利用されていたようだが、中には合法的に相手の命を奪うために悪用していた連中もいたらしい。

「でも、SAOの個室は、ALOと同じようにシステム的に保護されてたんだろう?」

「はい。睡眠が全プレイヤーの弱点であることは運営もわかっていたので、そこは抜かりありません。睡眠時には他プレイヤーが侵入できない個室に籠もるのが常識になっていたはずです。《迷宮館》の中でも個室だけは保護されていたようですから、少なくとも今回に限っては、《睡眠PK》が行われた可能性は排除しても問題ないでしょう。アーサーさんは起きて自らの足で個室を出て行ったのですから。——ただ、それでも一つだけ問題があります」

言いにくそうに眉を顰《ひそ》めてから、昼食を再開しつつ雫《しずく》は言った。

「同室だったオメガさんが嘘《うそ》の証言をしている場合、この限りではありません」

「嘘《うそ》の証言?」

「はい。オメガさんが部屋で眠るアーサーさんを《睡眠PK》によって殺害したとしても、現状矛盾はないのです」

思わず手に持っていたおにぎりを取り落としそうになる。

手記を読んでいたときには、一切そんな可能性を考慮しなかったけれども……こうして改めて指摘されると、確かにそう考えても筋は通りそうだ。

もちろん、あくまでも可能性の話であって、実際、強敵の出現するダンジョンで、貴重な戦力を自らの手によって減らしてしまうというのは自殺行為以外の何ものでもないので、事実ではないのだろうけれども……それでも、可能性の一つとして頭の片隅にでも置いておく必要はありそうだ。

——今はまだ手記の途中だ。あまり先入観を持ったまま読み進めないほうがよいだろう。

ぼんやりとそんなことを考えながら食事を続けていたら、昼休み終了の予鈴が鳴った。

俺と雫《しずく》は急いで残っていた弁当を平らげて、部室を後にする。

教室へ戻ると、何やら皆が必死に教科書と睨《にら》めっこをしていた。

「何やってんだ？」近くにいた山下に尋ねてみる。

「何って、小テストの悪あがきだよ」教科書から目も離さずに友人は答える。「次の英語の授業は単語の小テストがあるの忘れたのか？」

「……初耳なんだけど」

最近、ＡＬＯの世界にどっぷりで現実での生活が疎《おろそ》かになっていたのかもしれない。

手記の一件が落ち着いたら少しプレイ頻度を落とそうか、などと思いながら、俺はテスト範囲を教えてもらって残り少ないわずかな時間で必死の悪あがきを試みる。

『thatch——茅《かや》（イネ科の植物）』『scene——（演劇などの）場、シーン』という項目を見て、SAO開発ディレクター茅場《かやば》晶彦《あきひこ》の名前が脳裏を過る程度にはVRの世界に毒されてしまっているようだった。

結局、ロクに集中できずに小テストの結果は散々なものだった。

あとで雫《しずく》に文句を言ってやろう、と心に誓った。

4

【謎の手記・第6節】

戦力の振り分けは、話し合いの結果以下のような構成に決まった。

俺、ヘラクレス、アタランテ、ロッキー、マルク、オメガの《Aチーム》。

アスクレピオス、カイニス、オルフェウス、イヴリン、アズラエルの《Bチーム》。

安全地帯である個室が狭く、せいぜい二人までしか余裕を持って入れない上、右翼と左翼で三部屋ずつに分かれてしまっている以上、戦力は二つに分けざるを得ない。

本来ならば、一度これまでのパーティーを解散して新たに組み直すほうが戦闘時にも色々と都合がよいのだが、拒絶されてしまったのだから仕方がない。システム上のパーティー編成自体は以前のままで、連結《レイド》も結局組んでいないが、俺たちは混合戦力を二つに分けた訳だ。

十一人しかいないため、人数は俺の《Aチーム》のほうが多くなってしまったが、ロッキーとオメガの二名はあまり戦闘が得意でないようなので、単純な戦力で比較すれば、アスクレピオスの《Bチーム》のほうがおそらく上だろう。

まあ、ミノタウロスに遭遇しても基本逃走する、ということで全体の意見もまとまったことだし、戦力差もあまり気にしなくてよいと思う。

ひとまず、改めて一度休みを取ってから、その後この《迷宮館》から脱出するための具体的な方策について話し合うことに決め、一旦、《Bチーム》と別れる。

前言どおり、俺たちは右翼側の個室へ向かう。こちらのチームのブレイン担当はマルクになる。俺は道中小声で、アスクレピオスが先ほど話してくれたミノタウロスに関する考察を伝える。

三十分行動の可能性については気づいていなかったようで、感心したようになるほど、と呟《つぶや》いていた。

そんな中、中央広間を通り抜けようとしたところで――。

――ガコ。

聞き慣れない金属音が耳朶《じだ》を震わせた。俺はすかさず、ハンドサインで指示を出し、音を立てないよう全員を壁際《かべぎわ》に寄らせる。

その直後、広間の床のハッチが勢いよく開き、中からあの《盲目のミノタウロス》が出現した。

「――ッ!?」

恐怖のためか、反射的に叫び出しそうになったオメガを引き寄せ、口を塞ぐ。幸いなことに声は漏れなかった。

先刻一割ほど削ったはずのミノタウロスのＨＰは全快していた。どうやら一度地下へ戻るとＨＰは回復してしまうらしい。ということは、ミノタウロスが出現しているわずかな時間のうちにＨＰをゼロにしなければヤツを倒すことはできないということか。

……やはりどう考えても、ヤツを倒す方針は現実的ではない。

そんなことを考えながらも、俺はヤツの一挙手一投足に集中する。少しでも異変を察知したら、皆を守るためにもいの一番で斬り掛からなければならなかったからだ。

出現したばかりのミノタウロスは、きょろきょろと周囲を見回すように首を動かす。目が見えているのであれば、壁際《かべぎわ》で息を殺す俺たちに気づかないはずがないので、そこは設定に忠実らしい。

しばらく様子を窺《うかが》うように耳と首を動かしていたミノタウロスだったが、やがて広間の俺たちには気づかないまま、のっしのっしと左翼側の廊下へ向かって歩いて行った。

足音が聞こえなくなったのを確認してから、俺たちは急いで右翼側の個室を目指す。向かう先にミノタウロスが存在しないことがわかれば、大きな足音を立てないこと以上の注意を払う必要もない。

結局、広間からは三分も掛からず、右翼側三連個室まで辿《たど》り着《つ》いた。皆ホッとしたように顔を綻ばせた。視界の隅に表示されていた《Bチーム》の《アルゴナウタイ》の面々のHPにも変化はない。すでに左翼の個室で休んでいるはずの彼らがミノタウロスと接敵することはないとは思っていたが、万が一ということもあったので胸をなで下ろす。

部屋割りは、マルクが何やら俺に話したいことがあるようだったので俺と同室に。あとは、ヘラクレスとオメガ、アタランテとロッキーという順当なものに落ち着いた。

室内に入り装備を解いたところで、ようやく俺は緊張を緩めて深いため息を零《こぼ》した。

「お疲れのようですね」

アイテムストレージを操作していたマルクが、マグカップを二つと簡易コーヒーセットを取り出した。

「一杯如何《いかが》です？」

「――ありがたい。いただくよ」

まさかこんなダンジョンの中でコーヒーが飲めるとは思っていなかった。もちろんその味は、《味覚再生エンジン》によって再現された偽りの電気信号でしかないが、この仮想現実の世界においては現実そのものの感覚に等しい。

手早くコーヒーを淹《い》れ終えたマルクは、湯気の立ち上るカップをこちらへ寄越《よこ》した。ありがたく受け取るとすぐに芳醇《ほうじゅん》な香りが鼻腔《びくう》を刺激した。疲れた身体《からだ》ではこの誘惑から逃れられない。俺はすぐにカップに口を付けて、ほう、とため息を零《こぼ》した。

「……美味《うま》いな」

「ありがとうございます。でも、システムアシストですから、誰が淹《い》れても同じ味ですよ」

マルクは苦笑した。先ほどまでの胡散臭《うさんくさ》いイメージが払拭《ふっしょく》され、どこか苦労性な中間管理職にも似た雰囲気を醸《かも》し出《だ》す。俺と同様に、みんなの前ではそれなりに気を張っていたのだろう。少しだけ、この男のことを見直した。

「──先ほどは、失礼しました」

不意にマルクは頭を下げる。

「何の話だ？」俺は本当にわからなくて首を傾《かし》げる。

「あなた方のアリバイを確認した件ですよ」マルクは顔を上げて答えた。「いくら何でも、あの場でこれから助けていただくあなた方を疑うことが非常識である、という程度には私にも分別があります」

「確かに……あれには正直困惑したな。カイニスあたりがキレないか心配だったよ」

「本当に申し訳ありません。しかし、ああする以外にあの場を収める方法がなかったんです」

奥歯に物が挟まったような物言いだった。おそらくそれが本題なのだろう。

「……何か事情があるみたいだな」

ベッドの端に腰を下ろして、再びコーヒーを啜《すす》る。苦みを含んだ香気が、疲れ切っていた脳細胞を活性化させていく。

「少し、我らが《英雄伝説》のお話をさせてください」

椅子に座ったマルクは、両手で包み込むようにカップを持ったままぽつぽつと語り始めた。

「お察しのとおり、我々はアーサーのワンマンチームでした。彼はとても強いプレイヤーでしたが、利己的で攻略にはあまり興味を示さず、かなり序盤から探索に徹していたようです。無理に命を懸けて攻略せずとも、ベータテスターとしての知識を利用すれば裕福な生活が送れることに気づいたのでしょう」

俺は、ミノタウロスと戦っていたときのアーサーの姿を思い出す。確かに彼は《英雄伝説》の中でも頭一つ秀《ひい》でた実力を持っていた。もしかしたら俺より強かったかもしれない。

「私はそんな彼のギルド《英雄伝説》で、ブレイン担当として引き入れられました。当時は戦闘があまり得意でなかったので、とてもありがたかったのですが……」

そこで一度言葉を切り、マルクは俯《うつむ》いた。

「……入ってすぐに、このギルドのヤバさに気づきました。初心者を騙《だま》して金《コル》やアイテムを奪うことなんて日常茶飯事、抵抗しようものなら言葉巧みに《決闘《デュエル》》に持ち込みＰＫ……。イヴリンやロッキーを使って美人局《つつもたせ》をすることもありました。実質的には……ただのオレンジギルドです」

　俺は怒りのあまり言葉を失う。この閉ざされたデスゲームの中で、皆懸命に生きているはずなのに、何故《なぜ》そんな非道なことが平気でできるのだ。

「中でも酷《ひど》いのが……オメガです」

「オメガ？」

　あの人畜無害そうな少年に、何か問題でもあるのだろうか。

「オメガは……三人目なんです」

「三人目……？　どういう意味だ？」

「代替可能な雑用、ですよ」マルクは苦しげに顔をしかめた。「前線での無茶な攻撃、ダンジョンでのトラップ確認、おとりなど、危険を伴うあらゆる雑用をこなすのが、六番目のギルドメンバーの仕事なんです。気の弱そうなプレイヤーを探し、半ば無理矢理ギルドに引き入れて危険な仕事を強要するんです。私が知る限り……それですでに二人が死んでいます」

「……酷すぎる」

　それしか言葉が出てこない。心ある人間のやることではない。

　ミノタウロスと戦っていたときオメガはかなり無茶をしていたし、先ほど俺たちを一人で呼びに来たときだって、今考えるとあまりにも危険すぎた。

先ほどまでは死んだアーサーに対して同情の気持ちがあったが、今やすっかりそれも消えてしまった。欲をかいて死んだのだとしたら、因果応報としか言いようがない。

俺の怒りに同調するように、まったくです、とマルクは目を伏せた。

「そんな歪《いびつ》なギルドでも、アーサーがいたからかろうじて一つに纏《まと》まっていました。彼の決断が全員の決断だったからです。しかし、突然アーサーを失って……早くも瓦解《がかい》しました。疑心暗鬼になったメンバーはすぐにいがみ合い、お互いを疑い始めたのです。このままではパニックを起こして殺し合いになってしまう――。そこで止《や》むなく、苦肉の策としてあなた方にも疑いを向けさせることで、どうにかパニックを回避させたんです」

「そういう、ことだったのか……」

ようやく腑《ふ》に落ちて俺はため息を吐く。随分と、難儀なギルドと関わってしまったものだ。ただでさえ厄介なダンジョンに閉じ込められてるというのに……人間関係のトラブルにまで巻き込まれたらたまったものではない。

そういう意味では、上手《うま》く《英雄伝説》の面々を分けられたのは、不幸中の幸いだったか。せめてここから脱出するまでは余計なことに気を割《さ》きたくない。

「それとパーティー編成の提案のときも、イヴリンがご迷惑をお掛けしてしまいました。どうやら彼女は、初期の頃に見知らぬ男たちのパーティーに誘われて痛い目に遭ったようで……。それ以来、パーティー組みには神経質になってしまっているのです」

事情があったのであれば仕方がない。俺は神妙な顔で頷いた。

「教えてくれてありがとう。事情がわかっていれば、色々やりようはある。アリバイの件も気にしないでくれ」

「そう言っていただけると、少しだけ罪悪感が和らぎます。まあ、すべてを目の前で見ていながら見て見ぬ振りをしていた私も彼らと同罪ですけど……」

「逆らえる状況になかったのなら……情状酌量の余地はあるだろう。罪を償いたいなら、ここから脱出したあとで、《アインクラッド解放軍》あたりにでも入って、その頭脳を使ってみんなを支えてやればいい」

「それも……いいかもしれませんね」

どこか諦観したように、マルクは苦笑した。

「もう一つ教えてもらいたいことがあるんだけど」

「何でしょう？」

「例の《アリアドネの糸》のこと、あんたはどの程度本気で考えてるんだ？ 俺には……正直、眉唾にしか聞こえないんだが」

アーサーの死の元凶とも言える曰《いわ》く付《つ》きのアイテム。そもそも存在すら不確定な上に、その効果に皆期待を寄せすぎてしまっているように俺には思えてならない。

「……私の個人的な意見としては、そんな都合のいいアイテムは存在しないと考えています」

苦虫を噛《か》み潰したような顔で青年は答えた。「あの茅場晶彦《かやばあきひこ》が、途中でゲームを抜けられるなんてつまらない仕様を採用するはずありませんから。ただ──それでも可能性はゼロではない。一度抱いてしまった希望は、実際にその存在の有無が確認できるまでは潰《つい》えないものです。だから……アーサーがその希望に縋《すが》って抜け駆けしても、不思議には思いません」

「それはつまり、今後もそういうヤツが出てくる可能性がある、と……？」

念押しの質問に、マルクは重々しく頷《うなず》いた。

実際にそれがあるかないかよりも、あるかもしれない、という希望で誤った選択をしてしまう恐れがあるということか。

やはり……《アリアドネの糸》はとてつもない爆弾だったようだ。

何らかの対応を考えなければ、第二第三の犠牲者が出かねない……か。

「あ、そういえば忘れていました。これから命を預けるのですからパーティー編成は無理でも、せめてフレンド申請をしてもよろしいですか？」

「フレンド？　それはもちろんいいけど」

意外な言葉だったが、断る理由はない。すぐに《malk》というプレイヤーからフレンド申請が届き、俺は視界に現れた了承ボタンを押す。

するとマルクの頭上、ＨＰバーの上に《malk》というプレイヤーネームが表示されるようになった。ＳＡＯでは、プレイヤーネームはデフォルト非表示で、相手の名前を知るためにはフレンドになる、あるいはパーティーを組むなどのシステム的な接触が必要になる。

ちなみにパーティーやギルドを組んでしまえば、メッセージのやり取りなどもできるようになるので、実は同じパーティー、ギルドメンバーでもフレンド登録をしていない、ということはままある。実際、俺も付き合いの長いヘラクレスくらいしかフレンド登録をしていない。

マルクは俺の頭上に視線を移動して、それから、おや？ と不思議そうな声を上げた。

「すみません、確か先ほどはイアソンさん、とお名前を伺っていたかと思うのですが……」

俺の頭上のプレイヤーネームを見つめながら困惑したように尋ねてくる。

すぐに俺は自らのミスに気づく。自分たちはこの呼び名にすっかり慣れてしまっていたが、新たに俺たちのことを知ったプレイヤーは面食《めんく》らうだろう。

「すまない、ちゃんと説明してなかったな」素直に謝罪を述べる。「実は俺たちが普段呼び合ってる《イアソン》とか《ヘラクレス》ってのは、あだ名みたいなものなんだ。本来の《アルゴナウタイ》って、ギリシア英雄の集まりだろう？ だから、俺たちもそんな英雄たちの名前を借りて験《げん》を担《かつ》いでるんだよ」

ヘラクレスの本当のプレイヤーネームは《yokihiko》だし、カイニスは《soratarou》、アスクレピオスに至っては《kaijarisuigyo》だ。輝かしき黄金のアルゴー船をギルド名に冠する上では、少々世界観が違いすぎて興ざめしてしまう。そのために、それぞれ英雄のあだ名を付けて呼び合うことに決め、験《げん》を担《かつ》ぐと同時に士気を向上させているのだった。

今ではプレイヤーネームよりも、英雄のあだ名のほうがしっくりくるほどだ。

「なるほど、そういう事情でしたか」得心いったというふうにマルクは頷《うなず》いた。「気になったというよりは、純粋な疑問だったのでそれが解消できてよかったです。それにしても、ギリシアの英雄の名前で呼び合うというのは、なかなか厨二心《ちゅうにごころ》をくすぐられて好ましいですね」

「――あだ名なら、そうかもな」

思わず零《こぼ》れた本音に、マルクは首を傾《かし》げる。いけない、余計なことを言うところだった。俺はすぐに残ったコーヒーを一気に飲み干して話題を変える。

「話はそれでお終《しま》いか？　なら、俺も少し休みたいんだけど」

「あ、そうですね、失礼しました。どうぞそのままベッドを使ってください。私は椅子の上でも十分眠れますので」

「それじゃあ、お言葉に甘えて」俺はベッドに横になる。「コーヒーご馳走様《ちそうさま》。美味《うま》かったよ」

「それは何より。言っていただければ、またご馳走《ちそう》しますよ」

柔和に微笑《ほほえ》むマルクの顔を見ていたら、眠気が襲ってきた。

目を閉じると、ここに来て溜《た》まっていた疲れが一気に出たのか、すぐに俺は眠りに就いた。

Chapter 4
The Labyrinth Murder

第4章
迷宮の殺人

Sword Art Online Alternative Mystery Labyrinth
Murder in the Labyrinth Pavilion

Tenryu Konno
Shiho Enta | Reki Kawahara

1

俺とスピカは、新生アインクラッドの二十層《ひだまりの森》へやって来ていた。実際に《迷宮館》を確認するためだ。

攻略サイトに書かれた僅かな情報を頼りに、鬱蒼《うっそう》と木々の生い茂る森を二人で進んでいく。途中で何度かエンカウントしたモンスターは、お世辞にも強いとは言えないものばかりで、この森の奥に、恐ろしいモンスターが棲《す》むダンジョンがあるとはとても思えない。

スピカは、得意の細剣で次々と襲い掛かるモンスターを切り捨てる。スピカ曰《いわ》く、敬愛するシャーロック・ホームズがフェンシングの達人ということで、細剣を愛用しているらしいが、こうして戦っているところを改めて見るとなかなか様になっているものだ。

ちなみに俺の得物は両手剣。前衛と前衛でパーティーバランスも何もあったものではないが、そもそも俺たちはALOの世界で戦闘に重きを置いていないライトユーザーなのだから仕方がない。今回だって、《迷宮館》の件がなければ、未踏破のダンジョンに潜り込もうなんて無謀なことは絶対に考えなかったはずだ。

「――これはボクの夢なんだけど」

余裕綽々《よゆうしゃくしゃく》と昆虫型モンスターを撃破したスピカが不意に口を開く。

「いつか……ミステリ専門のＶＲ世界を作ってみたいんだ」

「ＶＲ世界を作る？」意外な言葉に眉を顰《ひそ》める。「そんなもんどうやって作るんだよ」

「《世界の種子《ザ・シード》》を使えばそう難しいものじゃないよ」

「ザ・シード？」初めて聞く言葉だった。

「知らないのかい？　まったく助手くんは情弱だなあ」

自分の手柄でもないのに、何故《なぜ》か勝ち誇ったようにスピカは続ける。

「茅場晶彦《かやばあきひこ》氏が開発したフルダイブ型全感覚ＶＲの開発パッケージだよ。簡単に言うと、誰でもＳＡＯやＡＬＯのようなＶＲ世界を作り出せる夢の開発環境さ。本家の《カーディナル・システム》と互換性があるから、一定の要件を満たせばＡＬＯと《ザ・シード》で作り出された新たな世界で、それぞれの世界を行き来することもできるらしい」

「ふーん……」あまり興味もないので俺は話半分に耳を傾ける。「それって、すごいのか？」

「それはすごいよ！」スピカは目を輝かせる。「五感のインプットとアウトプットを制御するフルダイブ型のＶＲプログラムの開発は極めて難しかったのだけど、《ザ・シード》のおかげでその気になれば誰でも自分好みの異世界を作り出せて、さらにそれぞれの異世界を旅行感覚で行き来できるようになったのだからね。これはある種、新たな天地創造にも等しい革命だ」

訳知り顔で、スピカは興奮したように頰を紅潮させる。

「それに、新たな世界を作り出せる、というのは何もゲームだけのパラダイムシフトではないよ。実際、教育、コミュニケーション、観光、医療など様々な分野で注目され、日々新たな世界が生み出されているんだ。特に医療分野では、現実で意識不明の人とVRの世界でコミュニケーションを取れるようにもなってきている」

確かにそう言われるとすごそうな印象を受ける。それからスピカは、少し話が逸《そ》れたことに気づいたのか、咳払《せきばら》いを一つして話題を戻す。

「……だからボクはね、いつか現実と見紛《みまが》うほどのリアルなVR世界を作って、そこをミステリの舞台にしてやりたいんだ！　世界中のミステリファンがきっと泣いて喜ぶよ……！」

「そうかなあ……」

ミステリといったら、概《おおむ》ね殺人事件がテーマの世界だろうに。そんな世界のどこが楽しいのか、一般人の俺には全く理解できない。まあ、リアル脱出ゲームみたいなものも人気と聞くし、案外そういった需要は多いのかもしれない。

「それで、もしよかったらでいいんだけど……」

そこで急にスピカは言いにくそうに目を伏せながら言った。

「夢が叶《かな》ったら……その新しい世界でも、ボクの助手になってくれるかい……？」

「…………」

一瞬言葉に詰まる。そもそもこのALOの世界でさえ、俺は自らの意思でスピカの助手になった覚えはない。ただ年上の幼馴染《おさななじ》みに振り回されているだけで――。

そのとき、スピカと目が合った。自称名探偵は黒い猫耳を垂れながら、不安げな上目遣いで俺を見つめている。

……ずるいなあ。

「まあ、雫《しずく》を放っておくとどんな悪さをするかわからないからな。お目付役は必要だろう」

照れ隠しのため婉曲《えんきょく》に肯定すると、スピカは途端、超新星のように表情を輝かせた。

「嬉《うれ》しいよ！　ありがとう！」

両手を握り身体《からだ》を寄せてくる。不意に伝わってきた体温にドギマギしながら距離を取る。たとえそれが疑似感覚であったとしても、幼気《いたいけ》な男子高校生には刺激が強すぎるのである。

「……それより早く《迷宮館》を探すぞ。こんなところで道草食ってたら、今日中に《フリーリア》へ戻れなくなるぞ」

「それもそうだね」何事もなかったようにパッと手を放す。「それじゃあ、急ぐとしようか」

上機嫌に鼻歌なぞ歌いながら、スピカは元気よく森の中を進んでいく。しかし、直後――。

「ぬわーっ！」

小さな池に架かる橋を渡ろうとしたところで、スピカは足を滑らせて池にダイブした。手足をバタつかせて必死の形相で叫ぶ。

「あばっ……！　たしゅけ……！」

現実では運動神経抜群の雫《しずく》だが、ほとんど唯一と言っていい弱点が水泳だったことを思い出す。彼女はカナヅチなのだ。早速雫《しずく》のステータスが《溺れ》状態に変わる。

橋の上から手を差し伸べようとするが、わずかに届かない。仕方なく俺も池に飛び込んだ。全身に冷たい水が纏《まと》わり付《つ》く不快な感覚。疑似感覚だとわかっていても、気分のいいものではない。水を掻《か》き分《わ》けてスピカを抱き留める。

「落ち着け、もう大丈夫だから。というか、普通に足がつくぞ」

「ひんっ……死ぬかと思いましたぁ……！」

涙声で安堵《あんど》を漏らして、赤子のコアラのように両手両脚を使って俺にしがみ付いてくる。ＡＬＯやＳＡＯでは、現実と同じように水に顔を浸《つ》けて呼吸が妨げられると溺死する仕様がある。実際、スピカのＨＰはしっかり減っていた。今ここでスピカに死なれたら、またここまで戻ってくるのに時間が掛かるので何事もなくて助かった。

スピカを抱えたまま岸辺まで歩いて行く。川から上がって間もなく、全身に纏《まと》わり付《つ》いていた水の感覚がなくなり、服も完全に乾いていた。仮想現実様々だ。

回復のためにポーションを飲んでから、スピカは立ち上がった。ポーションによる回復は漸増なので、ＨＰが完全に回復するまでは少し時間が掛かる。

「迷惑を掛けて申し訳なかったね。さて、気を取り直して《迷宮館》を探すとしようか！」

普段の調子を取り戻してスピカは歩き出す。だが、落水のショックがまだ抜けきっていないのか、どこか足取りがふらふらしていた。

やはりこの少女は……色々な意味で目が離せない。

俺は仕方なく、スピカがまた足を滑らせて転んだりしないかを注意深く見守りながら、その小柄な影を追いかけるのだった。

2

【謎の手記・第7節】

一休みした俺たちは、一旦、広間に集合した。また誰かの死によって叩《たた》き起《お》こされるのではないか、と休むまえには危惧したものだが、幸いなことに今回は十一人全員で集まることができた。

音を出さなければ大丈夫だ、というミノタウロスへの対応がわかった今、必要以上に怯《おび》えながら個室に籠もるのは得策ではない。ここから脱出するためには、館の中をもっと詳細に調べて回らなければいけないからだ。

ただ遭遇時には絶対に音を立ててはいけない、という俺の対応策にオルフェウスは、

「……いよいよ『クワイエット・プレイス』や『ドント・ブリーズ』じみてきたっすね」

と軽口を叩《たた》いた。どちらも有名な、音を立てたら死ぬ系のホラー映画だ。

俺たちは音を立てるかもしれない金属系の装備は外し、敏捷値《びんしょうち》を少しでも上げるために装飾品の類も可能な限り外した。ＳＡＯでは、移動速度が装飾品の重さに依存しているためだ。元より、戦う意味もないのだから、戦うための装備など邪魔なだけだ。

だが、アズラエルだけは頑《かたく》なに武器を外すことを拒否した。

「悪ィが、俺は心配性でね。保険としてコイツだけは外せねえんだ。……まあ、アンタらを後ろから襲ったりはしねえから、安心してくれよ」

あまりにも一方的な主張だったが、この状況で無理強《じ》いなどすればますます頑《かたく》なになるだけだろう。仕方なく、有事の際の戦闘要員として許可を出した。

幸いなことにアズラエルは敏捷値《びんしょうち》をある程度上げていたので、装備をつけたままでも皆と同じか、それ以上の速度で歩くことができた。

本当は大人数でぞろぞろ移動するよりも、ばらけて探索に集中したほうが効率がいいのだが、いくらミノタウロスの対応がわかったとはいえ、単独行動を皆に強いるのは気が引けてしまった。もっとも、皆も単独行動は避けたかったようで、俺の提案に異議を唱えるものは一人もいなかった。

手始めに、近場のキッチンから探索を始める。みんなで協力して戸棚や引き出しを手当たり次第に開けていき、何か重要なものが隠されていないかを確認していく。

しかし、鍋やまな板などの当たり前のものが収められているばかりで、ヒントらしきものは何も見つからなかった。

「……やはりこの絵か」

俺の隣で、アスクレピオスが壁に掛けられたゴリラの絵を見つめて呟《つぶや》いた。

彼の意見には概《おおむ》ね賛成で、客観的に考えても各部屋に飾られたこの館の雰囲気にそぐわないファンシーな絵画が最大のヒントのように思われた。

アスクレピオスの横に立ったマルクも小さく頷《うなず》いた。

「些《いささ》かあからさまではありますが……私も同意見です。ただ、飾られたこれらの絵に何か共通点がないかを考えているのですが……よくわからなくて」

ゴリラ、シマウマ、カバ、ヨークシャーテリア、白鳥の雛《ひな》、タコ、庭、海、桃、ウナギ、よくわからん黄色い絵の共通点。それは先ほど《アルゴナウタイ》でも検討したことだったが……未《いま》だに芳《かんば》しい成果は得られていない。

アスクレピオスは、腕組みをしながら続ける。

「最初に考えたのは、頭字語だ」

「頭字語？」

聞き慣れない言葉だったのでおうむ返しをしてしまう。

「単語の頭文字を取って別の単語を作ることです」マルクが注釈を入れる。

「頭文字ってことは……ゴリラのゴ、シマウマのシ――」

「いや、そうじゃない」

頭文字を一つずつさらっていく俺を、眼鏡の青年は止めた。

「ここはSAOの世界だ。頭字語なら英語だろう。茅場《かやば》晶彦《あきひこ》のインタビューによれば、この鋼鉄城も、《An INCarnating RADius》——《具現化する世界》の頭字語らしいからね」

アインクラッドの由来を聞いたのは初めてだった。さすがはアスクレピオス、博識だ。

確かに、SAOの世界には、英語の頭字語が溢《あふ》れかえっている。そもそも《SAO》自体が頭字語だし、《アインクラッド解放軍《ALF》》や《血盟騎士団《KoB》》など大抵のギルドも頭字語で表される。アスクレピオスの主張は極めて自然なもののように思えた。

「飾られた絵をそれぞれ英語に直すと、Gorilla、Zebra、Hippopotamus、Yorkshire terrier、Swan、Octopus、Garden、Sea、Peach、Eel、Yellow って感じかな」

「庭はYard、海はOcean、もしくは浜辺でBeachの可能性もあります。Yorkshire terrierも単純にDogかもしれません」すかさずマルクが補足する。

国立大学医学部を卒業したというアスクレピオスはともかく、マルクもかなり学力が高いようだ。ロクに英語もできない俺としては頼もしい限りだった。

「多少の翻訳ずれはあるが、これらの単語から頭文字を拾うと『GZHY(D)SOG(Y)S(O,B)PEY』が抽出される。ここからアナグラムなり何なりで、別の単語が作れないかと頭を悩ませてるんだが……どうにも上手《うま》くいかない」

　アナグラム――つまり並び替えか。十一文字の並び替えなどそれほどパターンも多くはなさそうだけど……アスクレピオスが上手《うま》くいかないと言っている以上、単語を作ることはできないのだろう。

「私も同じように考えていますが……なかなか難しいですね」マルクは肩を竦《すく》めた。「とにかく母音が少なすぎます。多くても三文字しか母音がないのでは、仮に二語以上の言葉であったとしても、単語など作りようもありません」

　母音が少ない――確かにそれはそのとおりだ。では、頭字語という考え方が間違っていたということか。

「あるいは、絵の解釈を我々が間違っているという可能性もあります。たとえば、ウナギではなくアナゴだった、というような場合ですね。だから完全に頭字語の方向性が間違っている、とはまだ言い切れませんが……いずれにせよ明確な答えにはまだ至れていないというのが現状です」

　二つのギルドの頭脳担当がどちらも答えに至れていないということは、この謎は相当な難問なのだろう。やはり絵だけでなくもっとほかに館内にヒントが隠されているのかもしれない。

　このキッチンでは大した収穫もなかったが、まだ別の場所を探す希望も残されている。悩むのはすべてを探し終えてからでも遅くはないのだから。

そんなふうに結論づけて、ここでの探索を打ち切ることを他のメンバーに伝えようとしたまさにそのとき。

軽い地響きを伴いつつ、広間側の通路からミノタウロスが顔を出した。

すぐに全員が異変に気づき、緊張が走る。ミノタウロスはまだキッチンに人がいることに気づいていない様子だった。微《かす》かな残り香でもあるのか、警戒するように鼻をひくひく動かしながら首を左右に振っている。

ヤバい……！　匂いで気づかれる可能性があるのか……！

SAOには体臭のようなパラメータは設定されていないはずだったが、プレイヤーが発する微《かす》かな匂いのようなものをモンスターが察知できたとしても不思議はない。

しばし、足を止めて鼻をひくつかせていたミノタウロスだったが、やがて諦めたように食堂へ続く廊下へ向かいキッチンを横切り始めた。

音には出さないが、明らかに安堵《あんど》が全員に広がっていった。やはり音を立てなければ気づかれないらしい。

自分たちで発見した攻略法の正しさを実感し、この理不尽な《迷宮館》からの脱出へ希望を繋《つな》ぐ俺たちだったが……そこで異変を察知する。キッチンを横切ろうとしていたミノタウロスの背後に向かい、アズラエルが足音を殺しながら近づいていったのだ。

いったい何をする気だ——誰もが彼の行動を理解できないでいる中、彼はおもむろに腰に下げていた曲剣を抜いた。

まさか攻撃する気か！　アズラエルの意図に気づき、俺は必死の手振りで攻撃を止めるよう指示を出す。だが、気づいていないのか、気づいていない振りをしているのか、見向きもせずに彼はミノタウロスの背後へ忍び寄る。

そこでアズラエルの真の狙いに思い至る。彼はただ攻撃をしようとしているのではない。《先制攻撃《ファーストアタック》》を加えようとしているのだ。

先制攻撃——。SAOでは、敵モンスターに気づかれていない状態のとき、プレイヤーは一度だけ《先制攻撃》の機会を得る。《先制攻撃》は、相手の一部ステータスに補正の掛かる所謂《ゆる》《いわ》不意打ちで、上手《うま》く当たれば絶大な威力になる。もしかしたら、《先制攻撃》で最上位クラスのソードスキルを叩《たた》き込むことができれば、あの固いミノタウロスにも大ダメージを与えられるのではないか。

俺は判断に迷ってしまった。本当にみんなの安全を守るためならば、力尽くでもアズラエルの蛮行を止めなければならないはずだったのに……もしかしたら本当にミノタウロスを倒せるかもしれない、という微《かす》かな希望に縋《すが》ってしまったのだ。

そしてその葛藤が——悲劇に繋がった。

ミノタウロスの背後に歩み寄り、ついに自らの間合いに入り込むと、アズラエルはソードスキルの青白い光を放つ。揺らめく光の白刃《はくじん》が、分厚い筋肉で膨張した怪物の背中を切り裂こうとしたまさに次の瞬間――。

あまりにも自然な動作でくるりと振り返ったミノタウロスが、両刃斧《おの》を無造作に振るった。

「え……？」

声を出してはいけない――そんな基本的な常識《ルール》すら忘却して、俺は間の抜けた声を発した。

ミノタウロスの一撃を真正面から受けたアズラエルのＨＰゲージは瞬《また》く間《ま》に空になった。

信じられないものでも見たような顔でこちらを振り返るアズラエル。恐怖とも怒りともわからない複雑な表情のまま、「はな――」と呟《つぶや》いたところで、彼のアバターは無数のポリゴン片となり四散した。カラン、と彼が手にしていた曲剣が床に転がる。

あまりにも無機質で呆気《あっけ》ない死。人が死ぬ瞬間というのは、もっとドラマチックで、情動を激しく揺さぶられるものと信じてきたが――こうして実際に目《ま》の当《あ》たりにした今、何の感慨も浮かんでこないのが不思議だった。

アズラエルと親交があったわけではない、というのもその理由の一つだとは思うが、それ以上に支配的なのが、遺体が残らないためだ。

死の瞬間、というのは文字どおり一瞬に過ぎ去るものなので、人はその一点で何か思いを馳《は》せることができない。だから、死の瞬間が去ったあと、その結果の証《あかし》として残された遺体を目にすることで初めてその実感を得て様々な感情を抱くことができる。

しかし、このゲームの世界では……ただ《死》という結果だけが示される。過程も記憶もない、そんな結果のみで何を想《おも》えというのか。

実際、この《死》の非現実感が、《死》への忌避感を薄れさせたために、デスゲーム初期には大量の自殺者を生んでしまったとも言われている。

怒りや悲しみよりも、思考停止に近い脱力感を覚える俺など文字どおり視界に入らないミノタウロスは、それ以上この場に敵はいないと判断したように、そのまま左翼側奥の廊下へ抜けていった。

3

——目的の《迷宮館》は、鬱蒼《うっそう》と生い茂る森の木々に覆い隠されるように、ひっそりと佇《たたず》んでいた。

誰かが書いた妄想である可能性すら否定できなかった手記だが、こうして中に登場しているダンジョンを目の前にすると、やはり何らかの意図を持って手記は書かれたのかもしれない、という気持ちになってくる。

館の前には、例の『希望を捨てよ』云々《うんぬん》が英語で書かれた看板が立てられている。今のところ、手記との相違はなさそうだ。

しばらく立ち尽くして外観を眺めていたスピカだったが、すぐに決心を固めたように、行こう、と呟《つぶや》いた。入口と思《おぼ》しき、両開きのドアの前に立ってノブに触れた瞬間、光に包まれる。

そして眩《まぶ》しさに目が眩《くら》んだかと思ったら、いつの間にか俺たちは見知らぬ広間に立っていた。

「ふむ。どうやら手記のとおり転移させられたようだね」

興味深そうに周囲を見回すスピカ。俺はそんな余裕もなく、何故《なぜ》か館に入った瞬間から動悸《どうき》が止まらない。おそらくいつ怪物が襲い掛かってくるかわからない恐怖が、多大なストレスになっているのだろう。ゲームであるとは理解しているし、SAOとは異なりHPがゼロになったところで実際に死ぬわけではないことは重々承知しているつもりだったが、それでもフルダイブVRのリアリティは現実と比べても大差なく、モンスターに襲われる瞬間というのは本当に《死》を感じてしまい心臓に悪い。

慣れれば大したことはない、とスピカは嘯《うそぶ》いているが、俺は未《いま》だに慣れることができないでいた。

「ひとまず、探索しようか。他のパーティーが入り込んでいる様子もないし、今のうちに美味《おい》しいところは全部いただいていこう!」

好奇心を剝《む》き出《だ》しにして、スピカは歩き出す。俺は心臓に軋《きし》むような痛みを覚えながら彼女に付いていく。

ダンジョンの中は、やはり例の手記に記されていたマップと同一のようだった。少なくとも、実際にこの《迷宮館》に足を踏み入れた何者かが例の手記を書いたことは間違いなさそうだ。

一本道で繋《つな》がったキッチンや食堂には、デフォルメされたゴリラやシマウマのイラストが飾られている。すべて手記のとおりだ。結局行き止まりのバスルームまで進み、俺たちは手記のマップが正しいことを確認しただけだった。

スピカは、バスタブに据え付けられた蛇口の具合を確かめつつ、

「――なるほど、一定時間出し続けると水は自動的に止まり、その後一定時間経過すると溜《た》まっていた水は自動的に排水される仕様のようだね。便利だなあ、事務所のバスルームにもこの仕様適用できないかなあ」

などと呟《つぶや》いている。どうやら実地の調査がよほど楽しいらしい。

それから上機嫌に双眸《そうぼう》を煌《きら》めかせながら、こちらを振り返る。

「それじゃあ、引き返そうか。もしかしたらそろそろ例の迷宮の怪物とご対面できるかもしれないね」

「……あまり物騒なことを言わないでくれ」

げんなりしながら、俺はスピカの後を追って迷宮を進んでいく。

やがて食堂まで引き返したところで――ついに俺たちはソレと対峙《たいじ》した。

――《Labrys the Blind Minotaur》

盲目のミノタウロス。迷宮に棲《す》む怪物は、すぐに俺たちの存在に気づいた様子で、両手の両刃斧《おの》を構えた。

「出会って五秒で即バトルというわけか、なかなか好戦的だね！」

不敵に笑って、スピカは腰に下げていた細剣を抜いた。慌てて俺も両手剣を構える。

次の瞬間、スピカは目にも留まらない速さで、ミノタウロスに攻撃を仕掛けていた。

細剣カテゴリ最上位突進技──《フラッシング・ペネトレイター》。

いきなり出し惜しみなしの大技だった。さしもの怪物も、この不意打ちには対応できなかったようで、岩のように鍛え上げられた分厚い腹筋でそれを受けた。しかし、表示されているＨＰバーに変化は見られない。ノーダメージということはないと思うが、ほとんど効いていないのは間違いない。

だが、当然スピカもその程度は織り込み済みだったようで、流れるような所作で連続刺突技のソードスキルを繰り出していく。少し遅れて俺も攻撃に加わる。この状況で守りに入る意味はない。ただ攻撃あるのみだ。

しばらくは上手《うま》いこと敵の攻撃を躱《かわ》しながらダメージを与えられていたが、ミノタウロスが無造作に振るった一撃が、スピカの細剣を易々《やすやす》と打ち砕いた瞬間から流れが変わった。

あれは耐久も減っていない新品の業物《わざもの》だったはず。《迷宮館》の調査をするためにわざわざ下ろしたばかりの武器がいとも容易《たやす》く粉砕され、さすがのスピカも忌々《いまいま》しげに口を曲げた。

「さすがは名にし負う迷宮《ラビュリントス》の怪物だ！　そう簡単には倒されてくれないようだね！」

「スピカ！　替えの装備は⁉」

「ないことはないが、いずれも先ほどの業物とは比べものにならないなまくらばかりだ。構えるだけ無駄だろうね」

この危機的状況にもかかわらず、スピカはひどく落ち着いている。逆に俺は動悸《どうき》が激しくなるばかりで気が気でない。

「どうする！　一旦引くか⁉」

「なに、そう慌てないでくれたまえ助手くん。ボクにはまだ切り札——《バリツ》がある」

得意げに言って、スピカは拳を構える。

バリツ——それは、かのシャーロック・ホームズが極めていたという伝説の日本武術である。

スピカは、敬愛するホームズ氏に倣《なら》い、この剣と魔法のＡＬＯ世界でわざわざ《体術》スキルを上げていた。それがいったいどれほどのレベルなのか、具体的には知らなかったが、自信ありげなスピカの顔を見るに、相当なものなのだろう。

ならば本当に切り札として、ミノタウロスを倒しきってしまうかもしれない……！

俺は、ミノタウロスに適当な斬撃を加えながらも、期待を込めてスピカの挙動を見守る。

精神を集中させるためにか、スゥ、と短く息を吐いて、スピカは一気に間合いを詰めた。

「うおおおお！　ボクの《バリツ》を喰《く》らえぇぇぇ！」

些《いささ》か間の抜けた雄叫《おたけ》びが、迷宮に響き渡った。

4

【謎の手記・第8節】

アズラエルの死を目の当《ま》たり《あ》にした直後。

俺たちは、左翼側の奥へ向かって行ったミノタウロスから逃れるように、右翼側へ引いていった。十分に距離を取り、さすがにもう声は届かないだろうというところまで来て、マルクは「バカ野郎……」と小声で誰かを詰《なじ》った。

温厚な印象のマルクが悪態を吐くのを初めて見たが、それも仕方がない、と思う。

アズラエルの死は、本来は回避できたはずのものだ。あの場で、ただ何もしないという選択を取るだけで……彼はきっと今も何事もなく俺たちの横に立っていたはず。

だが、彼はそうしなかった。そして、俺たちもまた、彼を止めることができなかった。

もちろんそれは、決して俺たちの責任ではなかったが、それでも心の奥には無力感がずっしりと重たくのしかかっていた。

俺たちは現実から目を背けるように右翼側の探索に力を入れた。

しかし、相変わらず得られるものは特にない。倉庫には色々な雑貨や工具類なども収められていたが、脱出に繋《つな》がりそうなものは見つからなかった。

探索は、暗礁に乗り上げたと言っていいかもしれない。

ただ、一つだけ収穫もあった。

探索の途中、アスクレピオスの提案で少しだけミノタウロスの様子を窺《うかが》いに行くと、ちょうどヤツが左翼側個室付近のハッチの中へ戻っていく姿を目撃したのだ。

先刻のエンカウントから大体三十分弱が経過したタイミングだった。

これによって、ミノタウロスは三十分前後しか一階にいられない、という仮説がほぼほぼ確実視されることになった。これは、俺たちの生存確率を上昇させる大きな発見だ。究極的な話、ミノタウロスが一階を彷徨《うろつ》いている間だけ、個室に籠もっていれば、少なくとも死ぬことはないのだから。

具体的な出現の間隔まではまだはっきりとしたことが言えなかったが、これまでの出現パターンから鑑《かんが》みるに、おそらく三十分だけ一階を徘徊《はいかい》し、その後三十分地下に戻って休む（回復する）、という挙動を繰り返しているのだろう、とアスクレピオスは語った。そして、そのルールもまた《迷宮館》の謎を解く重要な手掛かりになるはず、と脱出への意欲を高めた。

ミノタウロス徘徊《はいかい》の法則は直ちに全員に共有された。マルクも同様の仮説を立てていたようで、それがほぼ裏付けられたことに喜んでいた。

結局、一時間弱の間、館の探索をしていただろうか。そろそろ次のミノタウロス出現時刻が迫ってきたということもあり、俺たちは再び一旦解散して個室へ戻ることにした。ただし、《Bチーム》が一人減ってしまったので、その穴を埋めるように俺のチームからマルクが移ることになった。

前回同様、俺のチームが右翼側、アスクレピオスたちのチームが左翼側の個室へ戻っていった。相部屋だったマルクが左翼側へ行ってしまったので、ついに一人部屋か、などと思いながら個室へ入っていこうとしたところで、突然オメガに声を掛けられた。

「あ、あの……もしご迷惑でなければ、イアソンさんの部屋にお邪魔してもいいですか……？」

意外な言葉だったが、断る理由はない。もちろん、と快く受け入れて、部屋に招き入れる。

この気弱そうな少年が、わざわざ声を掛けてきたということは、何かしら俺に相談でもあるのだろうか、と訝《いぶか》ると、少年は心底申し訳なさそうに言った。

「その……決して悪い意味ではないのですが……ヘラクレスさんは……いびきが大きくて……」

一瞬何を言っているのかわからなかったが、そういえばヘラクレスのヤツは、寝るときに爆音のいびきを掻《か》くのだった。初めて同室になったオメガはさぞ面食らったことだろう。

深刻そうな顔で、何とも気の抜けたことを言うオメガに、思わず笑ってしまった。

オメガはきょとんとしていたが、すぐに照れたように苦笑した。

ずっと緊張したように強《こわ》ばっていた顔が、少しだけ和らいだようで俺は安心した。

「腹減ってないか？」

オメガにベッドを譲り、椅子に腰を下ろしてから俺はアイテムストレージから、黒パンと秘蔵のクリームを取り出した。

「せっかくだし、今のうちに腹ごなししとこうぜ」

「い、いいんですか……？」信じられない、というように目を丸くするオメガ。

「気にすんなって。食っとけ食っとけ」

オメガが萎縮しないように敢《あ》えて軽く答えて、パンの上に大量のクリームを載せて渡す。怖《お》ず怖《お》ずとながらそれを受け取り、ゴクリと少年は喉を鳴らした。

俺も同じように大量のクリームをパンに載せ、かぶり付く。

「美味《うま》い。ほら、耐久すぐ減るからさっさと食え」

「は、はい！　いただきます！」

いつもどんよりと曇っていた眼《め》を輝かせて、オメガはパンにかぶり付いた。よほど腹が減っていたのか、すごい勢いで決して小さくはないパンを平らげていく。とても気持ちのいい食べっぷりだ。

マルクの話では、この少年はかなりの苦労をしてきたようだし、もしかしたら食料も満足に回してもらえていなかったのかもしれない。ＳＡＯではどれだけ激しい空腹感に襲われようとも、食事を摂《と》らないことで餓死するようなことはない。言ってしまえば、ＳＡＯでの食事は精神的充足を得るためだけのコストでしかないので、代替可能な人材という扱いを受けていた彼が十分な食事を摂《と》れていなかったとしても不思議はない。

無事にこのダンジョンから出られたあと、彼がどうなるのかはわからなかったが……せめて俺の目の届く範囲にいる限りは、心穏やかに過ごしてほしいと思う。

早々にパンを平らげたオメガは、そこでようやく人心地付いたようにぽつりと言った。

「その、イアソンさんは、命の恩人です。本当に……ありがとうございました」

「大げさだな。たかがパン一個だろう」

「いえ……こんな真っ当な食事が食べられたのは、本当に久しぶりです。それに……最初に会ったときも、身を挺《てい》して僕を庇《かば》ってくれました」

そういえば、すっかり忘れていたが俺はミノタウロスからオメガを守るために一時期右腕まで失っていたのだった。確かにそれを思えば、オメガが必要以上に俺に恩義を感じてしまうのもわからなくはない。

それでも……俺はあまりそのことに恩義を感じてほしいとは思わなかった。

「——俺はさ」

努めて穏やかに、少年へ語りかける。

「たぶん、世界一のわがままなんだ」

「わがまま、ですか？」

「なんかさ、困ってるやつを見かけると、放っておけないんだ。お節介、ってやつなのかな。現実じゃあよく周囲にウザがられたけど……俺はわがままだからさ、自分の思いどおりにならないと気が済まないんだ。だから、おまえも気にするなって。俺がやりたくて勝手にやったことだ。俺のわがままに一々恩を感じてたらキリがないぞ」

オメガは最初、難しそうな顔をしていたが、結局また申し訳なさそうに肩を落として、「それでも……ありがとうございます」とだけ呟《つぶや》いた。

まあ、感謝されることを拒絶しているわけではないので、気持ちはありがたく受け取っておくよ、と答えておいた。

食後はすぐにオメガは眠りに就いてしまった。相当な疲労が溜《た》まっていたのだろう。どこか幼さを残した寝顔。現実では中学生くらいだろうか。そう考えると妙な親近感を覚える。

オメガが眠っている間、俺は机で日記の続きを書いていたが、その作業は再びドアをノックする音で中断した。

時刻を確認するが、集合時間まではまだ間があるし、何より今はミノタウロスが徘徊《はいかい》している時間帯。そんな危険を冒してまで俺の部屋に訪れるなんてよほどのことだ。

また何かよからぬことでも起きたのか、と不安になり視界の隅に表示されているパーティーメンバーのＨＰを確認するが、少なくとも《アルゴナウタイ》の面々に異常はなさそうだ。

少しだけ安心しつつも、すぐにドアを開ける。

「——悪い、起こしたか？」

そこに立っていたのは、意外なことにカイニスだった。俺は慌てて彼を部屋に引き入れてドアを閉める。

「……何かまたトラブルでもあったのか？」

恐る恐る尋ねてみるが、当のカイニスは気の抜けた調子で肩を竦《すく》める。

「うんにゃ。平和なもんだよ。みんな部屋で休んでる。肉体的な疲労よりも、精神的な疲労のほうがでかいみたいだ」

それは……そうだろう。理不尽に強いモンスターが徘徊《はいかい》するダンジョンに閉じ込められて、すでにプレイヤーは二人も死んでしまった。おまけに未《いま》だ脱出の目処《めど》すら立っていないのだから、必要以上に気疲れしてしまうのも致し方ない。

食料だって有限なのだ。俺たちも《英雄伝説》の面々も、まさかこんなことになるとは夢にも思っていなかったため、最低限しか持って来ていない。

空腹で死ぬことはないとはいえ、あの異常な空腹感が付き纏《まと》うといざというときに正常な判断ができなくなりそうなので、やはり時間的な猶予はそれほど残されていないと言える。

「……じゃあ、何しに来たんだ？　ミノタウロスが彷徨《うろつ》いてるときに危ないだろう」

「音出さなきゃ大丈夫だろ。あと、下手に手出ししなきゃ、か。とにかくそんなに心配することじゃない。それよりも……少し気になったことがあって、相談に来たんだ」

カイニスは声のトーンを落とす。

「……そこにいるのはオメガか？　寝てるのか？」

「ああ、あまり休めてなかったみたいだ」

振り返ると、小太りの少年は健やかな寝息を立てていた。そのあどけない顔を見ていると、助けてやらなきゃ、という気持ちが強くなる。

「それで、気になったことってなんだ？」

オメガを起こさないよう、俺も小声になる。カイニスは、少しだけ逡巡《しゅんじゅん》を見せてから答えた。

「……死んだ二人なんだが、本当にミノタウロスに殺されたんだろうか？」

カイニスの言葉の意味が理解できず、俺は惚《ほう》けたような顔をしてしまう。

そんなわかりきったこと、何を今さら改めて言っているのだろうか。アーサーはともかく、アズラエルはまさに俺たちの目の前で、ミノタウロスに殺されていたではないか。

「冷静になって考えてみたんだが……アーサーの死には不自然な点がある」

カイニスは、俺の理解を確認しながら、普段よりもゆったりとした口調で続ける。

「たとえば、ヤツが一人で抜け駆けをして館の中を探索していたとしよう。その場合……果たして本当にミノタウロスと交戦状態になるだろうか？」

「どういう意味だ？」

「一対一ではどう考えても勝ち目のない相手に、自分から向かっていくほど馬鹿じゃないってことさ。敵は《盲目のミノタウロス》なんだ。たとえ運悪く遭遇してしまったとしても、ひょっとしたら音さえ立てなければやりすごせるかもしれない、とこの一年《アインクラッド》で過ごしてきた冒険者ならば、誰でも考えて然《しか》るべきだと思うんだ。ましてヤツは一目見てわかるほど手練《てだ》れのベータテスターだ。それなりに場数は踏んできただろうから、尚《なお》のこと、無謀にも一人でミノタウロスに向かっていくなんて愚行はしない気がするんだ」

言われてみれば、確かに不自然だ。ギルドのリーダーを張りながら、この一年、SAOというデスゲームに生き残った猛者《もさ》だ。その程度の危機管理くらいはできて当然だろう。

「でも、実際には死んでるわけだし……。目先の欲に囚《とら》われて、危機管理を怠ったとしても不思議じゃない」

《アリアドネの糸》は、冷静な判断力を失わせるほどの猛毒だ。しかし、カイニスは小さく首を振る。

「もう一つ、気になることがある。アーサーがミノタウロスにやられたとして……ヤツが装備していた武器はどこへ消えた？」

あ、と思わず声を上げる。そうだ、SAOではプレイヤーが死亡する際、オブジェクト化していたアイテムはその場にドロップする仕様なのだった。実際、アズラエルが死亡したときは、彼の装備していた曲剣がその場にドロップしていた。フィールドに放置されたアイテムは時間経過と共に耐久値が減っていきやがて消滅するが、武器類は耐久値が高く設定されているので、そう短期間では消滅しない。

もし、アーサーが一人でミノタウロスと戦っていたなら、館のどこかに彼が使用していた武器が落ちていなければおかしいことになる。

しかし、その後館中を捜索したが、それらしいものは見つからなかった。何故《なぜ》か？

「まさか……アーサーは誰かと一緒にいたってことか」

声を震わせて確認する俺に、カイニスは重々しく頷《うなず》いた。

「そう考えるのが自然だな。そして、その同行者はアーサーがミノタウロスを静かにやり過ごそうとしていたところで敢《あ》えて音を立て、強引に戦闘に巻き込んだんだろう。当然アーサーに勝ち目はなく、すぐに死んでしまった。そして自分は静かにしてミノタウロスをやり過ごしたあとで、アーサーの装備を回収したんだ」

思わずぞくりとする。

「それはつまり……《MPK》ってことじゃないか……！」

MPK——モンスター・プレイヤー・キル。所謂《いわゆる》、PKの一種なのだが、これはモンスターを利用するタイプのPKだ。SAOでは、他プレイヤーを自分の手で攻撃してしまうと、自分のプレイヤーカーソルがグリーンからオレンジに変わり、他者から見て一目で犯罪者だとわかってしまう仕様がある。恐るべきことに、犯罪者フラグを立てずにPKを行う手法がいくつか編み出されており、そのうちの一つがこのMPKなのだった。

「でも、それならアズラエルの件はどうなるんだ！　あいつは、どう見ても自発的にミノタウロスに攻撃をして返り討ちにあってるぞ……！」

「……本当に自発的だったと思うか？」カイニスは一層声を低くする。「ヤツの最期《さいご》を思い出してみろ。あいつはこちらを振り返って、何を言おうとしていた？」

あまり思い出したくはなかったが、仕方なく記憶を探る。確か、あのとき……。

「『はな――』とか何とか言いかけてたか……？」

「ヤツは死の間際《まぎわ》に、何を言おうとしたんだろう？」

「そんなの……俺にはわかりようがないよ」

すぐに匙《さじ》を投げるが、カイニスは淡々と続ける。

「大切なのは想像力だ。アーサーを《MPK》で殺したヤツが、俺たちの中にいるとすれば、きっとそいつはアズラエルも、《先制攻撃》ならばワンチャンある、みたいなことを言って唆《そそのか》したはずだ。ならば、自らの死を目前にしたアズラエルは、犯人に向かってこう言うんじゃないか？――『話が違う』、と」

再びぞくりとする。ただのこじつけかもしれないが……一応筋は通りそうだ。

ならばやはり……俺たちの中に、そんな恐ろしいことを実行した犯人が紛れているのだろうか。確実なことは何も言えないが、もしもそんな恐ろしいヤツがいるのだとしたら、ただ指を咥《くわ》えて次の犯行を待っている場合じゃない。

おそらくカイニスは、探偵としての優れた危機管理能力からこの可能性に至り、危険を冒してまでわざわざ俺一人に相談しにきたのだろう。

「……犯人の目星は付いてるのか？」

「さすがにそこまでは。それに、これはまだ言い掛かりに近い仮説。アーサーの武器の件だって、ミノタウロスとの戦いで砕けたとすれば見つからなかったとしても矛盾はないし、アズラエルはただ向こう見ずな馬鹿だったとしても十分納得できる。ただ、念のため一応注意しとけ、っていう俺からの忠告さ」

カイニスがどの程度自分の仮説を信じているのかまではわからなかったが、確かに現状では注意以上の対応は取れなそうだ。

そこで、ふとした疑問。

「でも、たとえアーサーやアズラエルに殺意を持っていたとしても、今この状況で《ＭＰＫ》を仕掛けるのは変なんじゃないか？　残されたプレイヤーが減れば減るだけ、犯人がここから生き延びられる確率は減ってくるのに」

あまりにも当然の疑問。しかし、カイニスは何てことはない様子で答えた。

「初めから生き延びることなんて考えてないんだろう」

「生き延びることを考えてない……？」

「だって、そうだろう？　そもそもこのSAOの中でPKなんてしてるヤツらは、全員このデスゲームから生還することに目を背けた思考停止野郎だ。プレイヤーの数は有限なんだ。ただでさえ攻略難度が鬼のように高いゲームなのに、肝心のプレイヤーが減れば、当然クリアできる見込みも減ってくる。そんなことは馬鹿でもわかる。だからたぶん、アーサーたちを殺したやつも……先のことなんか何も考えてないのさ。それどころか、ひょっとしたら初めから今ここにいる全員を殺すつもりなのかも」

「全員って……正気か？」

また寒気がしてくる。どうして俺たちまでそんなわけのわからないPK野郎に狙われないといけないんだ。

「さあ……犯人がどこまで本気かなんてわからないけど、すでに二人も殺してるんだ。とっくに正気じゃないさ。もうこの館から出られないのだと諦めて、どうせ死ぬなら全員殺してやろう、というふうに自暴自棄になってる可能性だってある。全部ただの想像だから確かなことは何一つとして言えないけど……常に最悪は想定しておいたほうがいい。これは探偵としてのアドバイスだ」

カイニスは肩を竦《すく》めて鼻を鳴らした。

言いたいことはわかる。彼が俺のことを心配して、わざわざ忠告してくれていることも理解できる。それでも……俺は自分が誰かに命を狙われているという実感を持つことができないでいた。

「俺は……誰かを殺したくなるほど世界を恨んだことがないから、よくわからない」

独り言のように溢《あふ》れる言葉。しかし、そこでカイニスはどこか暗い笑みを零《こぼ》す。

「俺には――少しわかるよ」

「――カイニス？」

「俺には……年の離れた妹がいたんだ。でも妹は三歳になるまえ、よくわからん何万人に一人しか罹《かか》らない珍しい病気で死んじまった。妹がどんな悪いことをしたってんだ？　素直で優しいいい子だったのに……！　妹が死んだとき、俺は外に出て、目に入った人間を片っ端から殺して回りたい衝動に駆られたよ。たぶん……世界を恨んだんだと思う。当てつけみたいなもんだな。見てるか、神様。おまえが妹を殺したから……おまえのせいで何の関係もない善良な人間が死んでいくぞ、ってな」

「…………」

鬼気迫る様子のカイニスだったが、彼の瞳には言いようのない悲しみとやるせなさが漂っていた。そんな過去があったなんて……知らなかった。それと同時に、これまでの人生、自分はただ運よく平穏無事に暮らせていただけなのだと思い知らされ、己を恥じる。

圧倒的な理不尽に曝《さら》された人は、ときに神への復讐《ふくしゅう》を誓うほどの激情に駆られてしまうものなのか……。

そして、このＳＡＯの世界の神には、《茅場《かやば》晶彦《あきひこ》》という名前が与えられている。

ならば——茅場《かやば》への当てつけのために、ＰＫに手を染めるヤツが出てきてもおかしくないのかもしれない。

「……つらい話をしてくれてありがとう」俺は素直に礼を述べる。「みんなでここから生き延びるために俺がやらなきゃいけないことが、少しだけ見えてきた気がする」

「そいつはよかった」ニィ、とカイニスは口《くち》の端《は》を吊《つ》り上《あ》げて笑う。「じゃあ、俺の話はそれだけだからもう戻るよ。あまり長居をして、そこの小僧に勘繰られても面倒だ」

そういえば、オメガを始めとして《英雄伝説》の面々には、カイニスが見た目は女性でも内面が男性であることは伝えていないのだった。警戒心の強いカイニスのこと。よく知らない他人に自分のことを知られるのはきっと嫌がると思って俺のほうからは黙っていたのだ。

まあ、別にわざわざ伝えるほどのことでもない、と改めて思い直した、まさにそのとき。

視界の左隅に表示されていたオルフェウスのＨＰが突然ゼロになった。

「……は？」

カイニスは珍しく間の抜けた声を上げた。いったい何が起こったのか。脳が現実を正しく認識するよりも早く、まるで初めから存在していなかったように、パーティー一覧から彼の名前が消えていった。

「そんな……馬鹿な……」

放心したように呟《つぶや》いたカイニスの声が、いつまでも頭の中でリフレインしていた。

5

──《黒鉄宮《こくてつきゅう》》。

鋼鉄の城《アインクラッド》における所謂《いわゆる》リスポーン地点の一つだ。他のセーブポイントでセーブをしていない状態でＨＰがゼロになってしまったプレイヤーは、いくらかの金と経験値を失った状態で、強制的にこの地点まで飛ばされる。

俺とスピカの二人は、仲良く並んで第一層にある《黒鉄宮》から出てきた。

とどのつまり──俺たちは為《な》す術《すべ》もなくミノタウロスにやられてしまったのだった。

何食わぬ顔でコートの内ポケットからパイプを取り出して、ぷかぷかとシャボン玉を出す自称名探偵を睨《にら》みつける。

「おい、バリツ」

「……人のことを、そんな弱小ジャパニーズ・トラディショナル・マーシャルアーツみたいに呼ばないでくれたまえ。ボクにはスピカという美しい名があるのだ」

「切り札があるとか何とか抜かしてなかったか？　それがなんで一ドットもダメージを与えられずにやられてんだ？」

「逆に強すぎてオーバーフローしただけかも……」

「ンなわけあるか」ポコン、と猫耳の飛び出した鹿撃ち帽の上にチョップを見舞う。「いくらゲームとはいえ、勝ち目がないなら無茶せず撤退しろ。見てるこっちの身にもなれ」

「……くぅーん」

多少は反省しているのか、珍しく元気なく呻《うめ》くスピカ。その叱られた仔犬《こいぬ》のように身を縮こめた姿を見ていたらこれ以上怒るに怒れない。

俺も甘い、と思いながらため息を一つ。

「……まあ、自覚があるならそれでいいよ。ただこれからは気をつけてくれよ」

「うぅ……ごめんなさい……」

耳を垂れ、悲しげに俯《うつむ》く。探偵口調も忘れてしまっているようだからそれなりにへこたれてはいるらしい。あまり元気のないスピカを見るのも忍びなかったので、俺は気にしてないふうを装《よそお》って話題を変える。

「それにしても……バチクソ強かったな、あのモンスター。あんなのマジで最前線プレイヤーが束になってようやく勝負になるかならないか、ってレベルだろ」

「そう、ですね……いや、そうだね」

少しずつ気持ちを切り替えているのか、いつもの探偵口調に戻ってスピカは同意を示す。

「二十層ということを考えると、やはり正攻法はミノタウロスの撃破ではなく、《迷宮館》からの脱出のほうなんだろう。それはおそらく今も、そして旧SAOでも変わらない。まだ左翼側しか確認できていないけど、手記に書かれていたとおりの絵が同じように飾られていたわけだから、順当に考えれば解法も同様のはず」

「で、肝心の解法は何か思い浮かんだのか？」

期待を込めてスピカを見やるが、ケットシー族の少女は首を振った。

「残念ながらまだ何も。実際に《迷宮館》を見れば、何かひらめきがあるかもしれないと思ったんだけど、それどころではなかったしね。例の既視感の正体にも未《いま》だ至れずだよ。こんなことでは、名探偵失格だね……」

人間、落ち込むときはとことん落ち込むらしい。

名探偵失格などという弱気な発言がスピカの口から飛び出すとは驚きだった。元より初めから別に名探偵ではないのでは、とも思ったが、今この状況でわざわざ傷口に塩を塗る趣味もないので余計なことは言わない。

「まあ、元気出せよ。とりあえず疲れたし、なんか甘いモンでも食っていこう。奢《おご》るよ」

「――奢《おご》り！」現金なものでスピカは途端に表情を輝かせる。「それじゃあ、せっかく《アインクラッド》の第一層まで来たし、ここの有名なお店を回ろう！　実は以前から興味があって、リストアップしていたんだ！　たとえば――」

嬉《うれ》しそうにぺらぺらと色々な店を紹介してくるスピカの声を話半分に聞き流しながら、並んで石畳の街を歩いていく。

たまにはこんな時間も悪くないな、なんて柄にもないことを思ったところで、突然、悲鳴が轟《とどろ》いた。

「泥棒です！　誰か捕まえて！」

遠くで誰かが叫んでいる。見ると、こちらに向かってサラマンダー族の男が走ってきていた。カーソルカラーを確認するにＮＰＣ《ノンプレイヤーキャラクター》のようだ。どうやら何らかのイベントが発生したらしい。

放っておいても別に構わないが……どうしたものか。身の振りを考える俺だったが、スピカは違った。彼女はあまりにも自然な動作で、走る男の進行方向に進み出ると、軽く足を開いて構えを取る。

まさか迎え撃つ気なのか——。無理をするなと声を掛けようとするが、スピカはまるでそんなこちらの思考など読み切ったように、心配するなとウィンクを飛ばしてくる。

対する男のほうは、速度を緩めるどころかますます加速している。スピカは変な格好をしているが、見た目小柄で華奢《きやしや》な女の子に過ぎない。どう贔屓目《ひいきめ》に見ても対抗できるようには思えず、本当に大丈夫なのかと不安になる。

走る男は下卑た笑みを浮かべて、眼前に迫るスピカを突き飛《と》ばそうと腕を伸ばす。

だが次の瞬間——何故《なぜ》か男は空中で縦に三回転くらいした後、勢いよく俯《うつぶ》せで地面に倒れ込んだ。

何が起きたのか速すぎて見えなかったが、スピカは優雅さすら見せながら男の背中に座り込むと、

「助手くん、ロープ」

と手を出してきた。呆然《ぼうぜん》としながらも俺は言われるままにアイテムストレージからロープを取り出してスピカに手渡す。スピカは慣れた様子で、男の手足を縛り身動きが取れないようにする。ロープアイテムは、対象をボタン一つで縛ることができる優れものだ。男のほうも何が起きたのかわからないという様子で呆然《ぼうぜん》としていた。

その後、何事もなかったように男を衛兵NPCに引き渡すと、付いた汚れを払うように軽く手を叩《たた》いて、俺にドヤ顔を向けた。

「ねえねえ、助手くん！　ちゃんと見たかい？　今のが《バリツ》だよ！　いやあ、やっぱりボクの《バリツ》は対人では有効なのだね！　あの怪物には効かなかったが、なあに気にするほどのことではない！」

ハッハッハ、と気持ちよさそうに高笑いをする。

自信を取り戻したのは結構なことだが、あまり変な方向で増長しないでもらいたい。

「さて、助手くん！　続きは甘いものを食べながらとしようか！」

気を取り直したように歩き出すスピカの背中を追いながら、この振り回される感じに、何故《なぜ》

か懐《なつ》かしさを覚えてしまっている自分がいた。

Chapter 5
The Labyrinth Demise

第5章
迷宮の終焉

Sword Art Online Alternative Mystery Labyrinth
Murder in the Labyrinth Pavilion

Tenryu Konno
Shiho Enta | Reki Kawahara

1

【謎の手記・第9節】

オルフェウスが、死亡《ログアウト》してしまった。

その揺るぎない事実に俺は打ちひしがれる。いつも明るく、どんな苦境に立たされてもパーティーメンバーのことを思ってムードメーカーを務めてくれていたアイツが死んでしまったという事実をまともに受け入れられない。

とにかく状況を確かめなければならなかったので、俺はカイニスとともに音もなく部屋を出る。一応、オメガにも声掛けしてから出ようとも思ったが、疲れているようだったし余計な心配はさせたくなかったので、そのまま寝かせておくことにした。

周囲を警戒しつつも、足早に廊下を進んでいく。中央広間を抜け、左翼側へ入る。食堂のところで俺たちは、向こうから歩いてくるミノタウロスとすれ違った。ミノタウロスはこちらに気づくことなく、そのままのしのしと中央広間のほうへ消えていった。時間的におそらく中央のハッチから地下へ戻っていくつもりなのだろう。

俺たちはそのまま左翼側の個室へ向かう。オルフェウスは、カバの部屋——つまり三連個室の一番南で一人だったという。ヨークシャーテリアの部屋がアスクレピオスとマルク、白鳥の部屋がカイニスとイヴリンという部屋割りらしい。

恐る恐るカバの部屋へ踏み入ってみると……案の定、そこにオルフェウスの姿はなかった。

ということは、やはり彼はミノタウロスが徘徊《はいかい》するこの三十分の間に外へ出て、そして襲われて死んでしまったと考えるしかない。

だが、何故《なぜ》……。どうして一人でそんな危険を冒してしまったのだ。どちらかというとオルフェウスは、優柔不断で臆病なタイプのはずなのに……。

やはり……彼もまた《アリアドネの糸》の魔力に魅せられてしまったのだろうか。

それとも……《ＭＰＫ》を仕掛ける謎の連続殺人犯の餌食《えじき》になってしまったのか。

結局のところ、そのどちらが真相かは俺には判断できない。だから、いずれの可能性も考慮に入れてこれからは動いていくことを改めて意識する。

ひとまず、完全にミノタウロスが地下へ戻るまでカバの部屋で待機した後、時間が来たところですぐにみんなを集める。

今や九人になってしまったとはいえ、個室ではさすがに手狭ということで、俺たちは食堂に集まることにした。

皆の表情は――当然のように暗い。特にアタランテはこの世の終わりのような顔をしている。あのオルフェウスが命を落とすなんてこと、きっと想像すらしていなかったに違いない。

眠っていたためにまだ状況がよくわかっていない者もいたため、代表して俺が簡単に説明する。

カイニスが訪ねてきたこと。二人で話している最中に突然、オルフェウスのＨＰがゼロになったこと。それ以上のことは何もわかっていなかったが、それでもようやく全員に現状を共有することはできたようだ。

いやが上にも緊張感が高まる中、アスクレピオスが補足した。

「僕は部屋でマルクと、改めて今後について話し合っていた。オルフェウスのＨＰがゼロになる瞬間は僕も確認している。イアソンの言っていることは、確かだよ」

アスクレピオスに太鼓判を捺《お》されたことで、改めてオルフェウスの死を認識させられたためか、アタランテは顔に手を当てて泣き崩れる。

高校生の女の子には、身近な人の死はキツすぎるか。カイニスがそっと彼女の肩を抱いて寄り添ってやる。

そこでマルクがどこか剣呑《けんのん》な様子で言った。

「これは言うべきかどうか迷っていたのですが……やはりこの状況になった今、皆さんにお伝えしないわけにはいかないので、気は進みませんがお話しします」

ちらとアスクレピオスの様子を窺《うかが》ってから、マルクは続ける。

「実は私たちは……《ＭＰＫ》を疑っています」

あまりにも唐突に本質を突くものだから俺は驚いてしまったが、対して周りの反応はあまり芳《かんば》しくない。というか、おそらくカイニス以外は、マルクの言葉の意味が理解できていないのだろう。これまで当たり前のように、ただアーサーたちがミノタウロスに殺されただけだと思っていた者にとっては、まさに青天《せいてん》の霹靂《へきれき》とも言える主張なのだから。

「……待ちなさいよ、マルク」

ようやく事態を把握したらしいイヴリンが、声を低くする。

「アンタ、自分が何言ってるかわかってんの？　もしもアーサーが《ＭＰＫ》されたのなら、犯人はこの中にいることになるのよ？」

「……そうなりますね。大変残念ですが」

「残念ですが、じゃないわよ！」

突然の激昂《げきこう》。さすがに驚いて全員の視線がイヴリンに向かう。しかし、マルクだけは慣れたように応じる。

「あくまでも可能性の話ですよ、イヴリン。私たちがこの《迷宮館》から無事に脱出するためにはあらゆる可能性を考えなければならない。そして《ＭＰＫ》はその中でも最悪のものです。私たちはミノタウロスだけでなく、殺人犯からも身を守らなければならないのですから」

一触即発の空気。今は内輪もめをしている場合ではないので、すかさず俺は割って入る。

「どうしてそう考えたのか、根拠を教えてもらえないか？」

それからマルクが語った根拠は、先ほどカイニスが俺に語ったものと大体同じものだった。

理路整然とした語り口に皆引き込まれ、いつしか《MPK》仮説は、俺たちの中でかなりの信憑《しんぴょう》性を持ち始めていた。

「じゃあ、誰がアーサーを殺したのよ！　殺してやるから出てきなさいよ！」

再び激昂《げきこう》するイヴリン。しかし、当然のことながら出てこいと言われても名乗り出る者はいない。

渋い顔で状況を見守っていたアスクレピオスが重たい口を開く。

「……今は、一人でも多くの協力者が必要な状況だ。そうでなければ、この厄介な《迷宮館》から全員無事に脱出することはできないだろう。だから、本当は犯人捜しみたいな真似《まね》はしたくないんだが……イヴリンの主張も理解できる。せっかくの機会だ。少し検討してみようか」

「ちょっとアスクレピオスさん……！」

慌てたようにマルクが止めに入るが、アスクレピオスは片手でそれを制した。

「さっきアンタも言ってたとおり、あくまでも可能性の話だよ。検討した結果、犯人がいなければそれで構わないし、怪しいヤツがいたらそれ相応の対処をするだけだ。構わないよな、イアソン？」

アスクレピオスもまた、オルフェウスを殺されて頭にきているのだろう。正直今の状況で犯人捜しをすることが得策とは思えなかったが、この場で止めさせたところでアスクレピオスならば一人で検討できてしまうだろう。後々、勝手に暴走されても厄介だし、少なくともこの場で全員に検討を共有しておけば、犯人がいた場合、釘《くぎ》を刺すことにも繋がりそうだったので、止《や》むなく頷《うなず》いて話を先へ進めさせる。

「まずは、アーサー殺しか。アーサーに《ＭＰＫ》を仕掛けるならば、彼に同行する必要がある。この中で、アリバイがないのは誰だろうか？」

アスクレピオスはゆっくりとみんなの顔を見回した。アーサーの件はすでに全員のアリバイ確認が終わっている。数時間まえにアリバイ確認をした張本人のマルクが答えた。

「アリバイがなかったのは、私、イヴリン、ロッキー、オメガ、イアソンさん、カイニスさん、オルフェウスさんになります」

「なんで、私まで入ってるのよ！」イヴリンは再び怒鳴り散らす。「私はロッキーと部屋で寝てたって言ってんでしょ！」

「二人とも眠っていたなら、相互のアリバイは確認できない。片方が眠ったあとで、こっそりベッドから抜け出した可能性は否定できないからね。腹が立つ気持ちはわかるが、ひとまず客観的な事実として受け入れてくれ」

アスクレピオスの冷静な物言いに、イヴリンは鼻白んだように黙りこくった。もう片方のアリバイが認められなかったロッキーのほうは、「アタシは全然構わないですー」と心に余裕がありそうだった。

「続けて第二の事件──は、正直アリバイも何もないな。アズラエルにミノタウロスを攻撃させるよう仕向けることは誰にでもできたはず。ここから犯人を絞り込むことは難しいので、今は捨て置く。問題は、第三の事件だ」

アスクレピオスの眼光が僅かに鋭くなった。

「まずは一人ずつアリバイを確認しようか。僕は先ほど伝えたとおり、マルクと部屋で今後についての話し合いをしていた。共犯でない限り、僕らは互いにアリバイを証明できる」

同意を示すように、マルクは頷《うなず》いた。

「そして、先ほどのイアソンの話では、イアソン、カイニス、オメガも三人一緒にいたことになるので、アリバイは成立していると見ていいだろう。他のみんなはどうだ？」

ゆっくりとみんなを見回す。ヘラクレスが巨体を揺すって答えた。

「俺は……正直部屋で一人だったからアリバイはない。寝る気はなかったんだが、腹ごなしをしたら急に眠気が来て……軽く昼寝をしていた。だが、俺がオルフェウスを殺すなんてそんな……」

悔しそうに拳を固く握るヘラクレス。誰よりも仲間想《おも》いのはずの彼が、自らに掛けられた仲間殺しの疑いを払拭《ふっしょく》できないことに、俺も心を痛める。

アスクレピオスは何も答えずに、アタランテに視線を向ける。アタランテは青い顔で俯《うつむ》くまだった。

「アタシとアタランテちゃんは、お部屋でお話ししてましたよー」代わりに答えたのはロッキーだった。「アタシ、年の近い女の子ってこの世界で全然出会えなかったから嬉《うれ》しくて。それで、ガッコーの話とか、現実に戻ったらやりたいこととか、色々女子トークしてました。で、いい感じに盛り上がってたところで、急にアタランテちゃんが、オルフェウスさんが死んじゃったって言い出してびっくりしました」

アタランテを窺《うかが》うと、ロッキーの言葉を裏付けるように小さく頷《うなず》いた。この状況でアタランテがロッキーを庇《かば》う理由もないので、信頼してもよさそうだ。

同様の感想を持ったらしいアスクレピオスは、ふむ、と声を漏らす。

「最後はイヴリンだ。アンタは、オルフェウスが死んだとき、どこで何をしてた？」

「わ、私は……」急にイヴリンは言《い》い淀《よど》む。「具合が悪くて、部屋で休んでたわ……。カイニスさんが、証明してくれると思うけど……」

「確かにイヴリンは、具合が悪いと言って寝ていたよ。それは紛れもない事実だ。でも……」

それからカイニスは申し訳なさそうに視線を逸《そ》らす。「俺が部屋を出てからのことは、正直わからない。部屋を出てから、オルフェウスが死ぬまで十五分もなかったとは思うけど……」

「つまり、アリバイはないわけだな？」

アスクレピオスの念押し。カイニスは渋々小さく頷《うなず》いた。

「第三の事件のときアリバイがないのは、ヘラクレスとイヴリンの二人。そしてこの中で、第一の事件のときもアリバイがなかったのは……イヴリンだけだ」

低い声で断言をして、アスクレピオスは眼鏡の位置を直した。全員の疑いの目がイヴリンへ向かう。イヴリンは、両手をテーブルに叩《たた》きつけて立ち上がる。

「冗談じゃないわよ！　アリバイアリバイって、馬鹿の一つ覚えみたいに！　そんな言い掛かりで、人のこと殺人犯呼ばわりするんじゃないわよ！」

「殺人犯呼ばわりなどしていない。ただ、もしもこれが本当に《ＭＰＫ》だったとしたら、現状きみ以外にはそれが不可能であった可能性が高いと言っているだけだ」

「それが殺人犯呼ばわりじゃなきゃ何なのよ！」

怒りを押し殺して冷静さを保っているアスクレピオスと、逆に激昂《げきこう》するばかりのイヴリン。

アスクレピオスがどこまで本気でイヴリンを疑っているのかはわからなかったが、このまま二人を反目させておくのはさすがに拙い。何よりも他のみんなもアスクレピオスの主張を自然に受け入れてしまっているのがよくない。

もちろん、彼の主張が論理的な正当性を持っていることは紛れもない事実だが、あくまでもそれは《最悪の場合》を考慮した上での仮説に過ぎないのだ。実際に《ＭＰＫ》が行われた証拠だって何一つとしてない現状では、杞憂《きゆう》以外の何ものでもない。

「……落ち着け、二人とも」俺はまた割って入る。「これはただの考察であって、事実じゃない。実際にはみんなただミノタウロスにやられただけだって可能性のほうが高いんだ。推論だけで誰かを疑い、仲間割れしてる場合じゃないことくらいはわかるだろう。俺が考察を許可したのは、犯人を糾弾するためじゃない。もしも本当に《ＭＰＫ》をしているヤツがこの中にいた場合の牽制《けんせい》として利用するためだ。《ＭＰＫ》はその性質上、必ず相手を騙してモンスターの前に連れ出す必要があるだろう？　ならば、この場にいる全員が《ＭＰＫ》の可能性を少しでも考慮していたら、格段にそれを実行することが難しくなると思ったんだ」

「――なるほど、そういうことでしたか」

そこで感心したようにマルクが唸《うな》った。

「もしも、この中に犯人がいても、全員に警戒をされてしまった今、もはや犯行を続けることは不可能。あとは我々の脱出に手を貸すほかなくなるという寸法ですね」

「ああ、それが双方にとっての最良の選択肢だろう。もちろん俺だって、オルフェウスが殺されたことを許す気はない。でもそれ以上に俺は、リーダーとして今ここに生き残った全員をこの館から脱出させたいという思いが強いんだ。そしてそのためにはもう、誰が欠けても叶《かな》わなくなるかもしれない。みんなも思うところはあるだろうが、どうか不満を飲み込んでここは耐えてくれ」

勢いよく立ち上がって俺は深々と頭を下げる。僅かにどよめきが走ってから、室内は静まり返った。ゆっくりと頭を上げる。

アスクレピオスとイヴリンは、気勢を殺《そ》がれた様子で、気まずげに視線を外した。反論してくる様子は……なさそうだ。

ひとまず……仲間割れという最悪の展開だけは回避できたらしい。俺は胸をなで下ろすが、そこですかさずマルクが話題を変えてきた。

「そういえば、一つだけ気になることがあるのですが」

「どうした？」

「いえ、カイニスさんがイアソンさんの部屋にいたことは事実なのでしょうけど……そもそもカイニスさんは、何をしにわざわざ危険を冒してイアソンさんのところへ行ったんですか？」

そういえば、先ほどは話がややこしくなると思ってそのあたりのことは曖昧に語っていたのだった。今はもう隠す必要もないので、本当のところ——つまり、《ＭＰＫ》を警戒して俺に忠告をしにきてくれたことを伝える。

マルクは得心いったように、なるほど、と呟《つぶや》く。

「では、きっとイアソンさんは初めからこの展開を予想していたのでしょうね……。必要以上に混乱を起こすことなく、この場を収めるとは素晴らしい手腕です」

彼が他人事《ひとごと》のように俺を褒めると、オメガも同調してしきりに俺を褒めそやす。アタランテやロッキーもまた妙に期待の籠もった目で俺を見てくる。

まあ、最悪の展開が回避できただけで俺は満足なので、その後はどう評価されようとも構わないけれども……正直むず痒《がゆ》い。

ともあれ——ようやく議題を一歩先へ進めることができそうだ。

「それじゃあ話を進めるけど……。両ギルドのブレイン二人が話し合った結果、館からの脱出手段に関して何か新しい発見はなかったのか？」

「発見、というほどではありませんが、ある種の気づきならば少々」マルクが答える。「おそらくですが、すでに私たちはこの館から脱出するために必要な《鍵》をすべて集めています」

思わぬ言葉に、先ほどまでとは異なる雰囲気で皆色めき立つ。

「開発ディレクター茅場《かやば》晶彦《あきひこ》の性質を考えた末の考察になりますが……。彼は今や史上最悪の大量殺人犯ですが、本質的にはフェアな人間だと思うのです。このSAOというゲームにしても、酷《ひど》い難易度設定ではありますが、きちんとプレイヤーに勝ち筋——すなわち《ゴール》が設定されています。もしも、異世界を作りたかっただけならば、ただ単純に我々をこの世界に永久に閉じ込めてしまえばいいだけのこと。にもかかわらず、《アインクラッド》百層攻略という明確な目標を設定している。翻《ひるがえ》せば、茅場《かやば》晶彦《あきひこ》は異世界を作ること以上に、《ゲーム》であることに拘っている、ということに他なりません。《ゲーム》というものは、どれだけ理不尽なものであっても、必ずプレイヤーが勝つための道が残されているものです」

「……回りくどいな。つまりこれが《ゲーム》なのだとしたらどうなるってんだ？」

「——つまりね」

そこでようやく気を取り直したらしいアスクレピオスが引き継いで答えた。

「僕らはもう十分にこの《迷宮館》の中を見て回った。そして見て回った以上の手掛かりを得ることができなかった。ならば、こう考えるのが自然なのではないだろうか。——僕らはすでに十分な手掛かりを獲得している、と」

「——」

思わず言葉を呑《の》む。

確かに……あれだけ館中を探し回っても、もう脱出に関係しそうなヒントが見つからないならば、そもそもこれ以上のヒントは隠されていない可能性が高い。それよりも茅場《かやば》晶彦《あきひこ》の露悪趣味なフェアネス精神から考えれば、これ見よがしに示されている各部屋の絵のみがヒントだ、と考えるほうが自然ですらあるように思えてくるほどだ。

「……本来ならば、俺たちはもうこの《迷宮館》からの脱出ゲームを、いつでもクリアできるってことか」

「『ゲームをクリアするだけの道筋はすでに用意した。あとはプレイヤー次第』——という突き放した思想は、まさに茅場《かやば》晶彦《あきひこ》のそれだろう。……もっとも、これもまた僕とマルクの妄想に近い仮説に過ぎないけどね」

やっといつもの調子が戻ってきたのか、アスクレピオスは肩を竦《すく》めた。

確かに情報自体は増えていないが、解釈の幅が広がったのはある意味大きな前進と言える。

ならば……あとはミノタウロスをやり過ごしつつ、ひたすら考えるのみだ。

未来に対して、確かな希望を抱き始めたまさにそのとき。

中央広間側に繋《つな》がる廊下から、突然のっそりとミノタウロスが顔を出した。

「――っ!?」

思わず息を呑《の》む。慌てて時刻を確認すると、すでにミノタウロスがいない三十分を過ぎてしまっていた。

ただ、焦《あせ》ると同時に正直それほど危機感も抱いていなかった。何故《なぜ》ならば俺たちはすでに、ミノタウロスの対策を十分に理解しているからだ。

目が見えないミノタウロスは音と、それからこちらのソードスキルに反応する。

ならば余計な音を立てずにただジッとしていれば、何事もなくやり過ごすことができる――。

おそらくこの場にいる全員が同じことを考え、そして息を殺してミノタウロスが過ぎ去るのを待っていただろう。

食堂の中へ入ってきたミノタウロスは、一度立ち止まりきょろきょろと周囲の様子を窺《うかが》うように首を振った。匂いでプレイヤーの存在は感知できないようだが、気配らしきものはもしかしたら感じているのかもしれない。

だが、あくまでもそれは軽い違和感程度のもの。黙っていればプレイヤーの存在には気づかずその場を立ち去ることを、俺たちは経験的に理解していた。

だから――不意に立ち止まったミノタウロスが、両手に持った両刃斧《おの》をぶつけ合い始めたものだから、困惑してしまった。カン、カン、と短い間隔で耳障《みみざわ》りな金属音が食堂内に反響する。

食事を待つ子どものような、あるいは凶器を持った殺人鬼のような不気味な動作。

いったい何をしているのか——。これまでに見たことがない新たな挙動に不安を覚えながらも、俺たちはただ状況を見守ることしかできない。

その後も数度、自らの得物を擦り合わせるような動きをくり返して、ミノタウロスはぴたりと動きを止めた。

気が済んだのだろうか。どうか頼むから、このまま立ち去ってくれ——！

心の中でただ強く祈る。

やがてミノタウロスはゆっくりと歩き始めた。ただし向かう先は、廊下ではなく——俺たちのいる長テーブルのほう。

まさかバレたのか……！　いや、しかし、俺たちは音も立てずにただジッとしていただけだ……！

大丈夫、まだバレていない……！

その願いも虚《むな》しく、俺たちのすぐ側まで歩み寄ったミノタウロスは、あまりにも自然な動作で右手の両刃斧《おの》を振り払った。

ただそれだけのことで、ミノタウロスの一番近くにいたロッキーとヘラクレスのＨＰがゼロになった。

「――ッ⁉」

ロッキーとヘラクレスは、自分の身に起きたことが理解できないというふうに目を丸くしたまま、アバターを無数のポリゴン片に変換して四散した。

もはやこの状況で音を立てないことに意味はない。全員が勢いよく椅子から飛び上がって回避行動を取った。

俺たちの存在が――完全にバレている！

だが、どうして。何故《なぜ》、俺たちがここにいるとわかったのだ。

ミノタウロスの動きは、勘に任せたものではなかった。確実に俺たちの存在を知覚して、襲い掛かってきていた。

「エコーロケーションだ！」アスクレピオスが叫んだ。「ヤツは、斧《おの》を擦り合わせたときの音の反響で、僕たちの位置を確認したんだ！　まるでイルカやコウモリのように……！」

エコーロケーション。日本語では、反響定位という。一般には、視力に乏しい生物が、超音波を発して地形や獲物の位置を知るための技術だが、近年では目が見えない人にも習得可能な技術であるとして注目を集めている。

《盲目のミノタウロス》にそれが可能であったとしても、不思議はない。

とにかく、これは完全に俺のミスだ。音さえ立てずにジッとしていれば、ミノタウロスなど恐れるに足りないと、迷宮の怪物を侮《あなど》り、時間の確認を怠った俺の責任だ。

だから俺は命を懸けてでも、みんなを守り抜かなければならない——!

葛藤は一瞬。

俺は、得意の《アバランシュ》で斬り掛かり、その勢いのままミノタウロスとすれ違って、あらん限りの大声で叫んだ。

「こっちだ、バケモノ!」

一気にヘイトが俺に向かう。ミノタウロスと他のみんなを引き離すことに成功した。

「何をする気だ、イアソン!」

珍しくアスクレピオスが声を荒らげた。俺はみんなに聞かせるためと、ミノタウロスの気を引くために大声で告げた。

「俺が一人でコイツを引きつける! みんなはひとまず個室で待機してろ!」

「無茶を言うな! アンタ一人でどうにかなる相手じゃない! みんなで戦おう!」

「タンクのヘラクレスがいなくなった今、全員で戦ってもジリ貧になって必ず誰か死ぬ! 俺はもう誰も死なせたくないんだ! だから、俺が責任を持ってみんなを救ってみせる!」

「イアソンさん!」

オメガの悲痛な叫びが響く。俺はみんなを安心させるため、敢《あ》えて不敵な笑みを浮かべた。

「大丈夫だ! 俺を信じろ!」

それは、ピンチのときに決まって告げる俺の口癖。この言葉を口にするだけで、俺はみんなを守るためにいくらでも強くなれる――！

《アルゴナウタイ》の面々は、それだけですぐに覚悟を決めた。

「――わかった。あとで必ず落ち合おう。……死ぬなよ、リーダー」

苦しげに答えたアスクレピオスの姿を見届けて、俺は必要以上に大きな物音を立てながら廊下へ向かって駆け出した。当然、俺を追いかけてくるミノタウロス。

――まったく。悲しむ暇もない。

足は、ミノタウロスのほうが少し速いくらいだったが、曲がり角の度に、目が見えないミノタウロスは、僅かにペースを落としていたので、本当にギリギリのところでどうにか追いつかれずに済んでいた。余裕なんて本当に〇・一秒もない。

中央広間を抜け、右翼側へ入る。複雑に折れ曲がる一本道をひたすら道なりに走り抜けていく。途中、三連個室の近くまで来るが、当然、ドアを開けて飛び込む余裕すらなく、俺はひたすらに廊下を駆け抜けていく。

やがて――袋小路《ふくろこうじ》の行き止まりに辿《たど》り着《つ》いた。もうこれ以上は逃げることができない。

ここまでのチェイスで五分くらいは時間を稼げただろうか。ならば残りは……約二十分前後。

俺は両手剣を改めて構え直し、切っ先を相手の喉元へ突きつけながら朗々と叫んだ。

「さあ、一騎打ちと行こうぜ、怪物《ミノタウロス》！」

2

「──円堂《えんどう》くん。現実とは何だと思いますか？」

昼休み。いつものように哲学部の部室に顔を出すや否《いな》や、俺以外の唯一の部員である月夜野《つくよの》雫《しずく》は難しい顔をしてそんなことを言った。

せっかくの昼休みだというのに、珍しくアミュスフィアの準備もしていない。

俺はテーブルの上に持ってきた弁当を置いてソファの定位置に着く。

「突然どうした。厨二病《ちゅうにびょう》こじらせちゃったか？」

「厨二病《ちゅうにびょう》をこじらせたことなんて一度もありませんよ」

「……そうかなあ。いい歳《とし》をして名探偵に憧れてるのも十分に厨二病《ちゅうにびょう》だと思うけど」

「それは円堂《えんどう》くんの偏見です」澄ました顔で、生徒会長はいつの間にか用意していた紅茶を啜《すす》る。「そんなことよりも、今日はALOにダイブしている場合ではありません」

「なんかあったのか？」

尋ねると、これです、と雫《しずく》は一枚のプリントを差し出した。何やら空欄が一杯あり、上部には『部活動活動報告書』と記載されている。

「実は、例の事件に入れ込みすぎた結果、活動報告書の提出をすっかり忘れていまして。それで仕方なくこのお昼休みにいっちょでっち上げてしまおうという魂胆です」

「今でっち上げるって言った？」

こいつ本当に品行方正で全生徒憧れの的であるところの生徒会長様なのか……？

この学校の行く末が大変不安である。

だがまあ、確かに最近はずっとALOに入り浸りだったので、たまにはこうして現実でのんびりするのも悪くないかもしれない。

雫《しずく》は、それでは先にお昼ごはんをいただきましょう、とさもそれが当然であるかのように俺の弁当に手を伸ばした。元から二人で分けるために、多めに作ってもらっているのでやりたいようにやらせておく。

俺は冷蔵庫から麦茶を取り出し、グラスに注ぎ入れながら尋ねた。

「それにしても……哲学部の活動報告って何を書くものなんだ？」

「さあ……とりあえず、適当に思弁的なことを書いておけばいいんじゃないですかね」

「思弁ってなんだ？」

「純粋な論理的思考から物事を認識する試みです。言ってしまえば、単なる屁理屈《へりくつ》です」

「身も蓋もないな……」

呆《あき》れながらも、俺には関係ないのでソファへ戻って弁当を食べ始める。

「なに他人事《ひとごと》みたいな顔してるんですか、円堂《えんどう》くん。あなたも一緒に考えるんですよ」

「え、俺も？」

「当たり前じゃないですか。部費で買ったアミュスフィアを毎日使っているのに、知らん顔はさせませんよ」

「別に俺なんかが絡《から》まなくても、いつもみたいに雫《しずく》お得意のでまかせを並べ立てればそれでいいだろうに」

「いえ、それだとロジックが完璧すぎて不正を疑われる危険性があります。そこで、円堂《えんどう》くんの浅慮な素人《しろうと》考えをお借りしたいのです」

「馬鹿にしてる？」

「滅相もない。フレッシュで若々しい思考の持ち主であると褒めているくらいです」

相変わらずの澄まし顔で、雫《しずく》は俺の弁当から唐揚げを摘まんで食べた。ちなみにいつの間にか部室には、雫《しずく》の専用箸まで用意されている。用意周到なのは結構なことだが、それなら昼飯くらい用意しとけばいいのに……とは思うが、余計なことは言わぬが花だ。

仕方ないので、哲学部存続のためにも雫《しずく》の口車に乗ってやることにする。

「……それで？　現実とは何か、だったか？」

「はい。元より、その問いの答えを求めるためのアミュスフィアです。《仮想現実》とこの《現実》を行き来する、円堂《えんどう》くんの率直な感想を聞かせてください」

率直な感想と急に言われても……。俺は箸を止めて思案する。

「――結局のところ、《現実》っていうのは、《客観的な事実》って言葉に置き換えられるものだと思うよ。《仮想現実》なんて大仰な名前が付いてても、それはデジタル上で再現された現実の模倣でしかないわけだから……《現実》にはなりえないかな」

「おっ、いい感じです。若者らしい瑞々《みずみず》しい論調です」上機嫌に雫《しずく》は卵焼きを口へ運ぶ。「しかし、模倣が本物に及ばないと何故《なぜ》言い切れるのでしょう？」

「それは――」一瞬言《い》い淀《よど》むがすぐに反論する。「だって《仮想現実》の下位互換でしかないだろ。この弁当だって本物はこんなに美味《うま》いのに、《味覚再生エンジン》ではあまり複雑な味は再現できない」

「それはあくまでも、現時点での技術的な問題です。将来的にはあらゆる味が完璧に再現されるようになるでしょう。脳が味を認識している、という点において両者は等価です。ほかの様々な細かい差異についても、その大半が将来的には解消すると思います。一部については、現在でも《メディキュボイド》の使用によって克服しているものもあります」

「メディキュボイド？」

　聞き慣れない言葉だった。

「《メディキュボイド》は、医療用のフルダイブ機器です。アミュスフィアのようなヘッドセットではなく全身を包み込むので、より正確な情報のフィードバックが可能です。アミュスフィアよりも出力が強力なので、よりリアリティの高いＶＲ体験ができます」

確かに……言われてみれば、VR世界で感じる現実世界とのギャップは感覚的なものが多いので、いずれ技術の発展によって解消されていきそうな気はする。

ならば――《仮想現実》と《現実》の違いとはいったい何なのだろうか。

「そもそも円堂《えんどう》くんは、当たり前のように今この世界が《現実》であると認識しているようですが……果たしてその認識は本当に正しいのでしょうか？」

「……どういう意味だ？」

「哲学者ニック・ボストロムが提唱した《シミュレーション仮説》というものがあります。この仮説によると、我々が住むこの世界は、シミュレーテッド・リアリティ――つまり《仮想現実》である可能性があり、しかしその世界に内包された我々にはその事実を認識できないそうです。箱庭の中で育てられたアリが、その世界を箱庭であると認識できないのと同じように」

真《ま》っ直《す》ぐに俺を見つめる雫《しずく》。その瞳が何だか妖しい光を放っている気がして、俺は思わず唾を飲み込む。

「そ、そんなのただの暴論だろ。誰がなんと言おうと、現実は現実だよ」

「しかし、円堂《えんどう》くん。あなたは現実と錯覚するほどのリアルな夢を見たことがありませんか？夢の中で、『今自分は夢を見ている』と本当に正確に認識できますか？」

「――――」

さすがに閉口する。誰だって、大事な約束に遅刻しそうな夢を見て、目が覚めた瞬間に安堵《あんど》したことくらいはあるだろう。夢を見ているとき、それが夢であると認識することは難しい。

「《胡蝶《こちょう》の夢》なんて逸話もあります。今が現実なのか、それとも蝶《ちょう》が見ている夢なのかを、人は判断することができないのです。翻《ひるがえ》って、現実とは何か、ということを考えたとき、人はその虚《むな》しさを知るわけです。現実など――幻想に過ぎないのだと」

幻想――実在しないもの。夢、あるいは虚構。

「現実は……存在しないのか？」

「もしくは、どこにでも《ある》のです。遍在している、とさえ言ってもいいかもしれません。人は、主観以外では世界を認識できません。逆に主観さえあれば、どこにだって世界は生じうるのです。それが《ここ》であるのか、《VR》であるのかなど、些末《さまつ》事に過ぎません」

それから雫《しずく》は垂れ下がった長い髪を耳に掛けて、とても美味そうにいなり寿司《ずし》を食べ始めた。

「んーっ！　甘味と塩味と酸味のバランスが絶妙です！　円堂《えんどう》くんのお母様はとてもお料理がお上手ですね。円堂《えんどう》くんのおうちの子になれば毎日これが食べられるのですね……。円堂《えんどう》くん、よかったら私たち結婚しません？」

「……人んちの母親の飯を食うためだけにプロポーズをするな」

現金な幼馴染《おさななじ》みに呆《あき》れながら、俺も食事を再開する。しかし、頭の中では雫《しずく》の言葉がずっとリフレインしていて、せっかくの弁当の味もよくわからなかった。

今、この世界が現実ではない可能性――。もちろん、理性ではそれがただの暴論であると理解しているのだが、それと同時に意外と的を射ているのかもしれない、と納得してしまっている自分もいる。

もしかしたらVRの世界に入り浸ることで、現実感のようなものが薄れてきてしまっているのかもしれない。それがいいことなのか悪いことなのかは、今ひとつ判断に迷うところではあったけれども……。

「ご協力ありがとうございました。今の円堂《えんどう》くんとのやり取りを参考にしながら、いい感じに若者っぽい未熟な論理性で活動報告書を書いておきます。学校が終わったら、またALOで事件の続きを一緒に読みましょう。残りページ数も少なくなってきていたので、いよいよ佳境というところですね」

楽しげに語る雫《しずく》の言葉を、俺はどこか夢現《ゆめうつつ》に聞いていた。

3

【謎の手記・第10節】

ミノタウロスがまさに渋々といった様子で足下のハッチの中へ消えていったとき、俺は喜びや安堵《あんど》よりも先に、後悔の念に襲われてしまった。

元より生き残る見込みがゼロだったわけではない。行き止まりの廊下という、狭い袋小路《ふくろこうじ》であれば、巨体のミノタウロスは動きが制限されて攻撃が単調になるだろうという予想はあったし、制限時間があるのならば、その時間内守りに徹することで、もしかしたら生き延びられるかもしれない、という微《かす》かな希望も見えていた。

だがそれでも、俺は死をも覚悟してこの捨て奸《がまり》に臨んでいた。生き延びるための条件があまりにもか細すぎるし、実際俺のＨＰはもうドットしか残っていない。あと十秒でも長くミノタウロスと戦っていたら間違いなく死んでいたはず。

だから本当に俺が今こうしていられるのは、ただ運がよかったからとしか言いようがないものだ。だがそれゆえに——その幸運が、死んでしまったほかのみんなの身ではなく、俺にやって来てしまったことに何ともやり切れない想《おも》いを抱いてしまう。

——みんなをこんなことに巻き込んでしまったのは、俺なのに。

無限に湧いてくる後悔を、何とか腹の底に押し込める。

とにかく今は、みんなとの約束を果たせたことを喜ぼう。俺はよろよろとした足取りで、廊下を歩き始める。

もはや回復ポーションも残っていないので、下手に急いで転んだ拍子にＨＰがゼロになるなんてことになったら死んでも死にきれない。

慎重に歩みを進める中で、何故《なぜ》か視界の左隅に表示されているパーティーメンバー表示が少なくなっていることに気がついた。いったいいつからだろうか。戦闘中は目の前のミノタウロスに集中しすぎていて、表示が減ったことにすら気づけなかった。

減ったのは二人分。アスクレピオスとカイニスだ。そして何故《なぜ》か、イヴリンが新たにパーティー入りしていた。

何かあったのだろうか。みんなは——無事なのだろうか。

逸《はや》る鼓動を何とか抑えながら、早くみんなの元気な顔が見たい、と願っていたところで、前方から複数の足音が聞こえてくる。

ひょっとしてみんな俺の無事を知って駆けつけてくれたのか。そう思っただけで少し心が軽くなる。それから間もなく、前方の曲がり角から人影が飛び出して来た。

「イアソンさん！　無事でよかった！」

先頭を走っていたマルクは、いち早く俺に気づくと回復ポーションを持って飛びついてきた。アタランテ、イヴリン、オメガもその後に続いているようだ。しかし、やはりそこにはアスクレピオスとカイニスの姿は見当たらない。

俺は受け取ったポーションを急いで飲み、尋ねる。

「カイニスとアスクレピオスはどうした⁉」

俺の質問に皆は顔を強《こわ》ばらせた。

俺と視線を合わせたマルクは、敢《あ》えてゆっくりとした口調で告げた。

「――イアソンさん、落ち着いて聞いてください。カイニスさんは亡くなり、アスクレピオスさんは行方不明になりました」

「…………は？」

言っている意味が理解できず、俺は間の抜けた声を上げてしまう。何故《なぜ》、カイニスが死ななければならない？　ミノタウロスは確かに俺が足止めをしていたはずなのに。

あまりにも意味不明で頭の中が真っ白になる。マルクは、つらそうに顔をしかめながらも、淡々と語り始める。

「……まず、あなたがミノタウロスを引きつけてくださっている間に、我々はあなたの指示どおり左翼側の個室に籠もることにしました。部屋割りは、カイニスさんとアスクレピオスさん、イヴリンとアタランテさん、そして私とオメガという組み合わせです。我々は狭い部屋の中で、ただイアソンさんの無事を祈り続けることしかできませんでした。しかし、その最中……突然カイニスさんのＨＰが減っていき、瞬《また》く間《たま》にゼロになってしまったそうです。そして直後、アスクレピオスさんがパーティーを抜けて行方を晦《くら》ましてしまいました」

カイニスが死んで、アスクレピオスがいなくなった……？

その事実を直視できずに、俺の思考は空転をくり返す。

「ま、待ってくれ。そもそもどうして俺のパーティーにイヴリンが入ってるんだ？　アタランテだけじゃなくて、イヴリンもそのときの状況を確認してたってことか？」

さすがに気まずげな様子で、身体《からだ》を抱くように肘に手を添えながらイヴリンは答えた。

「個室に入ったとき、アタランテちゃんが私をパーティーに誘ってくれたの。一緒のパーティーになったほうが安全だからって。それでイアソンさんたちのパーティーにお邪魔することになったんだけど……。それからすぐにカイニスさんのHPが減っていって、ゼロになったの。カイニスさん……私にも優しくしてくれたから結構好きだったのに……！」

悔しげに歯噛《はが》みするイヴリン。マルクが複雑そうな顔で続ける。

「……イアソンさんが身を挺《てい》してミノタウロスと戦ってくださっていたことは承知しています。つまり論理的に考えて、少なくともカイニスさんはミノタウロスに殺されたわけではありません。……では、いったい誰が殺したのでしょうか？」

「回りくどい言い方は止めなさいよ、マルク！」そこでイヴリンが声を荒らげた。「全部あのクソメガネがやったのよ！　カイ……ニスさんを殺して、ここから一人で逃げたのよ！　もう、私は嫌よこんなの……」

両手で顔を覆って、今度は泣き出してしまう。情緒不安定、とイヴリンを批判する気にはなれなかった。今の状況では……冷静さを保つことのほうがよほど難しいだろう。

泣き出したイヴリンの肩をそっと抱くアタランテ。アタランテもカイニスの死にショックを受けていないはずがないのに……。アタランテに申し訳ない気持ちを抱きながらも、今は情報を整理する必要があったので、マルクとの話を先へ進める。

「アスクレピオスが逃げたってのは、どういうことだ？　さっき、行方不明とも言ってたが」

「……言葉どおりですよ。アスクレピオスさんが、この《迷宮館》からいなくなっているんです。ここへ来るまえには左翼側も隈《くま》なく捜しました。しかし、どこにもいませんでした。イアソンさんだって……ここまでの道すがらで、アスクレピオスさんに会わなかったでしょう？」

この《迷宮館》は、個室を除いてすべて一本の通路で繋《つな》がっているため、どこかに姿を隠すことなどできない。隈《くま》なく捜してその姿が見つけられなかったというのであれば……彼はついに《迷宮館》の脱出方法に気づき、一人で出て行ってしまったと考えるしかない。

だが……何故《なぜ》カイニスを殺したのか。何故《なぜ》わざわざパーティーから抜けたのか。

わからないことでいっぱいだった。

「……とにかく今ここにいる五人が、《迷宮館》の生き残りってことになるな。……次のミノタウロス出現まであまり時間もない。残った全員で固まって行動して、改めてここから脱出する方法を――」

「嫌よ！」

そこでまたイヴリンが激昂《げきこう》した。まさかこのタイミングで割り込まれるとは思っていなかったので、俺は驚く。

「嫌って、何がだ？　みんなで一緒にいないと、またいつミノタウロスに殺されるか――」

「みんなと一緒にいたって、カイニスさんは死んだじゃない！」

悲痛な叫びは、俺の心の傷口を深く抉《えぐ》る。

「チーム分けもパーティーもギルドももううんざりよ！　私は一人で個室に籠もるわ！　そうすれば誰も私を殺せないでしょう！」

確かに個室への籠城《ろうじょう》は、絶対的に身の安全を保障する一手にはなるが……。

肩を怒らせて歩き出すイヴリンを俺は慌てて止める。

「ま、待て！　冷静になって考えてくれ！　部屋に閉じ籠もったところで、《迷宮館》からは出られない。残りの食料も少ないいんだ。みんなで力を合わせて脱出の方法を模索したほうが絶対にいいはずだろう」

「そうやって、また一人ずつ消されていくのよ！」イヴリンは取り付く島もなく、俺の手を振り払った。「ねえ、イアソンさん。せっかくだから言ってあげるけど、アンタのその理想主義のせいでここまで人が減ったのがわからないの？　アンタが仲間だと思ってた人間の中に、平気な顔して殺人犯が交ざってたのだから、言ってしまえば、アンタがみんなをまとめ上げたせいで、人殺しがしやすい状況を作り上げてたのよ！」

「――っ！」

一瞬目の前が怒りのあまり真っ赤になった。殴り掛かりそうになるのを、拳を握って堪える。だが、結果論の言い掛かりだと、怒鳴り返すわけにもいかなかった。何故《なぜ》なら彼女の言葉にも、ある程度の正当性があったからだ。

もしアスクレピオスが一連の殺人を行っていたのだとしたら、参謀の振りをしながらみんなをまとめる俺の行動をある程度コントロールすることも可能だったはずだ。

それならば……この惨事の責任は俺にもあることになる。その証拠に、他の面々も何も言わなかった。

「それに、ヒントはもうアレで全部なんでしょ？　なら、馬鹿の一つ覚えで徒党を組んで館の中を歩き回るより、部屋に籠もって一人で考えたほうがいいに決まってるじゃない。食事だって取らなくても死ぬわけじゃないし。……そういうことだから私のことはもう放っておいて」

背を向けて歩き去るイヴリンを、俺はもう止めることができなかった。

気まずい沈黙が廊下に満ちた。

「……確かに、イヴリンの主張にも一理あるかもしれません」

どこか申し訳なさそうにマルクが言った。

「今の状況で皆が固まることは、利になるとは言い難《がた》い……。それに、どうしても引っ掛かっていることがあるんです」

「引っ掛かっていること？」

「アスクレピオスさんがカイニスさんを殺害したのは、状況的にも間違いないと思います。しかし……オルフェウスさんが亡《な》くなったとき、アスクレピオスさんはまさに私と話している最中でした。彼のアリバイは私自身がどうしようもなく証明してしまっているんです。何らかのアリバイ工作をしていたのかもしれませんが……もしかしたら、《MPK》を仕掛けていた人物は、別にいるのかもしれません」

「──まさか⁉」

思わず息を呑《の》む。

アスクレピオスが一連の事件の犯人だったとしたら、とても残念で悔しい気持ちはあるが、彼が《迷宮館》から脱出してしまった今、もうPKに怯《おび》える必要はなくなったと言える。

だがもし、アスクレピオスが一連の事件とは無関係だったのであれば……犯人はまだ《迷宮館》の中にいることになる。残されたプレイヤーは全員カーソルカラーがグリーンのままで、PKの兆候は見られなかったが……今さらそんなもの当てにはならない。

つまり──PKの恐怖は、未《いま》だ続いているかもしれないということ。

ならば、イヴリンのようにソロで個室に籠もることこそが最適な行動なのかもしれない。

──しかし。

俺はやり切れない思いで、その場に残ったみんなの顔を見る。

付き合いは短いが優れた頭脳で何度も助けてくれたマルク、長い間苦楽を共にしてきたアタランテ、そしてどこか放っておけない気弱で心優しいオメガ。

この中にオルフェウスたちを無慈悲に殺した極悪人がいるなんて……とても信じられない。

それは今この場にいないイヴリンにも同様のことが言える。彼女の怒りは演技ではなく紛れもなく本物のように思えた。彼女が一連の事件を陰で引き起こしていた犯人だとは、正直考えにくい。

——結局、確かなことは何一つとして言えないが、警戒するに越したことはない。

「……わかった。ひとまず今は、それぞれソロで個室に籠もることにしよう」

「イアソンさん……」

俺の決断に、オメガが不安げな顔を向けてきた。

「そんな顔するなって」俺は苦笑する。「別にみんなのことを疑ってるわけじゃない。ただ、マルクの言うように、今はそのほうがみんな安全だから、そうするだけさ。下手にパーティーを組んだままでいて、イヴリンにあらぬ疑いを掛けられるのも都合が悪い。それにもし脱出する方法がわかったら、一人で出て行ったりしないでみんなにも共有する。そうだろう？」

マルクに確認すると、彼は力強く頷《うなず》いた。

「もちろんです。ブレイン担当としての、腕の見せ所ですから」

最も脱出に近い男からの言質《げんち》に、オメガは少しだけ安心したように顔を綻ばせた。

非常に消極的な動機ながらも、方針は決まった。

「それじゃあ、今のうちにみんなパーティーを解散しとこうか」

俺の合図で、皆一斉にウインドウ画面の操作を始める。ものの数タッチで操作は完了する。

視界の左側に表示されていたパーティーメンバーのＨＰ表示が消える。何だかとても寂しく思えるが……今は仕方がない。

イヴリンは左翼側の個室へ向かっていったようなので、俺たちは右翼側の個室を使わせてもらう。右翼側の三部屋をマルク、アタランテ、オメガに使用してもらい、俺は左翼側の空いた個室に移動することになった。

ただ、ひたすら個室に籠もっているのも無事かどうかわからず不安だったので、ミノタウロスが出ていない間——つまり、三十分おきに広間へ集まって、考えを共有しようと決まった。マルクとアタランテはそれぞれ個室に入っていく。ところが、オメガだけは最後まで廊下に残って、個室に入るのを躊躇《ためら》っていた。

「どうした？」

「その……やっぱり一人になるのは不安で……」不安げな面持ちで俺を見上げる。「僕は弱いし……もし襲われたら、絶対に勝てないから……」

そんなことはない、と言ってやりたかったが、この状況では心が弱くなってしまうのも仕方がないと思ったので、別の方向から励ましてやることにする。

俺はオメガにパーティー申請を送った。オメガは戸惑いながらも、それを了承する。

「なあ、オメガ。俺のプレイヤーネームを見てくれ」

システム的接触により、俺の頭上にはプレイヤーネームが表示されているはずだ。

「……《thasceus》って書いてあります。これは……なんと読むんですか？」

「――《テセウス》だよ」

俺の言葉に、オメガは目を丸くした。

「テセウスって……あのギリシア神話の……？　でも、綴《つづ》りが違うような……」

そう、ギリシアの英雄テセウスの本当の綴《つづ》りは『Theseus』。俺の綴《つづ》りでは本来、どうあっても『テセウス』とは読まないのだ。

「実はさ、俺、このゲーム始めるのメチャクチャ楽しみでさ。楽しみすぎて、前日眠れないくらいだったんだよ。それで、念願叶《かな》っていざゲームを始めて、とにかく早くフィールドに出たいあまり、慌ててプレイヤーネームを入力したもんだから、盛大に誤字っちゃってさ。気づいたときにはもうログアウトもできない状態で、この有様《ありさま》さ」

戯《おど》けて肩を竦《すく》めてみせる。オメガは緊張を解いたように苦笑した。

「……意外です。イアソンさん、すごく強くて、いつも落ち着いて見えるから」

「そう見えるように振る舞ってるだけさ。元々、外見が大人びてるんだけど、こう見えて俺、ただのゲーム廃人の中学生だからな」

「中学生!?　嘘《うそ》でしょう!?」オメガは目を剝《む》く。

俺がオメガに妙な親近感を覚えてしまったのは、きっと年が近そうだったからだろう。

「この話をしたのはオメガが最初だよ。みんなには二十歳の大学生で通してたからな。いくら何でも、中学生がギルドのリーダーを張るのはみんなも抵抗あると思ったから。……まあ、そんなことはどうでもよくてさ、俺、最初はメチャクチャ弱かったんだよ。《はじまりの街》のすぐ側に湧くレベル1の《フレンジーボア》にも殺されかけるくらいでさ。でも、怖かったし、不安しかなかったけど、覚悟を決めて一所懸命に強くなった。VRMMOのデスゲームとか、マジで意味わからん状況だけどさ、この状況を乗り越えて行くには、やっぱり覚悟を決めるしかないと思うんだ」

「覚悟を……決める」

興味深そうに、オメガは反復した。

「ああ。覚悟を決めるってことは、現状を受け入れるってことだ。この世界の理不尽さも、自分のどうしようもない弱さも。現状を受け入れることで、初めて未来への展望が湧いてくる。これから何をどれだけ努力すれば、前へ進めるかが、見えてくる」

それから俺は不安のためか微《かす》かに震えるオメガの肩にそっと触れる。

「だからさ、もしおまえが本当に自分の弱さを受け入れられてるなら、これから絶対に強くなれるよ。いや、もう十分におまえは心が強い。だから、そんな不安そうな顔するなよ」

「僕が……強い……」

信じられない、というふうにオメガは再び反復した。

「まあ、すぐには認められないかもしれないけどさ、とにかく今は一緒にここから脱出することを考えよう。大丈夫だ、俺を信じろ。俺が必ず、みんなを生きてここから出してやるから」

口癖である魔法の言葉を発すると、オメガはようやく緊張を解《ほぐ》したように顔を綻ばせた。

「……ここから出られたら、僕もあなたのギルドに入れてもらえませんか」

「もちろん大歓迎だよ。俺たちで、このSAOを終わらせてやろうぜ」

彼の前に拳を突き出してやると、オメガは怖《お》ず怖《お》ずとしながらもそっと拳を合わせてきた。

無事にここから出られる保証なんて何一つとしてなかったけれども、この約束がオメガに希望を与えるのなら、俺も頑張らないといけない、と決意を新たにする。

時間もないため、ようやく個室へ向かうオメガだったが、ドアノブに手を触れたところで一度振り返った。

「……イアソンさんが、プレイヤーネームを《テセウス》にしたのは、やっぱり英雄のように強くありたいと思ったからですか？」

鋭い質問だった。せっかくなら、何か格好のいい言い訳でもしたいところだったが、結局何も思い浮かばなかったので正直に答える。

「……いや、ただの本名だよ」

「本名？」

「ああ。《英雄》と書いて、『てせうす』と読むんだ。……すごいキラキラネームだろ？」

元々、ギリシアの英雄の名前を有する俺が、あえてイアソンを名乗っていたのも、そんな本名から目を背けるために他ならない。それなら初めから全然違うプレイヤーネームにしておけ、という話だが、今となってはもう後の祭りである。

自虐的に笑ってみせるが、オメガは真剣な表情で言った。

「いえ、まさにぴったりの名前だと思います。あなたは、僕にとって本物の英雄です。だから……どうかご無事で」

丁寧に頭を下げてから、オメガは俺のパーティーから抜けて個室へ入っていった。

4

《真珠星探偵社》のソファの上で紙束に目を通していた俺は――言葉を失う。

いったい何なのだ、これは。

自問したところで、答えなどわかるはずもない。

だが、客観的な事実として判明したことが一つだけある。

それは――この紙束の記述者が俺であるという事実だ。

《英雄》と書いて『てせうす』なんて読むけったいな名前の人間などそうそういるはずもない。

そして何よりも――。

俺は視界の左上へ視線を向ける。そこに表示された俺のＨＰ。命の残量を表すバーの側には

《thasceus》と俺のプレイヤーネームが記されている。

どういう、ことなのか。

当たり前だと思っていた常識が突然覆《くつがえ》されたような、えも言われぬ不快感。

「──これは、予想外の展開になってきたね」

放心したように呟《つぶや》くスピカの声で、俺はかろうじて理性を保つことができた。紙面から顔を上げて、俺はスピカの顔を見る。

どこか生身の面影が残る、幼馴染《おさななじ》みの整った顔を見て、俺は妙な安心感を得る。

「……この紙束を俺が持っていたのは当たり前だったんだな」

俺の呟《つぶや》きに、スピカは何とも言えない顔をする。

「記述者が、きみだったからかい？　でも、きみにこの手記を綴《つづ》った記憶はないんだろう？」

俺はこくりと頷《うなず》く。

「なら、同名の別人だよ」

いともあっさりと、スピカはそう断じた。でも、俺は納得できない。

「……いくらなんでも、プレイヤーネームまで完全に一致することはないだろ。そもそも、俺のプレイヤーネーム自体が偶然この綴《つづ》りになったわけだし……」

このゲームを始めたとき、俺は早くゲームの世界を体験したいばかりに、綴《つづ》りを間違えて入力してしまってこの名前になったのだ。そのくだりも、しっかりと手記には残されている。

「しかし、偶然の一致という可能性はゼロじゃない」

スピカは珍しく真剣な顔で、真《ま》っ直《す》ぐに俺を見つめて告げる。

「ボクはそんな名前なんて不確かなものよりも、助手くんのことを信じるよ。この手記は、偶然名前の一致した他人が書いたものであって、それ以上でもそれ以下でもない」

俺を信じてくれるという気持ちは嬉《うれ》しいが、素直に喜ぶことはできなかった。

この手記には……あまりにも不可解なことが多すぎる。

――少し、一人で考える時間がほしい。

「……悪い。ちょっと具合悪くなったんで、今日はもう落ちるよ」

「大丈夫かい？　顔色が悪いよ」心配そうに顔を覗《のぞ》き込んでくる。

「……一晩寝れば治るよ。それじゃあ……お疲れ」

心の奥底を見透かすような視線から逃れるように、俺はログアウトした。

急に目の前が暗くなる。アミュスフィアの接続が切れたようだ。俺は緩慢な動作でヘッドギアを外す。

見慣れた自室の天井が視界いっぱいに広がる。そんな当たり前の光景が、何故《なぜ》だかやたらと懐《なつ》かしく思えてならない。

俺は横たえていた身体《からだ》を起こし、ベッドの上にあぐらを掻《か》く。

――さて、何から考えればいいのだろうか。

情報を整理していく。

まず、例の手記の記述者が俺と同じ名前の人物であることは一つの事実だ。

それが俺自身なのか、それとも名前が同じなだけの別人なのかは今のところ判断ができない。

少なくとも俺に、例の手記を書いた記憶はないのでできれば後者であってほしいが、名前のスペルミスまで一致していることから、別人の可能性はゼロとは言わないものの限りなく低い。

では、一つの可能性として、手記の記述者が俺自身であり、かつ何らかの理由により手記を書いた記憶を失っていると仮定してみよう。

そう考えると、また別の疑問が湧いてくる。

それは――この手記の内容が事実なのか、虚構なのかということだ。

最初にも一瞬だけ検討して、ひとまず事実であると仮定して読み進めていったわけだが……事実であるならば、不可解な点が出てくる。

そもそも俺は、ＳＡＯサバイバーではないのだ。

では、俺が何らかの理由によりＳＡＯサバイバー、つまりＳＡＯ帰還者である記憶を失っているとしよう。ならばこの手記は、ＳＡＯに閉じ込められた俺が体験したことの記録、ということになる。前書きでは、もうすぐ死ぬ、というようなことを書いていたが、結局俺は死なず、無事に《迷宮館》から脱出し、その後も死ぬことなくＳＡＯというゲームをやりおおせた。その後、ＡＬＯを改めて始めて、当時体験した記録を紙束にしたためた、とすればひとまず整合性は取れそうだ。

だが、その場合、そもそも何故《なぜ》そんな回りくどいことをしたのか、という本質的な疑問が湧いてしまう。何らかの方法で犯人を糾弾するつもりだったのか。それとも、雫《しずく》に解いてほしくて敢《あ》えて文章という形で残したのだろうか。

どうにも合理的な説明が付きそうにない。

それは、この手記が俺の創作である、と考えた場合も同様だ。

この場合、俺がSAOサバイバーではない、という矛盾は容易に解消される。何故《なぜ》なら初めからすべて創作なのだから。だが、そうなると今度は新生《アインクラッド》の《迷宮館》へわざわざ赴き、内部を詳細に調べ上げた上で手記を書いたことになる。

これは、ある意味俺がSAOサバイバーである場合よりも意味不明で、尚《なお》のこと説明が付けられなそうだ。

何よりも――一連の仮説で当たり前のように使われているあまりにも都合のよすぎる『記憶喪失』が、現実的ではない。

「……何なんだよ、クソッ」

わからないことがこんなにも不安なのだと思ったのは、生まれて初めてだった。

「……まさか」

そこで新たな仮説を思いつく。記憶が失われていることの合理的な説明。

ひょっとして、俺は二重人格なのではないだろうか？

別人格が、俺の知らない間に例の手記を書いたとすれば、記憶の点では一定の説明が付きそうだ。それでも、何故《なぜ》そんなわけのわからないことをしたのかは皆目見当も付かなかったが……現状それ以外にまともな仮説も思い浮かばないのだから仕方がない。

俺はベッドから下りてリビングへ向かう。リビングでは、母親が趣味のクロスワードパズルを解いていた。

「なあ、母さん。聞きたいことがあるんだけど」

「なに？　急にどうしたの？」

顔を上げて意外そうに俺を見る。俺は少しだけ躊躇《ためら》いながらも、意を決して尋ねる。

「あのさ、変なこと聞くようだけど……。その、実は俺、多重人格だったりしない？」

「はあ？」

母は頓狂なことを言い出した息子に、呆《あき》れ声を掛ける。

「何をわけのわからないことを……。何か変な漫画でも読んだ？」

「……いや、そういうわけじゃないけど」

「まあ、何でもいいけど。ちなみにあんたは、小さな頃から頗《すこぶ》る健康だったから安心なさい」

二重人格説は早くも否定される。まあ、俺も別に確信してたわけじゃないからいいけど。

「ちなみになんだけど……。実は俺、ＳＡＯサバイバーだったりしない？」

「ＳＡＯ？」聞き馴染《なじ》みがない様子で首を傾《かし》げる。「ああ、確か少しまえに話題になったＶＲゲームね。あんた、発売日に買えなくてしょげてたら例の事件が起こって、命拾いしたって喜んでたじゃない。もう忘れたの？」

……記憶にはない。本当にそんなことあったのだろうか……？

だが、母が嘘《うそ》を吐く理由はないし、そもそもどう見ても嘘《うそ》を吐いているようには見えない。ならばやはり、俺がＳＡＯサバイバーだ、という可能性もなくなるわけだが……。

そうなると……また考えは振り出しに戻ってしまう。

雫《しずく》の言うとおり、同名の別人なのだろうか。

わからない……。何もわからないが……何故《なぜ》だか俺は無性にこの現実が怖くなってきた。

昼間に部室で、現実とは何か？　なんて柄にもないことを考えてしまったせいかもしれない。

もしかしたら、今俺は、何か悪い夢を見ていて、しかし、それが夢だと気づいていないのではないか。

今は……本当に、現実なのだろうか……？

この現実の《現実感》が——希薄に思えてならない。

本当に具合が悪くなってきたので、部屋に戻ってもう眠ることにした。

頭の上まですっぽりと布団《ふとん》を被《かぶ》り、不安に抗《あらが》うように身体《からだ》を丸めて眠る。

夢は、見なかった。

5

【謎の手記・第11節】

みんなが部屋に籠もるのを見届けてから、俺は左翼側へ向かって誰もいない廊下を歩いて行く。ミノタウロスの出現まではまだ時間があるので、歩調はゆったりと落ち着いている。

そして中央広間まで辿《たど》り着《つ》いたところで、俺は壁際《かべぎわ》に座り込んだ。

——元より俺は、左翼側の個室に籠もるつもりなどなかった。

もし、生き残った俺たちの中に殺人犯がいるなら、皆が部屋から出ないミノタウロスの巡回時間に部屋を出て、何らかの悪事を働く可能性が高い。

この中央広間は、左翼側から右翼側へ移動する際、絶対に通らなければならない中間地点。

ならば密《ひそ》かにここで待っていれば、犯人に出くわすに違いないと考えたのだ。

誰もここを通らずに右翼側だけでまたＰＫが行われる、という可能性もあったが、その場合は自動的に残された奴《やつ》が犯人になるのだから、徹底的に問い詰めてやればいい。

だが……できればそんなことにはならないでほしいと思う。いや、それどころか、そもそももう誰も死なないことが一番望ましい。

そう、本当のところ俺は、犯人捜しがしたいわけではない。みんなの無実を信じるためにここで待っているのだ――。

胸の痛みを堪えながら、俺は神経を研ぎ澄ましてただそのときを待つ。

途中でミノタウロスがやって来たが、俺の存在には気づかずにそのまま左翼側から右翼側へと素通りしていった。例のエコーロケーションとやらは、常時使用しているわけではなく、自分が怪しいと思ったところで使うようだ。

今、この場に俺が待機しているのは、ミノタウロスですら予想外ということか。

もし俺たちの中に犯人がいたとしても、尚《なお》のこと想定外に違いない。少なくとも、意図的に俺を回避して、右翼側と左翼側を行き来して犯行に及ぶことは絶対に不可能だ。

祈るような気持ちで、俺は時が過ぎ去るのを待ち続ける。

やがて――その祈りが通じたように、ミノタウロスの巡回時間が終了した。

俺は安堵《あんど》のため息を零《こぼ》す。ひとまず……つらい時間を乗り切ることができたようだ。

あとは約束どおりみんなが中央広間へ集まってくるのを待つばかり――。

そんなふうに暢気《のんき》に構えていたのだが……五分経《た》っても誰もやって来なかった。

……嫌な予感がした。

全身に毒蛇が絡《から》みついているような不快感と焦燥感に突き動かされるように、俺は右翼側の個室へ向かって走った。一分ほどで、三連個室のところまで辿《たど》り着《つ》く。

「おい！　みんな無事か！」

ほとんど怒鳴りつけながら、ドアを叩《たた》いて回る。ＳＡＯの個室のドアはほぼ完全な防音性を持っているが、ノックの後の三十秒だけはちゃんと声が通る仕様だ。だから、中に人がいれば絶対に俺の声が聞こえているはずだった。

にもかかわらず、一切の反応がない。ダメ元でドアノブを捻《ひね》ってみたら——当たり前のようにドアは開いた。本来、デフォルトのシステム制御で施錠《せじょう》がされているはずのドアが開く——それはつまり、中に誰もいないことを意味する。

震える手でドアを全開にすると……やはり、中はもぬけの殻だった。泣き出したくなるような気持ちで、他の二つの部屋も確認する。しかし、結局中には誰もいなかった。

——右翼側の個室にいるはずのマルク、アタランテ、オメガは、忽然《こつぜん》と姿を消していた。

死んでしまったのか。それとも何らかの方法で脱出方法に気づき、みんな脱出してしまったのか。

死体の残らないＳＡＯでは、そのどちらが真実なのかを判断する術はない。

パーティーを解散したため他のメンバーのＨＰ確認ができない現状に、激しい後悔を覚える。

こんなことになるならば、外聞など気にせず、四人でパーティーを組み直しておけばよかった……。

だが……あの三人が、俺に何の断りも入れずにここから逃げ出したとは、どうしても考えられない。よしんば、何らかの理由で俺に何も告げずに脱出せざるを得なかったのだとしても、その後すぐにこのダンジョンへ舞い戻って、脱出方法を俺に伝えてくれるはずだ、と思った。

だからきっと……三人とも死んでしまったのだろう、と暗に理解できてしまった。

そのとき、マルクとフレンド登録していたことを思い出す。フレンドリストを見れば、現在のマルクの状態がわかる。俺は逸《はや》る気持ちを抑えてウインドウを操作してリストを開く。

マルクの項目は、連絡不可のグレーに変わっていた。これは死亡してしまったフレンドの表示だ。やはり……マルクは死亡していた。

それからすぐに、イヴリンはどうしたのだろう、と気づく。まさか彼女も死んでしまったのか。俺は絶望に膝を突く暇もなく、左翼側へ向かって走り出す。

せめて……せめてイヴリンは生き残っていてほしい。誰が犯人だとか、そういうことはもうどうでもいい。

俺を、一人にしないでほしい。

懇願にも近い祈りを抱きながら、長い道のりを駆け抜けて目的の左翼個室に到着する。

もはやノックなどしている余裕はない。どの部屋にイヴリンが籠もっているのか知らなかったので、片っ端からドアノブを捻《ひね》っていく。

だが結局――すべてのドアが開いた。つまり……イヴリンもまた、姿を消していた。

俺は放心してその場にへたり込みそうになるのを必死に堪えて廊下を進む。希望は……まだ捨てない。

ここまでの道すがらで、俺はイヴリンの姿を見ていない。だから、少なくとも彼女が俺より右翼側にいるということはあり得ない。ならば、もし彼女がまだ生きているとするならば、個室のさらに先――バスルームにいることになる。

それを確認するまでは……まだ絶望できない。

身体《からだ》が重たい。全身に力が入らず、今にも倒れ込んでしまいそうだ。

それでも歯を食いしばって、足を引きずりながらも最後の希望に縋《すが》る。

そしてようやく辿《たど》り着《つ》いた、左翼側最奥《さいおう》のバスルーム。

まるで当然そうであるかのように、そこには誰もいなかった。

――心が、折れた音が聞こえた。

気がつくと俺は、床に倒れ込んでいた。

もはや起き上がる気力もない。このままここでこうしていたら、ミノタウロスに踏みつぶされてHPがゼロになるだろうか。

それもまた……悪くないかもしれない。

今や何故《なぜ》自分だけがこの《迷宮館》の中で生き存《なが》えているのかが理解できなかった。

俺のせいでみんなが死んでしまったのであれば……俺もまたみんなと同じように死ぬのが筋のように思える。

と、そのとき、視界の隅で何かが光った。

僅かに視線を動かしてみると、バスタブの陰に何かが落ちているのが見えた。

何だ……？

最後の力を振り絞って、手を伸ばす。

それは――アスクレピオスが命の次に大切にしていた、彼の眼鏡だった。

そのときようやく俺は自らの過《あやま》ちに気づいた。

アスクレピオスは、カイニスを殺して《迷宮館》から脱出したわけではない。

――彼もまた、死んでしまっていたのだ。

6

手記は、唐突にそこで終わった。

おそらくこの後に、初めの前書きを記したのだろう。

本日は土曜日で学校が休みだった。朝からＡＬＯにログインしていた俺とスピカは、ほぼ同時に手記を読み終わり、どちらともなく深いため息を零《こぼ》す。

「……なるほど。これは現代の『そして誰もいなくなった』だね」

――『そして誰もいなくなった』。イギリスの作家、アガサ・クリスティーにより生み出された世界で最も有名な推理小説《ミステリ》だ。この小説では孤島に閉じ込められた十人の登場人物が、最後全員命を落とすことになる。

「……でも、これは違うだろ」俺は居心地の悪さを覚えながら反論する。「一見するとこの記述者も死んで誰も残らなかったように読めるけど、結局、記述者が生き残ったから、この手記が残ってるわけで」

その記述者が俺かもしれない、ということについてはややこしくなるので今は触れない。

スピカは鹿撃ち帽の横から飛び出した耳を興味深げにぴこぴこと動かしながら、うーん、と唸《うな》った。

「記述者の生死や、この手記の出所云々《うんぬん》はひとまず置いておくにしても……記述の内容が実に不思議だね。記述者が犯人ではないとすると、犯人を含めて《迷宮館》には誰もいなくなってしまったことになる。個室以外のすべての部屋が一本道で繋《つな》がっていて隠れる場所などどこにもなく、すべての個室には人がいないことを確認済みだ。これはいったいどういうことなのだろう？」

「どうって……現実にそんなこと起こるわけないんだから、ただの作り話だったってことだろう。真剣に取り合うだけ馬鹿らしいよ」

「――それは違うよ、助手くん」

スピカは、思いのほか真摯な口調で言う。

「この手記の真偽については取り合わない、というのが当初からのボクらのスタンスのはず。手記に記されていることをすべて事実であるとするのは、そもそもの大前提だ。だからその上で、いったい何が起きたのかを真剣に推理するのが、この記述者へのボクらなりの敬意の示し方だよ」

「……どうしてそこまでこんなわけのわからん手記に拘泥《こうでい》できるんだよ」

居心地の悪さを誤魔化すように俺は否定的に言う。

「探偵ごっこがしたいなら、もっとほかにやりようはあるだろう。これだけ多くの人が集まるゲームなら、対人関係のトラブルなんか探せばいくらでもある。おまえが腕を振るうべき謎は、こんな胡散臭い手記なんかじゃなくて、もっと大勢の人の役に立つような何かだよ」

まるでこの手記との関わりを絶ちたいがための言い訳にも聞こえる主張。それでもスピカは優しく微笑《ほほえ》んで答えた。

「ボクはね、助手くん。この世のすべての謎には、意味があると考えている。そしてその謎の根底には、救いを求める誰かの意思がある。確かにこの手記には様々な疑問が残る。出所や記述者、そして内容も合わせて、まるで虚構のようだ。しかし、どのようなバックボーンがあったとしても、この手記が今ここに存在することだけは紛れもない事実だ。そして手記の冒頭には、『どうかこの殺人事件を解決してほしい』という明確な意思が刻まれている。結局のところ——この手記の本質はそこだよ。どこかの誰かが、謎を解いてほしくて手記を残した。ならば、名探偵たるこのボクは、その救いの声を受けて、全力で謎を解く。……ボクがこの手記に拘泥《こうでい》しているのは、そのためさ。この手記が真実であろうと虚構であろうと、そんなことは些《さ》末《まつ》事に過ぎないのだよ」

コートの内ポケットから取り出したパイプを咥《くわ》えて、ぷかり、とシャボン玉を吹いた。

他人の問題に首を突っ込む探偵なんかに憧れるスピカを端で見て、俺はずっと悪趣味だと思っていた。しかし……悪趣味には悪趣味なりに通すべき筋があるらしい。

少しだけ、スピカのことを見直した。

心の奥底に澱《おり》のように溜《た》まったもやもやは消えなかったが、もう少しだけなら彼女とともにこの事件に向き合ってみようか、という気分になってくる。

「——わかったよ」観念して俺は諸手《もろて》を挙げる。「手記の出所とかには目を瞑《つぶ》って、俺も真面目にこの事件に取り組んでみるよ」

「ありがとう、助手くん！」

身を乗り出して俺の手を握ってくるスピカ。その双眸《そうぼう》はいつにも増してキラキラと輝いている。まるで真冬の夜空のようだと思った。

「わかってくれて嬉《うれ》しいよ！　きっと事件の真相がわかれば、この手記そのものの謎にも何かしらの答えが見えてくるよ！　一緒に頑張ろうね！」

その温かな手の温《ぬく》もりが、少しだけ心のもやもやを晴らしてくれたような気がした。

俺は自然な動作を装《よそお》いながらスピカの手を解き、照れ隠しのために気持ち早口で告げる。

「……ひとまず、事件を整理してみようか。実際、《MPK》は行われてたのかな」

「すべてではないにせよ、関与しているのは間違いないだろうね」

スピカのほうはあくまでも普段どおりの様子で、タイツに包まれた形のいい足を組む。

「とにかくSAOでは、直接PKを行うとプレイヤーカーソルの色が変わってしまう。これを回避する方法はいくつか編み出されていたみたいだけど、《迷宮館》のような状況では、モンスターを利用するのが一番楽で確実だ。何せ、《盲目のミノタウロス》はワンパンでプレイヤーを殺せるのだ。むしろ利用しない手はない。実際、記述者の視点ではカーソルカラーが誰も変わっていなかったわけだから、《MPK》を利用していたと考えるのが自然だろう」

「ってことは、《迷宮館》に足を踏み入れてから、PKを行うことを決めたんだろうか？」

「今のところ何とも言えないけど、少なくとも《アルゴナウタイ》と《英雄伝説》に面識はなかったようだし、そのいずれからも死者が出ている以上、それ以前から殺意を募らせていた、と考えるのは無理がありそうだね。ただ、元からいつかPKしよう、と決めていて、タイミングよくその機会に恵まれたから実行した、としても矛盾はない。まあ、それにしてもあの場にいた全員を殺す、というのは常軌を逸している気がするけど」

「……つまり、特定の誰かを殺すために《MPK》を行ったわけじゃなく、何らかの別の目的を果たすために《MPK》を利用して全員を殺そうとした、ってことか」

「蓋然性は高いね」

そうなると、動機の方向から事件を紐解《ひもと》くのは難しそうだ。

「じゃあ、個別の事件を見ていくしかないか。最初のアーサー殺しはどうなる？」

「アリバイだけで考えれば、手記にあるとおりだね。この事件が単独犯で、かつ全員の主張が正しいという前提の元だけど」

そうか。同室になった人間との共犯であれば、アリバイなどいくらでも捏造《ねつぞう》可能なのか。ただそこまで疑ってしまうと本当にドツボに嵌《は》まりそうだったので、一旦は単独犯として考えていく。

最初の事件でアリバイがないのは、マルク、イヴリン、ロッキー、オメガ、イアソン、カイニス、オルフェウスの七名。記述者であるイアソンは除くとしても、閉じ込められた十二人のうち、半分の人に犯行が可能だったことになる。

「第二の事件はどうだ？　アズラエルに《先制攻撃》のことを吹き込んで《MPK》をしたのだとすると誰にでもできそうな気がするけど……。ただ、強いて言うならオメガあたりは難しそうかもな」

「その心は？」

「仮にオメガがアズラエルに《先制攻撃》のことを吹き込んだとしても、『じゃあおまえがやれ』と言われて終わりそうな気がする。それをアズラエルが危険を承知して自らの手で行った以上、少なくとも彼と同等の人物からの進言だったと考えるべきじゃないかな」

我ながら意外と的を射ている論理だと感心するが、スピカの表情は何とも煮え切らない。

「うーん、確かにそういう一面もあるのかもしれないけど……助手くんは、本質的なことを見落としているよ」

「本質的なこと？」

「《アリアドネの糸》だよ」

《アリアドネの糸》──確かにそんな話題は所々で出てきていたけど……。

「いいかい？　実際にそんなチートアイテムが存在したかどうかはこの際捨て置く。重要なのは、あの場にいた全員がその存在を僅かなりでも信じていた、ということだ。さて、その上で改めて考えてみようか。《迷宮館》の中を一通り探し回った結果、《アリアドネの糸》は見つからなかった。見つからなかったということはやはり、《アリアドネの糸》なんてものは存在しないということだろうか？」

急に問われて、戸惑いながらも俺は首を振る。

「……それは《悪魔の証明》だよ。館の中から見つからなかったとしても、それは《アリアドネの糸》が存在しないことの証明にはならない」

「そのとおり」満足そうにスピカは目を細める。「ならば次なる《アリアドネの糸》の居場所はどこになるだろうか？　SAOプレイヤーの正常な思考では、それは当然《盲目のミノタウロス》のドロップ品、ということになるのではないかな？」

ドロップ品——つまり、《盲目のミノタウロス》を倒したら手に入る報酬ということか。

そこでようやくスピカの言わんとしていることを理解する。

「——そうか。《アリアドネの糸》がもし実在するなら、そんな激レアアイテムはほぼ確実にラストアタック・ボーナスになる。もし、自分以外の誰かがミノタウロスを倒してしまえば、必然的に《アリアドネの糸》はそのプレイヤーの手に渡ってしまう。だからこそ、危険を承知していながらも自らの手で《先制攻撃》を実行するしかなかったのか！」

ラストアタック・ボーナスとは、ボス級のモンスターを倒した際、最後のとどめを刺したプレイヤーのレアアイテム取得確率が大幅にブーストアップされることだ。

俺の確認にスピカは神妙に頷《うなず》いた。

「つまり、《先制攻撃》というアイディアさえ授けてしまえば、誰にでもアズラエル殺しは可能だったということになる。ただし、真っ当な脳みその持ち主であれば、仮に《先制攻撃》が成功したところで、あのミノタウロスが一撃で倒せるわけないとすぐにわかるはずだ。ある意味では、SAOの知識が薄そうな彼だからこそ可能であったトリックと言える」

結局、思考は振り出しに戻ってしまった。

「じゃあ、第二の事件で犯人の絞り込みをすることはやっぱり無理ってことか」

「残念ながらね」肩を竦《すく》めて、そこでスピカは、一度テーブルの上の紅茶を啜《すす》った。「第三の事件、オルフェウス氏の殺害が可能だったのは、イヴリン氏とヘラクレス氏の二名のみ。このうち、ヘラクレス氏は第一の事件の際にアリバイがあるため、消去法で言えばイヴリン氏が真犯人、ということになるね」

「カイニス殺しはどうなる？　やっぱりそのときアスクレピオスも一緒に殺されてたんだろうか？」

「そのあたりは正直何とも言えないね。イアソン氏は、眼鏡が落ちてたからアスクレピオス氏も死んだに違いない、と断じていたけど、根拠としては弱すぎる。何よりも不思議なのは、アスクレピオス氏が突然パーティーを抜けたことだ。いったい何故《なぜ》そんなことをしたのか……これは極めて重要なポイントだと思うよ」

　確かに……そこが今回の事件でほとんど唯一と言ってもいい人為的な疑問点だ。パーティーを解散することでアスクレピオスにどんなメリットがあったのだろうか。そして、結局アスクレピオスは生きているのか、それとも死んでいるのか。

　それさえわかれば、もう少し事件の真相に迫れそうなのに——。

　と、そこまで考えたところで、あることに気づく。

「アスクレピオスが死んだかどうか……もしかしたらわかるかもしれない」

「え？」スピカは意外そうに顔を上げた。

「ネットにＳＡＯ関係の情報なんか無数に転がってるんだ。検索すれば、もしかしたらヒットするかも」

俺の言葉が一瞬理解できなかったように目を二、三度瞬《しばたた》かせるスピカだったが、すぐに頬を上気させて身を乗り出してきた。

「すごい！　お手柄だよ、助手くん！　そうか、ネットか！　そんな簡単なことにも思い至らないなんて、なんてボクは馬鹿なんだ！　今すぐに調べよう！」

言うや否《いな》や、スピカの姿が掻《か》き消えた。どうやらログアウトしてしまったらしい。俺一人でこの事務所にいても仕方がないので、スピカに続いてログアウトした。

7

アミュスフィアとの接続が切れる。ログアウト特有の酩酊《めいてい》感を覚えなくなったのはいつからだろうか。何だかまた記憶が失われているみたいで少し不気味だ。

そのとき、ポン、ポンと窓に何か柔らかいものが当たる音が部屋に響いた。何事かと窓の前に立つと——。

隣の家住人であるところの月夜野《つくよの》雫《しずく》が、満面の笑みを浮かべて手を振っていた。片手には、軟式テニスのボールが握られている。こうして自室が向かい合っているため、子どもの頃からの俺たちだけの秘密の合図で、何か用があるときは、窓にボールを投げてノック代わりにしていたのだった。

雫《しずく》はジェスチャーで、窓を開けてくれ、という意思を見せている。別に窓を閉めていようが声を出せば聞こえる距離なのだけれども……気分の問題なのだろうと思い直して、仕方なく窓を開けてやる。

「こんにちは、円堂《えんどう》くん。さっきぶりですね」

いつもの耳に心地よい声。しかし、学校外で会うのは妙に久しぶりな気がした。今は私服を着ているためか、普段よりも幼く見える。眼鏡を掛けて、髪を緩い三つ編みに結っているからかもしれない。学校ではコンタクトで通しているが、家では大体眼鏡なのだ。

「……何か用か？　俺は今からネットで調べ物をするから忙しいんだけど」

気恥ずかしさを隠すように素っ気なく言うと、雫《しずく》は頰を膨らませた。

「それは私も同じですよっ。そんなことよりも、そこ少し退いてもらってもいいですか？」

「は？　なんで？」

言われるままに一歩下がると、それを待っていたように雫《しずく》は窓の桟に片足を掛けた。まさか
――こちらへ飛び移るつもりか！

「おいバカ、危ないから止めろ！　玄関から入って来い、玄関から！」

「てい」

制止の声など一切無視して、幼馴染《おさなじ》みの少女は軽々と宙を舞った。

「――ッ！」

大した距離があるわけではなかったが、万に一つでも怪我《けが》をされたら困るので、全力で雫《しずく》の身体《からだ》を抱き留める。が、勢い余ってそのまま床に倒れ込んだ。

ドシン、と家中を揺るがす轟音《ごうおん》が響いた。今は俺一人しかいなくてつくづくよかったと思う。

「いっつぅ……」

クラクラする頭を振ると、すぐ目の前に雫《しずく》の顔があった。

「す、すみません……！　まさかこんなことになるとは……！　あ、あの、頭とか打ってませんよね……？」

心配そうに俺に馬乗りになったまま顔を覗《のぞ》き込んでくる。押し退けようとも、どこに触れてもセクハラになりそうで手のやり場がない。

「あの……大丈夫だからどいてもらえるか？」

「す、すみません！」

磁石の同極の如《ごと》く、雫《しずく》は勢いよく俺から離れた。改めて雫《しずく》を見やると、フリル過多な袖広の白いブラウスに、濃紺のハイウェストロングスカートというゴスロリとまではいかないにせよ、かなり少女趣味な装《よそお》いだった。そういえば、昔からこういうのが好きだったっけ、と思い出す。

「その……昔はよくこうして窓伝いにお互いのお部屋を行き来していたのでつい……。しかし……昔ほど身軽ではなくなってしまいましたねえ」

胸のあたりに手を添えて感慨深げに雫《しずく》は呟《つぶや》いた。この手の話題はあまり掘り下げても気まずいだけなので、早々に見切りを付けて話を逸《そ》らす。

「五十キロの肉塊がいきなり飛んできたら脳震盪《のうしんとう》を起こすかもしれないから気をつけてくれ」

「四十五キロですよ！」雫《しずく》はむきになって怒る。「女の子に体重の話題を振るとかどんな選択眼ですかっ。控えめに言ってもそれはセクハラですから気をつけてください」

「つい数秒まえまで俺は馬乗りにされてたんですが……」

セクハラの判定ガバガバすぎない？　女の子の生態は複雑怪奇だった。

衣服の乱れを簡単に整えてから、気を取り直したように雫《しずく》は一度手を叩《たた》く。

「さて、円堂《えんどう》くん。時間が惜しいので早速始めましょう」

「始めるって……何を？」

そもそも俺は雫《しずく》が何をするためにわざわざ俺の部屋までやって来たのかもわからない。

「何って決まってるじゃないですか。ネットですよ、ネット」

「……それでなんでわざわざ俺の部屋へ？」

当然の問い掛けのつもりだったが、雫《しずく》は当たり前のことを聞くなとばかりにため息を吐いた。

「同じものを調べるんですから、一緒にやったほうが効率的だし楽しいでしょう。それとも……円堂《えんどう》くんは私と一緒にいるのが楽しくないんですか？」

どこか拗《す》ねたように唇を尖《とが》らせる雫《しずく》。ズルイ女だった。

「……わかったよ、俺の負けだ」諸手《もろて》を挙げて降参を示す。「いいからさっさと調べるモン調べて、ＡＬＯに戻ろう」

立ち上がって勉強机に向かい、置いてあったタブレットを手に取ってまた床に座る。雫《しずく》はクッションを持ってきて、画面がよく見えるように俺のすぐ隣に身を寄せて座ってくる。距離感が小さいときのままで不覚にもどぎまぎしてしまうが、それを知られてからかわれるのも面白くなかったので、何でもないふうを装《よそお》ってタブレットを操作していく。柔らかくていい匂いがした。

さすがＳＡＯ事件は話題になっただけのことはあり、事件の詳細がまとめられたＷｉｋｉがある。その中の『生命の碑』という項目を開く。

旧ＳＡＯ第一層の《黒鉄宮》には、《生命の碑》と呼ばれるモニュメントが置かれており、そこにはＳＡＯに囚《とら》われたすべてのプレイヤーの名前が記されていたのだという。そして、不幸にも命を落としてしまったプレイヤーの名前には横線が引かれ、その後に死亡日時と死因が刻まれたらしい。

このＷｉｋｉの項目は、ＳＡＯサバイバーたちの記憶を頼りに再現されたものなのであまり正確ではないが、正式なデータはすべてゲームクリア時に抹消されてしまっているのだから仕方がない。むしろ、覚えていてくれた人がいただけでもありがたいくらいだ。

俺は少し緊張しながら、手記に記されていたアスクレピオスのプレイヤーネーム《kajjarisugyo》を検索してみる。すると――見事にヒットした。印象的で覚えやすい名前だったおかげかもしれない。

「……亡《な》くなってますね」検索結果を見た雫《しずく》が呟《つぶや》いた。「死亡日時は、ハシバミの月《九》二十三日、二十一時十七分。死因は斬撃属性攻撃とあります」

「日付は手記と一致してるが……時間はどうだろう？」

「そうですね……具体的な時刻が手記には一切記載されていないので確証はありませんが……。大体、お昼の一時過ぎに《迷宮館》に入ったものと仮定すれば、概算にはなりますが妥当なものであるように思います。しかし……この感じですと、やはりカイニスさんが殺されたのと同じタイミングで亡《な》くなっているっぽいですね」

念のためカイニスの死亡日時を確認しようと検索を掛けたが、《soratarou》はヒットしなかった。データが不十分なのが口惜《くちお》しい。

ダメ元で他のプレイヤーの名前も入力してみる。《英雄伝説》の面々は正式な綴《つづ》りがわからなかったので勘で入力する。すると二名だけヒットした。

《arthur》――ハシバミ《九》の月二十三日、十六時二十一分。死因、斬撃属性攻撃。

《evelyn》――ハシバミ《九》の月二十三日、二十二時十二分。死因、斬撃属性攻撃。

アーサーとイヴリン。アスクレピオスの死亡時刻と比較しても大きな矛盾はなさそうだ。

なるほど、と顎に指を添えて雫《しずく》は唸《うな》る。

「しかし……こうなってくると、生死不明の残された三名、マルクさん、アタランテさん、オメガさんの誰かが真犯人だったということになりそうですが……その場合、右翼側にいた彼らが、如何《いか》にして左翼側にいたイヴリンさんを殺害したのか、という新たな謎が出てきますね」

「死因が斬撃属性攻撃なら、棍棒《こんぼう》使いのマルクは除いてもいいんじゃないか？」

「うーん、どうでしょうねえ。斬撃属性武器のスキルを密《ひそ》かに上げていたとしたら、メイン武器じゃなかったとしてもＰＫを行うことは可能かもしれませんが……。対して相手方はメイン武器で反撃してくるでしょうから、確実にＰＫを行うという意味では不安が残ります」

絶対に無理というわけではないが、現実的には難しい、くらいの評価か。容疑者から外すには今ひとつ根拠が弱い。俺は話を戻す。

「イヴリンは自殺だった、とか？」

「一人きりになったイヴリンさんが、激しいストレスのために前後不覚となり自殺を図った、という可能性はもちろんあります。それならば、右翼から左翼への行き来が不要となり、右翼側の生き残りの誰かが犯人、という論理は有効になります。しかし、その場合はまた別の謎が出てきます」

「別の謎？」

「イヴリンさんのメイン武器は細剣《レイピア》。攻撃属性は、《斬撃》ではなく《刺突》になります。しかし、彼女の死因は斬撃属性攻撃ですから、これは少々不可解です。もちろん、長物である細剣ではなく敢《あ》えて短剣などの斬撃属性武器に持ち替えて自殺をした、という可能性は残りますが……自殺を図るほどの精神状態の人がそこまで考えるかというと疑問は残ります。現実とは異なり、急所など狙わなくとも自分の身体《からだ》を攻撃してHPを減らしていけば自殺することは可能なのですから」

矛盾、とまでは言わないにせよ、すっきりしないのは間違いない。

それに、どちらかというと手記の中のイヴリンは他人を蹴落としてでも自分だけは生き残ろうとするタイプの人間に思えた。自殺というのは……やはり心情的にも納得しづらい。

ならばやはり、中央広間で見張っていたイアソンに気づかれることなく、右翼側から左翼側へと移動してイヴリンを殺害する方法を見つける必要がある。

問題は山積みだが……今ネットで調べられることはこれくらい、か——。

ほとんど俺の肩に頭を預けるような姿勢でタブレットを覗《のぞ》き込んでいた雫《しずく》に、そろそろALOに戻ろう、と提案しようとしたところで、もう一つだけどうしても調べてみたいことがあったことを思い出す。

「……円堂《えんどう》くん？　どうしました？」

雫《しずく》の声も無視して、俺は震える指で一文字ずつ入力していく。

目的の文字列を入力して、躊躇《ためら》いながら検索ボタンを押す。すぐにそれはヒットした。

《thasceus》――ハシバミ《九》の月二十三日、二十三時四分。死因、斬撃属性攻撃。


なんだ、これは……。

頭の中がぐちゃぐちゃで思考がまとまらない。

一つの客観的な事実として、手記の記述者であるイアソンことテセウスは――死亡していた。

やはり手記の冒頭で匂わせていたとおり、彼は死んでいたのだ。

ならば、この手記はいったいなんだ？

実は生き延びていたテセウスが、ＡＬＯでこの手記を残したのではないのか。

そして俺はいったい……何者なのか。

《thasceus》なんてけったいな名前のプレイヤー、二人といないはずだ。

同名の別人とするのはあまりにも偶然に頼りすぎている。だからやはり常識的に考えて、この手記を記した《テセウス》と《俺》は、同一人物であるとするのが自然だ。

ならば……《俺》は……。

冷や汗が止まらない。口の中が乾いて、酷《ひど》く気持ち悪い。

「……なあ、雫《しずく》。ここは……本当に現実なのか……？」

俺は胸の内に湧き起こる複雑な感情を処理できずに、考えなしに呆然《ぼうぜん》とただ言葉を発する。

「この手記には……不可解なことが多すぎる。記述者がSAOで死亡しているにもかかわらず、ALOの世界に存在すること。その手記が何故《なぜ》か俺のアイテムストレージに入っていたこと。そして極めつけは……手記の記述者と俺のプレイヤーネームが完全に一致していること。いくらなんでも……偶然では片付けられない符合が多すぎる。ひょっとしたらこの《現実》は……SAOで死にかけた俺が見ている、ただの《夢》なんじゃないか……？」

蝶《ちょう》になる夢を見た荘子が、現実と夢の狭間《はざま》で自問したように。

俺はこの目の前の現実が、まったく信じられなくなってしまった。そう思ったら、途端に目に映るあらゆるものから現実感が失われていく。

テーブルもクッションもタブレットもベッドも壁や天井も――。見慣れているはずのものが、尽《こと》く《ごと》表面的な要素を貼りつけただけのハリボテに見えてくる。

目に映るものは何も信じられない。ならばせめてと、目を閉じて思い出の世界に逃げ込む。

子どもの頃の記憶。雫《しずく》は、今でこそ清楚《せいそ》なキャラクターを装《よそお》っているが、子どもの頃は活発な悪ガキだった。俺はいつも一つ年上の雫《しずく》に手を引かれてあちこち連れ回され、様々なトラブルに巻き込まれては、雫《しずく》とともに親に怒られていた。

中学に入った頃から雫《しずく》は、持ち前の人当たりのよさからクラスや学校の中心的存在になっていった。そんな雫《しずく》を横目に見ながら俺は――。

不意に、脳みそにアイスピックを刺し込まれたような激痛が走った。

……なんだ？

自分の身に起こったことが理解できない。不審に思いながらも、記憶の想起を再開しようとするが……何故《なぜ》か中学以降の記憶が上手《うま》く思い出せない。

中学時代の俺はどんな子どもだったか。体育祭や文化祭は何をしたのか。

他にも受験勉強はどうだったのか、高校に入学して上田や山下とはどのようにして友だちになったのか、雫《しずく》が如何《いか》にして生徒会長になったのかなど……近年に起こったはずのことが何一つとして思い出せないと気づき、愕然《がくぜん》とする。

おまけに、ＡＬＯで雫《しずく》と過ごしたはずの日々も、靄《もや》が掛かったように曖昧模糊《あいまいもこ》としている。

知識は確かに脳に刻まれている。ＡＬＯの基礎を始め、雫《しずく》が探偵事務所を始めたことや、いつも閑古鳥が鳴いていることなど――。しかし、具体的なエピソードは一つも、記憶に、思い出に残っていない。

思い出は、人が人であるための大切な拠《よ》り所《どころ》だ。

俺は駆け巡る怖気《おぞけ》を必死に堪えながら記憶を辿《たど》る。

だが、思い出に手を伸ばそうとすると、脳をアイスピックで掻《か》き回《まわ》されるような堪《た》えがたい激痛に襲われるばかりで、全然上手《うま》くいかない。

現実感は、ますます薄れていく。

荒い呼吸で、必死に激痛を耐えると次いで強烈な寒気が全身に付《つ》き纏《まと》う。頭がくらくらして、吐き気もしてきた。

――怖い。

脳裏に過る感情はただそれだけ。

現実が信じられなくなることが、これほどの恐怖を覚えるものなのだと、俺は初めて知った。

タブレットを放り出して、この苦痛から逃れるべく身体《からだ》を縮こまらせる。

「……円堂《えんどう》くん」

すぐ隣から雫《しずく》の声が聞こえる。でも、この雫《しずく》も本物ではないかもしれない、と思うと怖くて返事ができなかった。

「円堂《えんどう》くん」

もう一度穏やかに囁《ささや》いて――雫《しずく》はそっと肩を抱いてきた。

温かさと柔らかさが伝わってくるが、それでも俺の恐怖が消えることはなかった。

「円堂《えんどう》くんの疑問――つまり、この現実が夢か否《いな》か、という問いに答えを与えることは簡単です。しかし、そんな上辺だけの私の言葉など、真の意味ではあなたの心に届かないでしょう。円堂《えんどう》くんは、自らの力でこの《現実》に立ち向かい、その答えを手にしなければなりません」

半ば無意識に、幼子のように雫《しずく》に抱きついて、俺は感情を吐露する。

「……怖いんだ。ここ数年の記憶も曖昧で、まるで自分が自分じゃないみたいな気がするんだ……。雫《しずく》と過ごすこの時間が、まやかしなんじゃないかと思うと……堪《たま》らなく怖いよ……」

「《今》が現実であると証明することは……残念ながらとても難しいです」

雫《しずく》は、容赦なく事実を突きつけてくる。しかし、そのあとすぐに優しく頭を撫《な》でてくれた。

「ですが、円堂《えんどう》くん。昨日もお話ししたとおり、《現実》というのは遍在しているのです。仮にここがあなたの《夢》の世界なのだとしても、あなたがこの世界を主観的に認知している以上、この世界もまたもう一つの《現実》なのです。そしてこの《現実》は、円堂《えんどう》くんの言うとおり、確かに不可思議なことがあまりに多すぎる。しかし……不可思議なことにはすべて理由があります。神様が理不尽や不条理で、世界の法則を捻《ね》じ曲《ま》げてしまったわけではないのです。円堂《えんどう》くんが認知するこの《現実》が不可思議であるならば、その理由はきっと円堂くん自身にあるのだと、私は考えます」

この理不尽で不条理な《現実》の原因が……俺にある……？

急にそんなことを言われても心当たりなど何もなかったが……何故《なぜ》か心の奥底では、雫《しずく》の言っていることが正しいと確信していた。

「そしていくつもの不可思議は、すべて《迷宮館》へと繋《つな》がっています。言い換えるならば、円堂くんの現実は、《迷宮館》に囚われてしまっている。ならば——《迷宮館》にまつわるあらゆる謎を解き明かしてしまえば、円堂《えんどう》くんの《現実》を解放できるかもしれません」

確かに……言われてみればそのとおりだ。すべての不合理は、例の手記と《迷宮館》から始まっている。ならば、たとえこれが《現実》ではなく、今際《いまわ》の際に見ている《夢》なのだとしても……せめて《迷宮館》にまつわる謎だけは解明しなければならない。

そうでなければ……死んでも死にきれない。

「円堂《えんどう》くん、選んでください」

姿勢を正した雫《しずく》は、俺の両肩に手を置いて真《ま》っ直《す》ぐに目を見つめながら告げる。

「《現実》に抗《あらが》うか、屈するか。もしあなたが《現実》に屈するならば、私は全力であなたの傷を癒やしてみせましょう。しかし、もしあなたが《現実》に立ち向かおうとするならば——私は全力であなたの力となりましょう。……ただし、これだけは忘れないでください。ここが現実でも夢でも幻でも——私は常にあなたの味方です」

優しく微笑《ほほえ》んで、雫《しずく》は小首を傾《かし》げた。

その微笑《ほほえ》みは、幼い頃から飽きるほど見てきた幼馴染《おさななじ》み、月夜野《つくよの》雫《しずく》のものに相違なかった。

それだけで——俺の凍えていた心は容易に融《と》け出していく。

冷え切っていた身体《からだ》に、確かな熱が籠もったような気がした。

「俺は……知りたい……」

たどたどしくも、心の底からの本音を吐き出す。

「俺の身に起きている、この不可解な事象……その本質的な意味を。だから……雫《しずく》」

「はい」

「力を……貸してほしい。俺一人じゃ、きっと立ち向かえないから……」

悲しいほどに俺は無力だ。俺一人では、この理不尽な現実に押し潰されてお終《しま》いだろう。

でも、雫《しずく》と一緒ならば。

この完全無欠の幼馴染《おさななじ》みと一緒ならば……乗り越えられるに違いない。

そんな万感の想《おも》いに応えるように、月夜野《つくよの》雫《しずく》はいつもの自称名探偵のような不敵な笑みを浮かべて言った。

「――その依頼、確かに聞き入れたよ。名探偵の矜持《きょうじ》に懸けて、華麗に知的に厳かに、事件を解決してみせよう。さあ、いよいよ待ちに待った解決編だよ、助手くん！」

Chapter 6
The Labyrinth Demolition

第6章
迷宮の解体

Sword Art Online Alternative Mystery Labyrinth
Murder in the Labyrinth Pavilion

Tenryu Konno

Shiho Enta | Reki Kawahara

1

「――ヒントは、至るところに隠されていたよ」

新生アインクラッド二十層《ひだまりの森》の道なき道を進みながら、インバネスコートに鹿撃ち帽を被《かぶ》ったケットシー族の少女スピカは、神妙な顔で言った。

あれから、一旦ALOに再ログインした俺たちだが、唐突にスピカが《迷宮館》からの脱出方法に関してある仮説がある、と言い出したものだから、こうして事務所ではなく《迷宮館》へ足を向けている次第だ。

俺は先ほどよりも多少落ち着きを取り戻して、スピカの言葉に耳を傾ける。

「古代ギリシアのクレタ島の迷宮をモチーフにした《迷宮館》という名前。左右非対称の構造。十一個の部屋とそれぞれに飾られた絵画。三十分おきに出現するミノタウロス――。手記の中には、ヒントらしきヒントがないみたいに書かれていたがとんでもない。これは、《迷宮館》という館そのものが、脱出への大きなヒントになっているんだ」

鬱蒼《うつそう》とした森が急に開け、先日見たままの怪しげな洋館が現れた。

入口の前には例の立て看板がある。

「このあまりにも露骨に置かれた立て看板もそんなヒントのうちの一つさ。『Abandon all

"HOPEs", those who enter in the labyrinth.』――まさしく、《希望》を捨てることこそが、脱出のための鍵だったのだ」

スピカの言っていることは抽象的でよくわからない。だが、その自信ありげな様子は紛れもなくミステリに登場する名探偵のようにも見える。

「さて、続きは中で話そう」

俺の手を引いて、スピカはいよいよ《迷宮館》の中へ入っていく。本当に脱出方法に当てがあるのだろうか。逸《はや》る気持ちを抑えながら、俺は黙ってスピカを見守る。

中央広間に立ったスピカは、コートの内ポケットから懐中時計を取り出して現在時刻を確認する。本当は視界の隅にいつも時刻は表示されているが、おそらく雰囲気作りのためだろう。

「ふむ、いい時間だ。早速、脱出のための準備に取り掛かろう」

「準備がいるのか？」

「別になくてもいけるとは思うけど、安全を期すならば多少はね」

意味深に口元を歪《ゆが》めてみせると、右翼側へ向かって歩き出した。慌てて俺もそれに続く。

「《迷宮館》の各部屋に飾られていた絵画の題材は、すべて覚えているかな？」

急に問われて戸惑うが、何故《なぜ》かすべて完璧に記憶していたので俺はすんなり答える。

「ゴリラ、シマウマ、カバ、ヨークシャーテリア、白鳥の雛《ひな》、タコ、庭、海、桃、ウナギ、よくわからん黄色い絵、の十一点だ」

「さすがはボクの優秀で可愛《かわい》い助手だ」スピカは満足そうに目を細める。「さて、手記の中でも検討されていたように、これは英語に変換する必要がある。例の立て看板も英語で書かれていたから、これは極めて自然な発想だ。その場合、それぞれどうなるかな?」

俺は頭の中に自然に浮かび上がってきた単語を羅列する。

「Gorilla、Zebra、Hippopotamus、Yorkshire terrier、Swan、Octopus、Garden、Sea、Peach、Eel、Yellowだ」

「Oceanはニュアンスとして海よりも大洋のほうが近いから、絵の感じからするとSeaで合ってるけど、庭は芝生だからYardのほうが正確かな。Gardenでは庭園、菜園というニュアンスになる。では、改めてこれらの文字列から頭文字を抽出してみようか」

「えっと……『GZHYSOYSPEY』かな。やっぱりこれを並び替えて、何か別の言葉を作るのか?」

「いい線いってるけど、それだけだと別の言葉は作れないよ」スピカは上機嫌に歩みを進めながら、右手の人差し指を立ててくるくると回し始める。「ここから重要になってくるのは想像力だ。想像の翼を広げて、様々な可能性を検討していこう。飾られていた十一の絵画の中で、一つだけ異質なものがあったのには気づいたかな?」

「異質……。やっぱり黄色い絵か?」

あれだけがモチーフではなく、ただ色を塗ったものだ。しかし、スピカは首を振った。

「異質というか、あれは一番わかりやすくした結果だと思うよ。故あって、それ以外では表現が難しかったのだとボクは考えている。それよりももっと根本的に違うものが一つだけあるだろう？」

そんなことを言われても……。改めて考えてみる。動物や風景画が多い中、一つだけ食べ物である桃が入っているのは異質と言えば異質だけど……。食べようと思えば、タコやウナギだって食べられるわけだから、それほど根本的に違うとは言い難《がた》い。

何だろう、と考え直して、ある違和感に気づく。

「ひょっとして……白鳥か？」

「正解」パチン、とスピカは指を鳴らす。「あれだけがモチーフとして異質だった。何故《なぜ》、わざわざ白鳥の雛《ひな》をモチーフに選んだのだろうか？　雛《ひな》の奥に成鳥の白鳥を描いて、これが白鳥の雛《ひな》であることをわざわざ主張してきたのは何故《なぜ》だろうか？　そう考えたとき、一つの可能性が脳裏に過《よぎ》った。敢《あ》えて成鳥の白鳥ではなく雛《ひな》をモチーフにした理由。ひょっとすると『Swan』ではなく『swan』であると印象づけたかったのではないか、と」

「大文字じゃなくて小文字ってことか……？　でも、それに何の違いがあるんだ？」

言っている意味はわかるが、どのような効果をもたらすのかが理解できない。

「仮にこれが小文字であるとしてみようか。すると先ほどの頭文字の抽出は『GZHYsOYSPEY』に変わる。……何か見えてこないかい？」

頭の中に思い浮かべた文字列を必死にこねくり回してみるが、何も見えてこない。

諸手《もろて》を挙げて降参を示すと、まるで想定していたようにスピカは続きを語り始める。

「発想を柔軟にすることが肝要だよ。さて、ここで最初のヒントを思い出してみよう。──『迷宮に足を踏み入れる者、すべての希望を捨てよ』」

その言葉を聞いて、頭の中に電撃が走ったような衝撃を受ける。

「希望を捨てる……！　つまり『HOPEs』を取り除けってことか！」

「まさしくそのとおり。少しずつ冴《さ》え渡《わた》ってきたね、助手くん」

不敵に笑い、スピカはパイプを咥《くわ》えた。ぷかぷかとシャボン玉を出しながら、名探偵は朗々と続ける。

「では、例の文字列から『HOPEs』を取り除いてみよう。すると『GZYYSY』が残る。この文字列を並び替えることで、ある単語が浮かび上がってくる。何かわかるかな？」

「……『GZYYSY』じゃ単語なんか作れないよ」

手記の中でも、頭文字の抽出では母音が少ないから単語が作れないという指摘がされていたはずだ。まして、『HOPEs』を取り除いてしまった今は、母音がゼロになってしまう。これでは意味のとおる単語など作りようがない
しかしスピカは、あくまでも余裕の表情を崩さずに首を振った。

「ところが、この文字列から一つだけ単語を作ることができるんだ。答えは──『SYZYGY』」

「シジジー？」あまりにも聞き慣れない単語だったので、おうむ返しをしてしまう。

「そう、『SYZYGY』。これは極めて特殊な例だけど、Yは単語の中で母音の代わりのように使うことができるんだ。そしてこの単語の意味は――朔望《さくぼう》」

「……さくぼう？」再び聞き慣れない言葉。

「朔望《さくぼう》というのは、複数の天体、特に太陽、地球、月が直線上に並ぶことを意味する。『惑星直列』なんて言われ方もするね」

そんな専門用語は初めて聞いた。

しかし、《迷宮館》とその朔望《さくぼう》に何の関係があるというのか。

説明の続きを待ったが、そのまえに俺たちはついに右翼側の行き止まりに辿《たど》り着《つ》いた。

「時間も少ないから、急ごうか」

スピカはアイテムストレージから何かを取り出した。それは、以前事務所の机に置かれていたシンバルを持ったサルの人形だった。完全に予想外のアイテムが出てきて戸惑うが、そんな俺の困惑など気にも留めずに、スピカはスイッチを入れて人形を床に置いた。

人形はけたたましく耳障《みみざわ》りなシンバルをかき鳴らし始める。

「さあ、助手くん。ここは危険だから早く移動しよう」

俺の手を取ってスピカは走り出した。訳もわからずに俺はただ手を引かれるまま足を動かす。

一気に中央広間まで戻り、そのまま左翼側へと入っていく。ひたすら廊下を駆けて、結局左翼最奥《さいおう》のバスルームにまでやって来た。

「おい、いったいどういうことなのかそろそろ説明を――」

話の続きを聞き出そうとしたところで、スピカは人差し指を俺の唇に押し当てて無理矢理黙らせた。

「……シッ！　今はもうミノタウロスが動き始めている時間だから静かに」

囁《ささや》くようにそう言われて、俺も緊張感を高める。ミノタウロス――できればもうあんなバケモノとは戦いたくないけれども……スピカはいったい何をするつもりなのだろうか。

脱出方法に当てがあるという話はどうなったのだろうか。

尋ねたいことは山のようにあったが、今は小声で話すことも憚《はばか》られる。仕方なく、息を殺してひたすら待ち続ける。

そして五分ほどが経過したとき――。

突然、バスルームの床に設置してあったハッチが音を立てて開いた。

「なん、で……!?」

思わず声を上げてしまう。またスピカに注意される、と身構えるが、当のスピカはただ満足そうに微笑《ほほえ》んで俺を見上げるばかりだった。

「――どうやら、ボクの予想が当たっていたみたいだ」

普段どおりの声量でスピカは言った。どうやらもう喋《しゃべ》っても大丈夫らしい。

「……何がどうなってるんだよ」

「最初に言ったろう？　脱出方法に当てがあるって。とりあえずハッチを下りてみよう」

ハッチの下には金属製の梯子《はしご》が設置されていて、地下一階に繋《つな》がっているようだった。

落ちないよう注意しながら、俺たちは梯子《はしご》を下りていく。ようやく床に足を着けると、そこにはマップに描かれたとおりの円形に十字の地下通路が広がっていた。

地下に下りたスピカは両腕を広げて、とても嬉《うれ》しそうにこちらを振り返った。

「この地下通路は――《アンティキティラ島の機械》をモチーフにしているのだよ」

「あんてぃ……何だって？」

「《アンティキティラ島の機械》――古代ギリシアで作られた世界最古の天文運行計算機さ。アンティキティラ島というのは、ミノタウロスの迷宮があるクレタ島のすぐ隣にある島でね。そのアンティキティラ島で機械のパーツが発見されたのでそう呼ばれている。そして発見されたパーツというのが、計算機の中心部分を担《にな》っていた円形の歯車で、中に十字の支えが付いた構造をしているのだよ。まさに、この《迷宮館》の地下通路のようにね」

以前、スピカが見取り図に既視感がある、と言っていたのはこれだったのか。

しかし、俺はそんな何とかの機械なんてものは聞いたこともないし、むしろ知っている人間のほうが少ないだろう。何より、この地下通路がその機械をモチーフにしていたら何だというのか。そして、何故《なぜ》ハッチが突然開いたのか。

わからないことが多すぎて苛立ってくるが、スピカはあくまでもマイペースだ。

通路の外周を興味深げに眺めながら、四分円《しぶんえん》ほど足を進めた先に見えた梯子《はしご》をさくさくと上っていくと、天井のハッチの状態を確認して満足げに下りてくる。

「やはり内側からならば、ハッチは自由に開けられるようだね。うん、想像どおりだ」

それから急にパンと手を叩《たた》く。

「さあ、では続きを話すまえに、さっさとこんな厄介な館からは脱出してしまおう」

十字の通路を進み、中央広間の真下まで移動する。十字の中央部の床には、またハッチが設置されていた。スピカが軽く触れると、ハッチはガチャリ、と音を立てて自動で開いた。その先には漆黒の闇が広がっている。梯子《はしご》のようなものは見えない。

「それじゃあ、行くよ助手くん」

まるで昼食にでも出掛けるような気軽さで言って、スピカは俺の腕をがしりと摑《つか》む。

「お、おい……行くってまさか……」

果てしなく嫌な予感がする。冷や汗を浮かべる俺に、スピカは無言のままムカつくほどの可《か》愛《わい》らしい笑みを返すと、一切の躊躇《ちゅうちょ》を見せずに、ハッチの中へ飛び込んだ。当然腕を摑《つか》まれている俺も漆黒の穴に引き込まれていく。

落下という本能的な恐怖に叫び声を上げそうになった次の瞬間――俺たちは、森の中に立っていた。

「…………」

衝撃の展開の連続でさすがに言葉を失う。

スピカは、俺の顔を見上げると、また憎らしいほど可愛《かわい》らしい笑みを浮かべて言った。

「――見事に脱出成功だね、助手くん。さて、続きは事務所へ戻ってからだ。紅茶で祝杯を挙げないとね」

2

場所を新生アインクラッドから、《真珠星探偵社》へ移す間も、俺はずっと狐《きつね》につままれたような気持ちで口を噤《つぐ》んでいた。

何から問《と》い質《ただ》せばいいのかも、もうよくわからない。情報量が多すぎて脳がパニックを起こしてしまっている。

結局、事務所のソファに座り、いつものようにスピカが淹《い》れてくれた紅茶を啜《すす》るまでずっと思考は止まったままだった。

「地下通路が《アンティキティラ島の機械》をモチーフにしていると気づいたとき、一階部分が左右非対称だった理由に気づいたんだ」

お気に入りのソファに深々と腰を下ろし、足を組んで優雅にティーカップを傾けながら、名探偵の少女は続きを語り始める。

「通常であれば、十二部屋あるべきところを、あえて十一部屋にしてある理由。そしてその代わりとして館の中に当たり前のように存在するもの」

「代わりにあるもの？」

「うん。きみにもわかるはずだよ」

スピカは意味深に目を眇《すが》めて俺を見る。わかるはず、と断じている以上、俺はすでにその答えを持っているはずだ。だが、考えても特別なことには思い至らない。

「よくわからないけど……館の中に当たり前のように存在するものって言ったら、あとはミノタウロスくらいしか思いつかないよ」

「そう、まさしくミノタウロスが鍵の一つさ」

どうやら正解を引いたらしい。でも、その真意まではわからない。

「《ミノタウロス》という一つの怪物だと考えるから閃《ひらめ》かないのさ。要素分解してごらん。ミノタウロスというのは、究極的には何だい？」

究極的には……？　頭の中で、ミノタウロスの姿を想像してみる。

「まあ、端的に言えば《牛》の怪物だよ」

「そのとおり。ではここでもう一度想像の翼を広げてみようか。ミノタウロスが《牛》だとして、十二部屋あるべきところ十一部屋しかないあの館を見て、何か思うところはないかい？」

そんなことを問われてもすぐに答えは出てこないけど……。期待に満ちた煌《きら》めく双眸《そうぼう》で見つめられると、何とかそれに応えてやりたいという気持ちになってくる。

牛、十二……というキーワードを頭の中で必死にこねくり回していると、突然天啓のようにあまりにもシンプルな答えが見えてきた。

「まさか……黄道十二星座か……！」

「ご明察」

にやりと、スピカは口元を歪《ゆが》めて笑う。

「つまりね、この《迷宮館》という建物は——巨大な天文時計に見立てられるのさ」

天文時計——太陽、月、十二星座などの天文事象を記述するための特殊な時計のことだ。

アンティ何とかが、天文運行計算機のパーツであり、地下通路がそれをモチーフにしているのだとしたら、館一階部分が天文時計の文字盤を表現していたとしても不思議はない。

「《迷宮館》の各部屋が、それぞれ十二星座に対応していると考えたとき、部屋を持たない牡牛座だけがミノタウロスとなり館中を徘徊しているのではないか、という発想に至った。三十分おきに一階へ現れるのも、一時間を一日と見なしていて、半分の三十分、つまり夜の時間だけ一階を動き回れることを暗示しているのだと思う。——で、あるならばミノタウロス、つまり牡牛座《おうしざ》に改めて部屋を与えてやることが、脱出のための手掛かりに違いない」

「へ、部屋を与えるって……どうやって……？」

「その重要なヒントが、先ほど出てきた《朔望《さくぼう》》さ。天文時計には、中央に地球が描かれてその周りを太陽の運行を示す針と月の運行を示す針が回っている。天動説の名残だね。そして地球を挟んで太陽と月が直線上に並んだとき《朔望《さくぼう》》が起きる。だからその状態を意図的に作り出すことで、改めて牡牛座《おうしざ》に部屋を与えられるのではないか、という発想に至るのはそれほど突飛なものではないよ」

意図的に《朔望《さくぼう》》を作り出す……？

いったいどうやって、と首を傾《かし》げるもすぐにシンプルな答えに思い至る。

「そうか！　本来部屋があるべき右翼側最奥《さいおう》の行き止まりにミノタウロスを追い込んだとき、直線上の反対にあるバスルームにプレイヤーが存在することで、右翼側最奥の行き止まり部分が、一時的に牡牛座の部屋になるわけか！　そしてそこにミノタウロスが閉じ込められると同時に、点対称のバスルームでは脱出のためのハッチが開く仕掛けだったと！　つまり《希望》を捨てることで、脱出経路が顔を出す仕組みだったんだな！」

「まさしくそのとおり」

満足そうに、スピカは一度頷《うなず》いた。

ようやく先ほど、サルのぬいぐるみを右翼側最奥《さいおう》に設置した理由がわかった。あれは音を出してあの場所にミノタウロスをおびき寄せるためだったのだ。

様々な謎が一瞬にして一本の線に繋《つな》がる快感を覚えるが——それと同時に何とも煮え切らな

いもやもやした感情も抱いてしまう。

脱出のためのギミックの難易度があまりにも高すぎる。

そもそもヒントでさえこの上なく不条理だ。アンティ何とかなど、存在を知らなければヒントにすらなっていないし、『SYZYGY』なんて特殊な英単語、知っている人間のほうが少数だろう。《迷宮館》に閉じ込められた九割以上の人間は、まず解けない想定で作られているとしか思えない。

現に優れた頭脳を持っていたとされる、アスクレピオスとマルクでさえ解けていない。

つくづく――SAOというゲームの理不尽さを思い知らされる。

解かせる気など、ほとんどないとさえ言っていい。

「まあ、この特殊ダンジョンの難易度の高さについては、ボクも色々と思うところがあるけど……一旦、感情的な話は置いておこうか」

表情から俺の心を読み取ったように、スピカは先回りして釘《くぎ》を刺す。

「さて、ここまではまだ《迷宮館》という舞台の説明にすぎない。ここからいよいよ事件自体にメスを入れていくよ」

興が乗ってきたように、スピカは大きな双眸《そうぼう》でジッと俺を見る。

「先ほども確認したように、このハッチは地下通路側から自由に開けられる。ならば、真犯人はこの地下通路を使って、館の中を自由に動き回っていたのではないか、という仮説が導かれる。地下通路を利用すれば、中央広間を介さなくとも、右翼側と左翼側を自由に行き来できるからね」

そうか。それならば、最後に起きた一連の事件の謎が一つ減る。

「つまり……犯人は館の謎を解いてたってことか？」

「いや、解いていたわけではないと思う。あくまでも偶然の産物だったんじゃないかな」

「偶然の産物？」

偶然こんな複雑な館の謎が解けることなんてあるのか？

俺のおうむ返しに、スピカはどこかやり切れない顔をしてため息を吐いた。

「……あるいは、その《偶然》こそが、一連の惨劇を加速させてしまったのかもしれない」

スピカの言うことは抽象的で相変わらずよくわからない。首を傾《かし》げる俺に、スピカは先ほどまでの自信ありげな調子ではなく、心なしか気まずげな様子で語る。

「少し、情報を整理してみようか。この《迷宮館》に隠されたギミックを偶然に解く方法が一つだけ存在する。それは、右翼側最奥《さいおう》にミノタウロスが存在するとき、左翼側最奥《さいおう》のパズルームに偶然プレイヤーの誰かが存在した場合だ」

「理屈の上ではそうなるだろうけど……偶然ミノタウロスがあんな袋小路《ふくろこうじ》に入り込む確率なんて相当低いんじゃ――」

そこまで考えて、すぐに俺は自分の過《あやま》ちに気づく。

「……そうか。イアソンが一人でミノタウロスを引きつけたときか」

ヘラクレスとロッキーがミノタウロスに殺されたとき、イアソンは皆を守るために一人、右翼側最奥《さいおう》までミノタウロスを引きつけていた。あの瞬間、バスルームに誰かがいたならば、偶然にハッチが開く瞬間を目撃して、地下通路へ移動できるかもしれない。

しかし、そこで考えを改める。

「……いや、無理だ。あのとき、容疑者のマルク、オメガ、アタランテの三人は、左翼側の個室にみんな二人組で籠もってる。どちらか片方が個室の外に出ようものなら、絶対に疑われてあとでみんなの前で指摘されるはずだ。強いて言うなら、マルクとオメガの共犯ならその心配もなくなるけど、あまり現実的ではないだろ」

真っ当な俺の指摘。スピカはそうだね、と頷《うなず》く。

「最後に残された三名の誰かが犯人だとすると当然その結論になる。でも、イアソン氏がミノタウロスを引きつけたときに起きたもう一つの事件を思い出してほしい」

「もう一つの事件……？　そうだ、カイニス殺しだ！」俺は自らのひらめきが嬉《うれ》しくて思わず大声を上げる。「あのとき、カイニスとアスクレピオスはバスルームにいたんだ！　そして、偶然ハッチが開くのを見て、瞬間的に館の謎を解いたアスクレピオスがカイニスを殺し、そしてすぐにパーティーを抜けて、自分は地下通路へ逃げていったんだ！」

地下に逃げていたなら、アスクレピオスの姿が一階のどこにも見当たらなかったのも頷《うなず》ける。

そしてその後、自由に地下通路を移動して残りのみんなを殺していったとすれば筋は通る。

自分の考えに興奮する俺だったが、対照的にスピカは普段よりも落ち着いた様子で首を振る。

「確かにそう考えれば一見して矛盾がない。でも、よくよく考えてみてほしい。アスクレピオス氏は、その後どのようにしてイヴリン氏らを手に掛けるのだろう？」

「どのようにって……それは、それぞれの部屋に押し掛けて……」

そこで俺は言葉を呑《の》む。押し掛けて……それでどうするというのか。

そのときにはパーティーを解散しているので、個室は完全な密室になっていたはずだ。合鍵なども存在し得ない以上、内側から開けてもらう他ないが……すでにその時点でカイニス殺しの犯人であると断定されていたアスクレピオスが訪ねていったところで、誰が馬鹿正直にドアを開くというのか。ノックだけして何も言わずに相手がドアを開けるのを待つ、という手もないではないが、不確実な上に少なくとも警戒心を剝《む》き出《だ》しにしていたイヴリンがそれでドアを開けるとはとても思えない。

誰かが訪ねていってドアを開かせるというのは、全員が疑心暗鬼になっていたあの状況ではほぼ不可能だっただろう。

せっかく、地下通路を使うことで厄介だった謎を一つ解明できたというのに、また行き詰まってしまう。

思わず肩を落とすが、そんな俺の消沈を見越していたようにスピカは淡々と続ける。

「アスクレピオス氏には、残りの四名を殺害することが難しい。何故《なぜ》なら彼は、カイニス氏を殺害した犯人であると考えられていたからだ。そしてアスクレピオス氏だけでなく、生き残った誰もが、他の面々を襲うことが困難な状況。ならば……ここで発想を逆転させてみよう。いったい誰ならば、その困難な状況下で、皆を殺害することができるだろうか」

「誰ならばって……誰にでも不可能だって、そう結論づけたばかりだろう」

「アスクレピオス氏を含めた、最終メンバーである、イアソン氏、イヴリン氏、マルク氏、オメガ氏、アタランテ氏の六名にはね」

意味深に、スピカは口元を歪《ゆが》める。

何が言いたいのかわからない。だってその六名に不可能ならば、ほかに容疑者なんて——。

——。

そのとき、全身に寒気が走った。

「まさか、死んだように見せかけて、死んでなかった奴がいる……!?」

「そう、それが論理的帰結だ」

神妙な顔で、スピカは頷《うなず》く。

「すでに死亡したと思われていた人間が訪ねてきたとしたら、驚いてドアを開けてしまったとしても不思議はない。ましてそんな人物が助けを求めてきたら……混乱のあまり思考停止してうっかりドアを開けてしまうこともあるだろう。では、いったい誰ならば死亡を偽装できるのか？」

記憶に刻み込まれている手記の内容を改めて思い返してみる。

「……少なくともみんなの目の前で死んだアズラエル、ヘラクレス、ロッキーは無理だ。そして、オルフェウス、カイニスは直接ではないにせよ、ＨＰがゼロになる瞬間を目撃されている。つまり残ったのは……アーサーだけだ」

そう結論付けるも、スピカは首を振る。

「アーサー氏も《英雄伝説》の面々には、ＨＰがゼロになる瞬間を目撃されているよ。マルク氏とオメガ氏にだけね。何より、アーサー氏はイヴリン氏より六時間ほど早く死亡していることが、《生命の碑》という客観的なデータに残されている。無論、《生命の碑》の情報が絶対に正しいという保証はないが、そこまで疑っていたらキリがないので今は正しいものとして扱う」

「じゃあ、誰も死亡の偽装なんかできないじゃないか」

すでに死亡していた六名は、全員何らかの方法でその死を確認されている。

ならば、どのようにして死亡を偽装するというのか。

「助手くんが言ったように、みんなの目の前で死亡したアズラエル氏、ヘラクレス氏、ロッキー氏に関しては、死亡の偽装は不可能だったと断言していい。ならば残りは、オルフェウス氏とカイニス氏しかいない。では、如何《いか》なるトリックを用いれば、彼らの死を偽装できるだろう？　そのヒントは、ＳＡＯというゲームの仕様そのものにある」

「SAOの……仕様？」

「SAOでは、プレイヤーネームはデフォルト非表示で、相手の名前を知るためにはフレンドになるかパーティーを組む必要があるんだよ」

確かに手記にもそんなことが書いてあったけど……どういう関係があるのだ？

「助手くんは肝心なことを忘れているよ。《アルゴナウタイ》の面々は、呼び名とプレイヤーネームが一致していなかった」

「……ッ⁉」

驚きのあまり目を見開く。

そうだ……そうだ！　イアソンたちは、プレイヤーネームではなく、ギリシアの英雄のあだ名で呼び合っていた！

「ここでイヴリン氏が、カイニス氏の死の瞬間を証言していたときのことを思い出してほしい。あのときイヴリン氏は、何故《なぜ》か一瞬、カイニス氏の名前を言《い》い淀《よど》んだ」

記憶の中の手記を辿《たど》る。

「全部あのクソメガネがやったのよ！　カイ……ニスさんを殺して――」

確かにカイニスの名前を言《い》い淀《よど》んでいた。しかし、それがどうしたというのか。

「おそらくイヴリン氏は、その瞬間のことを思い出しながら語っていたのだろう。だから咄嗟《とっさ》に、ゼロになったHPバーのプレイヤーネームを言いそうになっていたのではないだろうか。《kaijarisuigyo》──《カイジャリスイギョ》と」

「まさかイヴリンは、本来アスクレピオスのプレイヤーネームである《kaijarisuigyo》を、カイニスのプレイヤーネームだと誤認してたのか⁉」

「傍証でしかないが、その可能性は高いね」スピカは神妙な顔で頷《うなず》いた。「アタランテ氏からの申請で《アルゴナウタイ》のパーティーへ入ったイヴリン氏は、最初困惑しただろう。事前に聞かされていた名前とプレイヤーネームが一致していないのだから。それからすぐに《kaijarisuigyo》というプレイヤーのHPがゼロになって驚いた。これはいったい誰なのか。隣にいる少女の頭上には、今では確かめることも叶《かな》わないアタランテ氏のプレイヤーネームが表示されていただろう。そして、《thasceus《テセウス》》というプレイヤーにはパーティーリーダーを示すアイコンが記されているからイアソン氏であるとすぐにわかる。残る二人は《kaijarisuigyo》と《soratarou》。これを見て、《soratarou》が女性プレイヤーであると考えるのは難しいため、消去法で、イヴリン氏は《kaijarisuigyo》をカイニス氏であると誤認してしまった──。もしかしたら、事前にカイニス氏のほうがいずれこのような機会が訪れることを読んでいて、《kaijarisuigyo》が自分の本当のプレイヤーネームである、とイヴリン氏に嘘《うそ》を吹き込んでいた可能性もあるけれども……。どのような経緯を辿《たど》ったにせよ、とにかくイヴリン氏がプレイヤーネームを誤認していたとすれば色々と都合がいいことは確かだ」

何という、強引な理屈か。

あくまでも状況証拠に過ぎないが……しかし、それでも決して無下にはできない屁理屈《へりくつ》。

それが現状を説明しうる唯一の論理ならば、今はそれを受け入れるしかない。

「……なら、やっぱり死んだのはカイニスではなく――」

「そう。あのとき実際に死亡していたのは、カイニス氏ではなくアスクレピオス氏だったのさ。死亡時刻に矛盾はないし、バスルームに彼の眼鏡が落ちていたのも偽装工作などではなく、本当に死亡したためにオブジェクト化されていたアイテムがドロップしたと考えるのが自然だ」

「……つまり犯行現場はバスルームだったってことか。でも、何のために二人は一度個室へ籠もってから、改めてバスルームへ向かったんだ……？」

「ここからはまた想像になるけど……おそらくは現場検証のためだったのだと思う」

「現場検証？」不可解な言葉に俺は眉を顰《ひそ》める。「これから自分が殺される現場をわざわざ見に行ったってことか？」

「違うよ。オルフェウス氏殺しの現場さ」

いともあっさりと、またわけのわからないことを言う。

「オルフェウスは……バスルームで殺されたのか？　というか、オルフェウスが死んだとき、カイニスはイアソンと一緒にいたから鉄壁のアリバイがあるはずだけど……そのあたりどうなんだ？」

「順を追って説明するよ」

いよいよ解決編は佳境に入ったようで、スピカは姿勢を改めた。

「おそらくだけど、アスクレピオス氏はオルフェウス氏殺害の容疑者としてカイニス氏を疑っていたのだと思う。しかし、証拠がなかった。だから、一緒に現場検証をすることでその尻尾を掴《つか》もうとしたのだろう。ところがその最中、不幸にも偶然ハッチが開いてしまった。ハッチが開いた瞬間、察しのいい二人はすぐにそれが脱出経路であると気づいただろう。そして先手を打ったのが……カイニス氏だった。視界の隅に表示されているパーティーメンバーのリストにイヴリン氏の名前が追加されたことには気づいていたはずだから、それを利用すれば、もしかしたら自らの死を偽装できるかもしれない、と考えたのかもしれない。とにかくハッチの目撃者であるアスクレピオス氏をその場で殺害してしまった。そして、すぐに自分はパーティーから離脱して地下通路へ隠れた」

先ほどスピカは、その《偶然》こそが、一連の惨劇を加速させてしまったのかもしれない、と言っていたが、それはまさにこのことだったのか。

偶然ハッチが開かなければ、もしかしたらアスクレピオスはまだ死ななかったかもしれない。

「では、続けて如何《いか》にしてカイニス氏はアリバイを作りながらオルフェウス氏を殺害したのかについて話を移そう。これも証拠がないため完全な想像だが、そうすれば実際の状況を再現できる、という可能性の一つとして受け入れてほしい。まず、カイニス氏は同室だったイヴリン氏が眠ったのを確認してからこっそりと部屋を抜け出して、オルフェウス氏の下へ向かった。彼は個室を一人で使っていたから、その訪問は他の誰にも知られることはなかった。脱出方法がわかったかもしれない、などと言葉巧みにオルフェウス氏を外へ連れ出し、バスルームまで移動する。そして彼の隙を突いて、両手両脚をロープのようなもので拘束し、身動きが取れない状態にした。もちろん、それくらいではオレンジフラグは立たないから、カーソルカラーはグリーンのままだ」

「……でも、それはおかしいんじゃないか？　いくら不意を衝いて拘束されたとしても、助けくらいは呼べたのでは？」

「普通の状態ならね。でもここは、優れた聴力を持つ《盲目のミノタウロス》が徘徊《はいかい》するダンジョンの中だ。下手に声を上げて、ミノタウロスを呼びつけてしまっては、元も子もない」

　そうか。助けを呼びたくても呼べなかったのか。

「でも、それならどうしてオルフェウスは死んだんだ？　拘束されてても声を出さなきゃ、ミノタウロスはやり過ごせたはずなのに」

「たぶんオルフェウス氏は、バスタブの中に入れられていたのだよ」事もなげにスピカは答える。「手足を拘束され、姿勢も直せない状態のまま、オルフェウス氏は俯《うつぶ》せで空のバスタブに押し込められた。そしてカイニス氏は、水の元栓を開いてその場を後にした。当然バスタブには徐々に水が溜《た》まっていく。ＳＡＯの世界にも溺死は存在したから、オルフェウス氏も自らの死を実感して恐怖したことだろう。しかし、やはりミノタウロスを呼びつける危険があるので声を出すことはできない」

「じゃあ、オルフェウスは溺死だったのか？　でも、それならイアソンあたりがオルフェウスのステータスが《溺れ》状態に変わったことに気づきそうなものだけど」

俺は先日、《ひだまりの森》の池でスピカが溺れかけたときのことを思い出す。あのときも俺はパーティーメンバーであるスピカのステータス異常にすぐ気づいた。

「いや、結局オルフェウス氏は助けを求めたのだ。いよいよ口元まで水が溜《た》まってきて、このまま黙っていては確実に溺死する、という状態になったら誰でも一か八かで助けを求めるだろう。そして当然カイニス氏もそのことを読んでいた。だから、オルフェウス氏が助けを求めるまでの猶予期間を利用して、イアソン氏の下へ赴き鉄壁のアリバイを手に入れたのだよ」

仮にオルフェウスを押し込めたバスタブに水を張っている途中で服が濡《ぬ》れてしまったとしても、ＶＲの世界では一瞬で乾くため、その後すぐに人と会ってもバレることはない。水の元栓は自動的に締まり、バスタブの水も自動的に排出されるから証拠は何も残らないだろう。

またオルフェウスの死後、現場に残されるロープも、放置状態で耐久値が減っていき、誰かに見つかるまえに消滅してしまうはずだ。

ＳＡＯの仕様を利用した、恐るべき犯行の数々。すでに終わってしまったことであり、今さら物証など何一つとして出てこないため、どこまでいっても想像の範疇《はんちゅう》を出ないことではあるが……本当にこのようなことを実行した人間がいると思うと怖気《おぞけ》が走る。

「アスクレピオス氏を殺害し、パーティーを離脱したあとは、地下通路を利用して右翼側と左翼側を自由に行き来して犯行をくり返せばいい。イヴリン氏はカイニス氏のことを気に入っていたようだから、訪ねて行って助けを求めればきっと開けてくれただろうし、さしものマルク氏もあの状況下で突然カイニス氏が訪ねて行ったら、咄嗟《とっさ》に名前の誤認に気づくはずもなく、うっかりドアを開けてしまったことだろう」

「……あれ？　でもアタランテは、カイニスがアスクレピオスを殺したことに気づいてたんじゃないか？　だってアタランテはずっとパーティーを組んでたんだから、当然イヴリンと一緒にアスクレピオスのＨＰがゼロになる瞬間を見ていたはずだ。どうしてイヴリンの誤認について指摘しなかったんだ？　おまけにその後部屋にカイニスがやって来ても、普通の感覚なら警戒してドアは開けそうもないけど」

　スピカの推理の穴を突いたつもりだったが、それすらも見越していたように名探偵は残念そうに首を振る。

「アタランテ氏は、おそらくかなり最初期からカイニス氏のことを疑っていたのだと思うよ。たぶん、最初にカイニス氏が部屋を出ていたとき——つまり、アーサーが殺された時間帯、途中で目覚めたか何かで、アタランテ氏はカイニス氏が事件に関わっていることに気づいていたのだろう。その傍証に、彼女の口数は事件発生以降目に見えて減っている」

そういえば、アタランテが心配そうな眼差《まなざ》しをカイニスに送っていたような描写もあった。あれは、事情を察しながらも問《と》い質《ただ》すことができない状況にやきもきしていたからだったのだろうか……。

「結局、カイニス氏が死亡したとみんなに思われていたときも、自分だけが知っている秘密を打ち明けることができなかった。きっと彼女は本当にカイニス氏のことが好きだったのだろうね。カイニス氏がPKを行うならきっと相応の理由があるに違いないと、自分を無理矢理納得させた。だから、自分の部屋にカイニス氏が訪ねてきたとき、ようやく事情を聞けると思い、喜び勇んで自らの意思でドアを開けた——そんなふうに考えることもできる」

これもまた想像だけどね、とスピカは肩を竦《すく》めた。

こうして事件にまつわるほとんどすべての謎は、詳《つまび》らかにされた。

動機という最大の謎は依然として不明なままだけれども、カイニスが何を思って皆を殺害していったかなど、今さら知る由《よし》もない。

いずれにせよ、手記の記述者が望んでいた事件の解決という最大の目的が果たされた今、この事件をこれ以上深掘りしたところで意味はない。

そこで俺は思わずため息を吐いた。

結局——事件を解いても、俺が一番知りたかったことはわからなかった。

手記の記述者と俺の関係。この手記が俺のアイテムストレージに収められていた理由。そして、俺の認知している世界は、《夢》なのか《現実》なのか——。

「気を落とすのはまだ早いよ、助手くん」

スピカの声で、俺は俯《うつむ》いていた顔を上げる。

手を伸ばせば届きそうなほどの距離で、スピカは驚くほど穏やかな笑みを湛《たた》えて俺を見つめていた。

「事件は無事に解決できた。この解決が、果たして本当に真実であるかは捨て置くとしても、ひとまず矛盾なく多くの謎を解き明かす仮説であることはきみも認めてくれるだろう？」

「それは……まあ」

曖昧に頷《うなず》く。スピカが語った推理が、徹頭徹尾紛れもない真実であるかどうかなど、正直俺にはどうでもいい。それなりの納得感さえあれば、文句などないのだから。

俺の返事に満足そうに頷《うなず》いてから、スピカはよく通る声で続ける。

「では、ここからは、事件の《外側》について推理を進めていこうか。ズバリ——きみが何者なのかという謎だ」

俺が何者なのか——。それは、俺が一番知りたいことだった。

でも……そんなこと、本当に推理できるのか……？

「——ここから先は、直接会って話そうか。ＡＬＯの中でするような話でもないからね」

不安を覚える俺を余所《よそ》に、あまりにも気軽な調子でそう言ったスピカは、返事を聞くよりも先にさっさとログアウトしてしまった。

慌てて俺もその後を追う。

——もう、すぐ近くに《答え》があるような気がした。

3

現実に戻ってきたところで、再び俺の部屋に集合となった。さすがに今回は雫《しずく》も反省したようでちゃんと玄関から部屋に上がってきた。

よく冷えた麦茶で喉の渇きを潤してから、雫《しずく》は先ほどの続きを語り始めた。

「まず、いくつかの前提条件を確認していきましょうか。円堂《えんどう》くんには、SAOサバイバーとしての記憶はない。そしてあなたの周囲の人間もまた、あなたがSAOサバイバーではないと主張している。さらにあなたにはここ数年の記憶の混濁が見られる。特に高校入学から先が顕著。対して過去の記憶は比較的はっきりと覚えている。特に私——月夜野雫《つくよのしずく》と過ごした幼少期のことなどは明確ですね」

改めて一つずつ確認され、気恥ずかしさを覚えながらも俺はただ頷《うなず》く。

「あなたは、ある日突然、自分のアイテムストレージに例の手記が入っていることに気がつきました。そして手記の記述者は、どうやらあなたと同じプレイヤーネームと本名を持っているようです。《thasceus《テセウス》》と《英雄《てせうす》》――いずれも偶然の一致とは考えづらい。しかし、当然あなたには身に覚えがない……。ここまではよいですね？」

俺は再び頷《うなず》いて同意を示す。

「では、いよいよ手記についての考察に入っていきます。と言っても、それほど大したものではありません。自明であるいくつかのピースを拾い上げて、意味を持った《絵》を作り上げていくだけですから」

ゲームの中の名探偵衣装を着たパワフルなスピカとは異なり、目の前の雫《しずく》は、しとやかで知的な声色で語っていく。同一人物であるはずなのに、妙な気分だ。

「まず手記の内容自体は、客観的な事実と見てよいでしょう。ひょっとしたら一部脚色や演出などはあるかもしれませんが、内容は概《おおむ》ね事実に沿ったものであると考えるのが妥当です。これは手記だけでなく、外側の情報――つまり《生命の碑》の記述なども加味しての結論です。無論、事前に《生命の碑》から都合のよさそうなタイミングで死亡しているプレイヤーを捜し出して、一から十まででっち上げた虚構の中に織り込めば同様の手記を記すことは可能でしょうが……そこまでする意味もないと思うので、一旦は事実であるとして話を進めます」

手記の内容は事実……つまり、あの殺人事件は本当に起きていた、ということか。

「続いて、手記の中に登場する《thasceus《テセウス》》さんが、事件の起こった日の夜に死亡していることと……これも《生命の碑》などから考えられる客観的な事実です」

その一言で胸の鼓動が加速する。

「で……でも……そうしたら俺は……やっぱりすでに死んで……」

そこで雫《しずく》は、そっと震える俺の手を握ってくれた。

「焦《あせ》らないでください。ゆっくりと、一つずつ考えていきましょう。大丈夫、どのような結末になったとしても、私はあなたの味方ですから」

今はもう、雫《しずく》の言葉しか縋《すが》れるものがない。俺は頷《うなず》いて覚悟を示す。

「もう一つ、今の時点でわかる客観的な事実があります。それはこの手記の記述者が、手記に登場する《thasceus《テセウス》》さんではない、ということです。何故《なぜ》ならば、SAOで死亡が確認されている《thasceus《テセウス》》さんが、ALOにログインしてこのような手記を残せるはずないのですから。SAOとALOがシステム的に独立している以上、例外はあり得ません」

雫《しずく》の口から紡《つむ》がれる、冷徹なまでに精緻な論理。祈るような思いで、耳を傾ける。

「しかし、それと同時にこの手記が《thasceus《テセウス》》さんの主観によって綴《つづ》られたものであることもまた、紛れもない事実だと思うのです。ほかの誰かが、《thasceus《テセウス》》さんを騙《かた》って書いたにしては、あまりにも真に迫りすぎています」

確かにこの手記の臨場感は、直接事件に巻き込まれた当事者にしか出せないものだろう。

だが、そう考えると前述の条件と矛盾する。

この手記がALOに存在する以上、手記の主観者《thasceus》《テセウス》は記述者にはなりえないが、この手記は紛れもなく主観者《thasceus》《テセウス》によって綴《つづ》られたものである――。

「この一見矛盾する二つの条件ですが……実は、ある一つの奇跡を行使することで、両立させることが可能です」

「一つの……奇跡？」

そうです、と雫《しずく》は穏やかに微笑《ほほえ》む。

「つまり、SAOで《thasceus》《テセウス》さんが記述したこの手記は、《thasceus》《テセウス》さんの死後別の方の手に渡り、そしてその方は誰にも予想できない反則に近い手法を用いて、その手記をALOへ持ち込んだのです」

雫《しずく》の言っていることは、抽象的な夢物語にしか聞こえない。

それなのに鼓動は速くなるばかりで、無意識に彼女の言葉が真実であることを受け入れている自分がいた。

「では、それはいったい誰なのか。《thasceus》《テセウス》さんの死後、ドロップした彼の手記を事件と全く無関係の第三者が回収した、と考えるのは少し無理がありそうです。現場となった《迷宮館》は、深い森の奥、人目に付かない場所にあります。そんなところに、手記の耐久値がゼロになって消滅するよりも早く新たな来訪者が現れ、さらに自力で館の謎を解き手記を持って脱出した、とするのはあまりにも奇跡に頼りすぎています。現実的にはやはりそれは事件の関係者であったと考えるのが自然でしょう」

　事件の関係者──つまり、閉じ込められた十二人の誰か。

「なら……実はあの後誰かが生き残って、密《ひそ》かに館を脱出していたのか……？」

「館の脱出はしていないと思います。あれは、自力で考えて解けるような謎ではありませんし、また偶然解くにしても条件が厳しすぎますから」

　館を脱出したわけではない……？

　いったい何を言っているのか。手記をALOへ持ち込んでいるということは、SAOから正式にログアウトした人──つまりSAOサバイバーであることが大前提ではないか。

　ならば当然、《迷宮館》のダンジョンも何らかの方法でクリアしていることになる。脱出していないということは消去法でミノタウロスを倒したことになるが……そちらのほうがよほど現実的ではない。

「館から脱出することなく、そしてミノタウロスを倒すことなく、SAOから正式にログアウトする方法が一つだけあります。それは──SAOがクリアされた二〇二四年十一月七日まで《迷宮館》の中で過ごし続けることです」

「なっ──!?」

　あまりの暴論に絶句する。手記に綴《つづ》られた《迷宮館》の発見日は、二〇二三年九月二十三日。ゲームクリアまで一年以上もある。水も食料もそんなに保つわけ──。

「SAOでは、食事を摂らずとも死ぬことはありません。水も同様です。その代わり食事を摂《と》らない限り、頭がおかしくなりそうなほどの空腹感に苛《さいな》まれ続けることになるわけですが……。しかし、その空腹感にさえ耐え続ければ、ただ《迷宮館》の安全な個室に留まり続けるだけで、いずれ外の誰かがSAOをクリアしてくれて、自分もログアウトできるのです」

非現実的すぎる。一年以上も飲まず食わずで、日の光も差さないダンジョンの狭い部屋の中で過ごし続けるなど正気の沙汰ではない――。

だが、少なくとも論理的に言えば、雫《しずく》の言葉は間違いなく正しい。

「――では、最後にいったい誰ならばそれが可能であったのかを推理していきましょうか。《迷宮館》に閉じ込められたのは十二人。その中で確実に死亡していることが判明しているのは、アーサーさん、イヴリンさん、アズラエルさん、ロッキーさん、イアソンさん、オルフェウスさん、ヘラクレスさん、アスクレピオスさんの八名です。残りの四名、マルクさん、オメガさん、カイニスさん、アタランテさんのうち、マルクさんは手記の中で主観者であるイアソンさんによってその死亡が確認されているため除外。そしてあなたは、ALOに男性アバターとしてログインしているので肉体的には男性ということになり、女性の肉体を持つカイニスさんとアタランテさんは除外されます」

雫《しずく》は真《ま》っ直《す》ぐに俺を見つめている。

十二人の候補者のうち、十一人が除外された。

ならば消去法で、残る一人こそが——。

「円堂《えんどう》くん、思い出してください。自分が何者であるのかを」

心臓が早鐘を打つ。

頭が割れそうに痛い。

今にも身体《からだ》がバラバラになりそうだ。

でも……それでも……。

俺は……僕は……最後の答えに手を伸ばした。

幼馴染《おさななじ》みの少女は、穏やかに微笑《ほほえ》んで告げた。

「さあ——目覚めのときですよ。円堂オメガくん」

次の瞬間、久しく覚えていなかった浮遊感と酩酊《めいてい》感に襲われて——僕の意識は暗転した。

Epilogue

エピローグ

Sword Art Online Alternative Mystery Labyrinth
Murder in the Labyrinth Pavilion

Tenryu Konno

Shiho Enta | Reki Kawahara

1

鼻腔《びくう》を突き刺す消毒の香りに、思わず顔をしかめた。

耳朶《じだ》を震わせるのは劈《つんざ》くような電子音。周期的なそのリズムは、いつかドラマで聞いた心電図のものによく似ていた。

視界は暗い。何かがすっぽりと頭を覆っているらしい。邪魔だったので無理矢理剝ぎ取ると、途端あまりにも激しい光線が眼球を焼き、堪《たま》らずに目を閉じる。

あらゆる外的な刺激が、過剰で不快だった。

いったい何が起こっているのか。

朦朧《もうろう》とした意識の中、必死に自分の現状を確認しようとするが、思考は靄《もや》が掛かったように薄弱で覚束《おぼつか》ない。

不意に襲い来る心許《こころもと》ない孤独感に押し潰されそうになったそのとき——。

温かい何かが触れた。右手を包み込む優しい温度。

泣き出したくなるほどの安堵《あんど》に酔いしれながら、必死に瞼を開く。

すぐ側に、幼馴染《おさななじ》みの少女の姿があった。

少女——月夜野雫《つくよのしずく》は、僕が知っているものよりも幾分大人びた姿で、大きな双眸《そうぼう》を潤ませながらこちらを見つめていた。

「――おはようございます、円堂《えんどう》くん。私のことがわかりますか……？」

恐怖と不安をありありと滲《にじ》ませつつ、声を震わせてそう尋ねてくる。

僕は胸を詰まらせながらも、万感の思いを込めて答えた。

「……ただいま、雫《しずく》」

2

長らく昏睡《こんすい》状態になっていた僕が目を覚ましたことで、僕が眠り続けていた都内某病院ではちょっとした大騒ぎになったようだ。

一般病棟に移された僕の下へ矢継ぎ早に訪れる様々な科の医師たち。検査に次ぐ検査。カウンセリングの毎日に政府の役人からの聞き取りなどなど……まさに盆と正月が一度に来たような目まぐるしい日々がしばらく続くことになった。

聞くところによると、僕はSAOに囚《とら》われていた二年間と、その後の一年ほど昏睡《こんすい》状態が続いていたらしい。僕の担当医曰《いわ》く、あと少し昏睡《こんすい》状態が続いていたら、そのまま死亡していた恐れもあるというのだから、我ながら運がよかったという他ない。

いや――運ではないか。すべては、月夜野《つくよの》雫《しずく》という幼馴染《おさななじ》みの献身があってこそだ。

文字どおり、嘘偽《うそ》りなく、雫《しずく》は僕の命の恩人ということになる。

覚醒から一ヶ月ほどが経過して、ようやく検査地獄からも解放され、あとはリハビリを続けて退院を待つばかり、という段になったところで、しばらくまともに会話をする機会も与えられなかった雫《しずく》が改めて見舞いにやって来た。

学校帰りなのか、雫《しずく》は見覚えのない高校の制服を着ている。

雫《しずく》の提案で、少し散歩に出掛けることになった。車椅子を雫《しずく》に押してもらいながら、秋の涼やかな空の下を進んでいく。

まだすべての事情を完全に把握しているわけではない僕に、雫《しずく》は訥々《とつとつ》と事情を語り始めた。

「——円堂《えんどう》くんは中学一年の秋、SAOに囚《とら》われてしまいました。私はとても悲しくて、毎日泣きながら円堂《えんどう》くんの無事を祈り続けました。それから二年後の秋、SAOはクリアされます。次々とプレイヤーたちは目を覚ましていきましたが……それでも円堂《えんどう》くんは目を覚ましませんでした。SAOクリア後、数百人のプレイヤーが目を覚まさなかったそうです。しかしそれは、当時のALOの運営会社であった《レクト・プログレス》による不祥事の影響でした。不祥事が明るみに出た後は、SAOクリア後に目覚めなかったプレイヤーもその大半が目を覚ましました。それでも……円堂《えんどう》くんは眠り続けたままでした」

声に湿り気が混じる。当時のことを思い出して涙ぐんでいるのか。

「私は必死で円堂《えんどう》くんを目覚めさせる方法を探し続けました。そしてあるとき、《メディキュボイド》の存在を知ったのです」

メディキュボイド――確か医療用の高出力フルダイブ機器のことだったか。

「試作一号機の試験が無事に終了し、その有用性が認められて少しずつ量産されていたタイミングでした。私は、菊岡さんという政府関係者の方に頼み込み、円堂《えんどう》くんに《メディキュボイド》を使わせてもらえるよう手配しました。《メディキュボイド》ならば、アミュスフィアの数倍の電磁パルスを発生させられるので、脳の深部までリンクすることができます。眠り続ける人であっても、脳機能が正常なのであれば、意思の疎通ができるかもしれません。《メディキュボイド》を介して意識不明だった円堂《えんどう》くんとコミュニケーションを図るために、私は《ザ・シード》によって新たな仮想世界を作り出しました。取り急ぎ作った、私たち以外には何もない真っ白な世界です。そんな無機的な仮想世界で、私は二年ぶりに円堂《えんどう》くんと再会することが叶《かな》いました。すごく、すごく嬉《うれ》しかったことを今でも覚えています。しかし、それと同時に……とても悲しくもありました。二年ぶりに再会した円堂《えんどう》くんは……壊れてしまっていたのですから」

「僕が……壊れていた……？」

「はい。最初は何故《なぜ》そんなことになっているのかわかりませんでした。しかし、円堂《えんどう》くんはその真っ白な世界の中で、必死に何かを綴《つづ》ろうとしていました。そこで、紙とペンを追加して渡してあげると、そこにすごい勢いで手記を綴《つづ》り始めたのです」

「手記って……あの《迷宮館》の？」

「はい。私は、円堂《えんどう》くんが何をしているのか理解できませんでした。しかし、まるでそれが自分の存在意義であるように、円堂《えんどう》くんは手記を綴《つづ》り続けました。手記の内容を確認したとき、私は衝撃を受けました。まさか円堂《えんどう》くんがそんな殺人事件に巻き込まれていたなんて思いもしませんでしたから。そしてそこで……ようやく円堂《えんどう》くんが壊れてしまった事情を察したのです」

一陣の追い風が通りすぎる。背後の雫《しずく》の芳香がふわりと漂い、鼻腔《びくう》をくすぐった。

「円堂《えんどう》くんは、《迷宮館》の最後の生き残りとなり、館内を彷徨《さまよ》っていたとき、イアソンさん——いえ、テセウスさんが綴《つづ》った例の手記を拾いました。そして個室に籠もり、ただひたすらにそれを読み続けたのです。SAOがクリアされるまでの一年以上もの間、日の光も届かない狭く薄暗い部屋の中で、頭がおかしくなりそうなほどの飢餓感に耐えながら、何百回、何千回……ひょっとしたら何万回とひたすらに。やがて手記の内容は一字一句違《たが》うことなく円堂《えんどう》くんの脳に刻まれることになり——それと同時に、極度のストレスから自我崩壊を起こしてしまいました」

狭く薄暗い部屋で、何も飲み食いせずに一年以上過ごし続けたら……それは自我も壊れるだろう。

「自分に関わるあらゆる記憶を喪失しても、手記の内容だけは決して忘れることはありませんでした。おそらくそれが、最後のよすがだったのでしょう。その結果あなたは……自分と手記の記述者であるテセウスさんを統合した新たな人格を生み出してしまったのです」

「人格を……統合？」

「はい。崩壊してしまった自我を補填するように生み出された新たな人格――それが円堂英雄《えんどうてせうす》さんの正体です。もしかしたら、本物のテセウスさんに強い憧れの気持ちがあったのかもしれません。自分とは異なる、強くて逞《たくま》しい理想とも言える存在に。本来の自我は崩壊したままなので、状況としてはお世辞にもよいものとは言えませんでしたが、円堂《えんどう》くんが人格を再起動できたことは、大きな前進です。間接的ながらもコミュニケーションが取れるようになったわけですからね。そこで私は、円堂《えんどう》くんを救い出すためにある計画を立案しました。それが――《ミステリ・ラビリンス計画》です」

「ミステリ・ラビリンス計画……」

些《いささ》かネーミングに厨二病《ちゅうにびょう》を感じてしまうが黙っておく。

「これは、SAOという心の迷宮に囚《とら》われてしまった円堂《えんどう》くんに、あえて《迷宮館》の謎に挑戦させ、解決へ導くことで、自我の再構成を図る計画です。真相を知れば、自らが抱いている認知の歪《ゆが》みに気づけますからね。……そこで一旦、円堂英雄《えんどうてせうす》さんに日常生活を送ってもらうための仮想現実を新たに《ザ・シード》によって作り出しました。それが、あなたが現実だと思っていたあの世界です」

あの学校も家もクラスメイトたちも、すべて仮想のものだったのか……。

今になってようやく、いつも雫《しずく》が僕より先に部室へ来ていた理由を悟る。そもそも雫《しずく》は、初めから授業など受けていなかったわけだ。

そんな全てが作りものの仮想世界において、月夜《つくよ》野《の》雫《しずく》という幼馴《おさなな》染《じ》みの存在だけが現実《リアル》だった。雫《しずく》のおかげで、僕はこの現実へ戻ってくることができたのだ。いくら感謝してもし足りないほどだ。

「現実を模した仮想世界の中で精神的なリハビリを続け、円堂《えんどう》くんは少しずつ、円堂英雄《えんどうてせうす》としての人格を確立していきました。円堂《えんどう》くんにわずかに残されていた中学以降の記憶や生活習慣などは、そのリハビリ期間の名残ですね。その後、ある程度自我が安定したところで、現実を模した仮想現実を介してＡＬＯにもログインしてもらいました。プレイヤーネームはもちろん《thasceus《テセウス》》です。すると想定どおり、円堂《えんどう》くんはＡＬＯでもあの手記を綴《つづ》りました。ＳＡＯで綴られたテセウスさんの手記が、ＡＬＯの円堂《えんどう》くんのアイテムストレージに残されていたのはそのためです。一方私は、この現実世界からＡＬＯや円堂《えんどう》くんが過ごしていた仮想世界へログインして、円堂《えんどう》くんのサポートに努めました。そしてすべてのお膳立てが為《な》されたところで――いよいよ《ミステリ・ラビリンス計画》が開始された、というわけです」

感慨深げに、雫《しずく》はそう締めた。

まるで長い物語の結末に、終点《ピリオド》を打つように。

僕が、ＡＬＯのアイテムストレージに残されていた手記に気づいたまさにあの瞬間、僕は

《円堂英雄《えんどうてせうす》》として、完全に覚醒したということか……。ALOでの記憶がほとんどなかったのも頷《うなず》ける。

最初からすべてが雫《しずく》の計画だったなんて——あまりにも壮大すぎる。

何より現実世界、仮想世界、ALOという三つの世界のすべてで、雫《しずく》は僕のことを一心に思って支えてくれていたのだ。こんなの……一生掛かっても、恩を返しきれない。

一度大きくため息を吐いてから、僕は尋ねる。

「いくつかわからないことがあるんだけど」

「何でしょう？」

「僕は……どうやって一人だけ生き残ったんだろう？　手記では最後、テセウスが右翼側の個室がすべて空であったことを確認してるはずだけど……」

「おそらく、右翼側最奥《さいおう》の袋小路《ふくろこうじ》の辺りに隠れていたのだと思います。テセウスさんは、館の中でそこだけは確認していませんでしたから」

そういえば、手記では確かに右翼側の個室を確認したあとすぐにとって返して左翼側へ向かっていた。だから確かに、理屈の上では僕は個室より奥の袋小路《ふくろこうじ》のところにいたことになる。

「でも……どうしてそんなところに？」

「すべては想像することしかできませんが……」雫《しずく》はどこか切なげに続けた。「おそらくマルクさんの悲鳴を聞いてしまったからだと思います」

「悲鳴?」

「はい。SAOの個室は、システム的に外音を遮断しますが、例外的にノックの音と悲鳴だけは聞こえるんです。個室に籠もっているとき、マルクさんが先に襲われ、その断末魔の叫びを円堂《えんどう》くんは聞いてしまったんです。だから、その後カイニスさんにドアをノックされても、決して開けることはなかった。つまりカイニスさんは、円堂《えんどう》くんを殺すことができなかったんです」

そのとき、朧気《おぼろげ》な記憶が脳裏を過《よぎ》った。

薄暗い部屋の中で、ノックの音に怯《おび》えて一人膝を抱えて震える僕——。

「みんなを殺害する時間は、ミノタウロスが一階を徘徊《はいかい》している三十分だけしかありませんでしたから、仕方なくカイニスさんは円堂《えんどう》くんの殺害を諦めました。そしてノックが止《や》んでしばらく経《た》った頃、様子を窺《うかが》うために円堂《えんどう》くんは部屋から出たのだと思います。しかし、そのときはまだぎりぎりミノタウロスが廊下を徘徊《はいかい》している時間帯でした。うっかりミノタウロスと遭遇してしまった円堂《えんどう》くんは必死の思いで袋小路《ふくろこうじ》のほうへ逃げ、ミノタウロスがハッチから地下へ戻っていった後も、恐怖のあまりしばらくそこから動けないでいたのでしょう」

ちょうどそのタイミングで、テセウスが右翼側の個室を確認したというわけか……。

「テセウスさんが、手記を書き終えた直後あたりでしょうか。彼もまた、カイニスさんに殺害されました。それからカイニスさんがどうしたのかはわかりませんが……私の想像では、その場で自殺してしまったのだと思います。その後、円堂《えんどう》くんはテセウスさんの手記を見つけ、個室に籠もりました」

すべては――そこから始まったということか。

あまりにも遠大で、滑稽で、奇跡的な物語だ。

「……結局、動機は何だったんだろう？」

何故《なぜ》、カイニスは偶然その場で出会った《英雄伝説》の面々も含めて八人も殺害したのか。

根っからの快楽殺人者だった、という可能性はもちろんあるけれども……少なくとも手記から窺《うかが》えるカイニスの人物像は、理知的で冷静なものであるように思える。

「おそらくすべての動機は――《名前》だったのだと思います」

「名前？」

「はい。テセウスさんの……《thasceus《テセウス》》というプレイヤーネーム。あれがすべての引き金だったのでしょう」

意味がわからない。何故《なぜ》、たかがプレイヤーネーム一つで、八人もの人間が死ななければならなかったのか。

「円堂《えんどう》くんは、《浮遊城アインクラッド》の名前の由来を知っていますか？」

「それは、まあ……」

手記にも記されていたが、《An INCarnating RADius》――《具現化する世界》の頭字語だったはずだ。

「開発ディレクターの茅場晶彦《かやばあきひこ》氏が、その手の言葉遊びを好んでいたことは、一つの事実なのでしょう。またそれと同時に、MMORPGプレイヤーの多くが抱えている共通認識として、『他人のやってるRPGを傍《はた》から眺めるほど詰まらないことはない』というものがあります。さて、その上で情報を統合すると……ある仮説が浮かび上がってきます。それは――茅場晶彦自身が、プレイヤーとしてSAOの世界に参加しているのではないか、と」

「――っ！」

確かに……その発想は極めて自然なもののように思える。そして事実、最強ギルド《血盟騎士団》団長のヒースクリフというプレイヤーが、茅場晶彦《かやばあきひこ》のアバターであったことが明らかになっている。確かに茅場晶彦《かやばあきひこ》はゲーム世界に参加していたのだ。

ならば、彼の存在が明るみに出るよりも早く、彼がゲームに参加していることを疑うプレイヤーが存在したとしても何も不思議なことはない。

「その事前情報を加味した上で、《thasceus《テセウス》》というプレイヤーネームに注目してみましょう。すると……何かが見えてきませんか？」

すでに脳裏に刻まれてしまっている《thasceus《テセウス》》というプレイヤーネームを睨《にら》み続けること数秒。突如、雷鳴のように恐ろしい仮説が思い浮かぶ。

《thasceus》――『thatch』《茅》『scene』《場》

「まさか……偶然誤字によって生まれた《thasceus》というプレイヤーネームが、『thatch』『scene』の頭字語だと思われたのか……⁉」

「――はい。つまりカイニスさんは、《thasceus》というプレイヤーネームを持つテセウスさんこそが、ＳＡＯに参加している茅場晶彦氏のアバターであると誤認してしまったんです」

ＳＡＯに限らず、ＭＭＯＲＰＧプレイヤーは、ゲーム内で多くの頭字語を目にしている。そもそも《ＳＡＯ》も《ＭＭＯＲＰＧ》も頭字語なのだ。ＳＡＯというゲーム内で一年以上の時間を過ごしてきたプレイヤーにとって何かを頭字語で表現するということは、それこそ日常の一部にもなっていたことだろう。

いつか雫《しずく》――スピカが言っていた。

彼らが現実《こちら》の常識や観念からズレた行動を取っていたとしてもそれほど不自然ではない、と。

これはまさに、ＳＡＯというデスゲームに囚《とら》われてしまったからこそ生じた、不幸な誤解と言える。

「で、でも……どうしてそれで、無関係のみんなが死ななきゃならないんだ？　テセウスが茅《かや》場《ば》だと思ってて、茅場《かやば》を恨んでるなら、テセウスだけを殺せばいいのに……」

「その答えは、手記の中でカイニスさんが自らの口で述べています」

そんな記述があっただろうか、と首を傾《かし》げて……すぐにその箇所に思い至り悪寒《おかん》が走った。

オルフェウスが死ぬ直前、テセウスの部屋を訪ねたカイニスはこんなことを言っていた。

「当てつけみたいなもんだな。見てるか、神様。……おまえのせいで何の関係もない善良な人間が死んでいくぞ」

茅場晶彦《かやばあきひこ》は、SAOの世界における神に等しい。

「つまりあれは……あの言葉は……茅場晶彦に対する宣戦布告だったのか……！」

あまりの不条理に、僕は無気力なため息を吐くことしかできなかった。

あれはこれ以上、何の関係もない善良な人間を失いたくなければ、今すぐにSAOから全員をログアウトさせろという……婉曲《えんきょく》な脅迫だった。

だが当然、茅場晶彦《かやばあきひこ》ではないテセウスにはそんな望みも届かずに……。

カイニスは誤解を背負ったまま、全員を殺す羽目になってしまった──。

すべては想像ですけど、と再び雫《しずく》は付け加えた。

「カイニスさんは現実で探偵業を営んでいたようですし……観察眼や洞察力は優れていたのでしょう。だからこそ……奇跡のような偶然を盲信してしまった……。《迷宮館》の事件は、そんな悲しいすれ違いの事件だったのだと思います」

車椅子を押す手を止めて、雫《しずく》は切なげに呟《つぶや》いた。

「――最後に少しだけ、カイニスさんの行動をまとめつつ事件を振り返ってみましょうか」

あらゆる謎に光を当てる名探偵の声に戻って、雫《しずく》は続ける。

「カイニスさんは以前からテセウスさんに疑いを持っていました。先ほど説明したとおり、実はテセウスさんが茅場《かやば》晶彦《あきひこ》氏なのではないか、というものです。しかし、それを裏付ける具体的な証拠は何もなく、テセウスさんが尻尾を出す気配もありません。テセウスさんは茅場《かやば》晶彦《あきひこ》氏ではなかったのですからこれも当然と言えますが……カイニスさんとしては、煮え切らずにやきもきしてしまっていたことでしょう。そんなあるとき、《アルゴナウタイ》の面々は、《迷宮館》という不可解なダンジョンに迷い込んでしまいました。簡単には脱出が不可能な状況で、しかもダンジョン内には強力なモンスターが徘徊《はいかい》している。自らも命を落としかねない危険な状況ではありましたが……カイニスさんは、この状況を利用してテセウスさんの化けの皮を剝がそうと考えたのです」

流麗に紡《つむ》がれる論理。僕はただただその声に心を奪われる。

「ミノタウロスを利用したMPKを行うためには、《盲目のミノタウロス》というモンスターをよく知る必要があります。そこでまずカイニスさんは、皆が休憩のため個室へ籠もったタイミングで、一人、個室を抜け出すことにしました。ダンジョン内を探索しつつ、ミノタウロスの特性を見極めようとしていたところで……偶然にも、同じように一人で探索をしていたアーサーさんと遭遇しました。最初はお互い戸惑ったことでしょうが、その場で殺し合いを始める理由もなかったため、一日同行することにしました。そしてその最中、二人はミノタウロスと再び接敵したのです。アーサーさんはこのときすでに、ミノタウロスが音を立てなければやり過ごせる可能性に気づいていたのでしょう。当然、その情報は同行するカイニスさんにも共有されたはずですが……そこでカイニスさんは、その情報が真実か否《いな》かを確認すると同時に、本当にMPKが可能なのかを確かめてみることにしたのです」

「……つまり、アーサー殺しは、最初の実験だった、ってことか」

「状況的にもそう考えるのが妥当ですね。そして見事、想定どおりMPKが可能であることを確認したカイニスさんは、アーサーさんが落とした武器類を回収して一旦個室へ戻りました。これは、アーサーさんがどこでどのようにして亡《な》くなったのかをわからなくすることで、一時的に捜査を攪乱《かくらん》すると同時に、折を見てMPKの可能性を示すためでもありました。カイニスさんの目的はあくまでも、テセウスさんの正体を暴《あば》くことだったのですから」

僕は手記の中でカイニスが、テセウスだけにMPKの可能性を示唆していたことを思い出す。茅場晶彦《かやばあきひこ》への宣戦布告は……残念ながら不発に終わってしまった。何故《なぜ》ならテセウスは、茅場《かやば》晶彦《あきひこ》ではなかったのだから——。

「個室へ戻ったカイニスさんは何食わぬ顔で、アーサーさんが死亡した報告を受け、その後皆と共に行動しました。そして続けて隙を見て、今度はアズラエルさんに《先制攻撃》のことをこっそりと吹き込みました。見知らぬギルドの一員であるカイニスさんの助言に、アズラエルさんは最初疑いの目を持ったことでしょうが、見目麗《みめうるわ》しい美女であるカイニスさんに言葉巧みに丸め込まれて、結局その助言を受け入れてしまいました」

SAOでは女性プレイヤーの数が少なかったらしいので、アズラエルが見慣れぬ美女であるカイニスに誑《たら》し込まれてしまったとしても不思議はない。

「それから今度は、アリバイを作りつつMPKを行うために、オルフェウスさんを言葉巧みにバスルームへ連れ出します。隙を見て、ロープで手足を拘束してバスタブの中へ放り込み、水を出しておけば準備は完了です。ご存じのとおり、SAOやALOではボタン一つで簡単にものを縛ることができますから難しいことは何もありません」

僕はいつだったか新生アインクラッドで、スピカがNPCの男をロープで拘束したときのことを思い出す。ゲーム内では一瞬の隙さえ突けば、対象の手足を縛ることとくらい造作もない。

「ロッキーさんとヘラクレスさんの死亡は完全に偶然の産物ですが、カイニスさんにとっては追い風だったことでしょう。そしてアスクレピオスさん殺害のあとから、カイニスさんは地下通路を利用して左翼側と右翼側を自由に移動できるようになりました」

「……その後、皆が個室に籠もって徘徊《はいかい》するミノタウロスをやり過ごそうとしている頃合いを見計らって、個室を訪ねて一人ずつ殺していった――」

そうして僕以外のみんなが、いなくなった。

目を伏せる僕の肩に、温かな雫《しずく》の手が触れる。

「改めて思い返すと、カイニスさんの犯行は、ほとんど運に頼ったその場しのぎのものばかりでした。アーサーさんのときも、運が悪ければ、自分も一緒に殺されてしまっていたかもしれませんし、アズラエルさんのときだって彼が殺されるまえに名指しされていてもおかしくない状況でした。オルフェウスさんのときは、運が悪ければ誰かにバスタブの中の彼が見つかっていたかもしれませんし、アスクレピオスさんのときもテセウスさんにHPの減少を目撃されていてもおかしくなかったのです。アタランテさんだっていつまで口を噤《つぐ》んでいてくれるか予想できませんし。それを思うと……もしかしたら、どこかで誰かに気づいて止めてほしい気持ちもあったのかもしれませんね。不幸にも……その機会は訪れませんでしたが」

やり切れない様子で、雫《しずく》はため息を吐いた。

確かに今になって考えると、半ばヤケクソのような犯行ばかりだったような気はする。それがどのような心持ちに起因するものなのかは……もはや僕にはわからない。

SAOという常軌を逸したデスゲームに巻き込まれた人の胸中は――誰にも推し量れない。

いずれにせよ、これで事件のすべての謎は詳《つまび》らかにされた。

後に残されたものは、名状しがたいやり切れない感情だけ――。

「……でも、私は円堂《えんどう》くんがこうして無事に帰ってきてくれたことが何よりも嬉《うれ》しいです」

車椅子の前に回り込んできた雫《しずく》は、僕の手を取って感慨深げな吐息を零《こぼ》す。

「それにしても……円堂《えんどう》くん、すっかり痩せてしまいましたね」

骨張った僕の手を愛おしげに撫《な》でる雫《しずく》。僕はくすぐったさを堪えて視線を逸《そ》らす。

「三年間も管に繋《つな》がれて飲まず食わずだったんだから仕方ないよ」

「昔のぷくぷくしていた円堂《えんどう》くんも可愛《かわい》くて好きだったんですけどね」

手記の中で僕――オメガのことは、『小太りの少年』と表現されていた。確かに昔は太り気味で、運動もできずによくクラスメイトたちにも馬鹿にされていた。

「でも、円堂《えんどう》くんが寝たきりの状態で三年も生き存《なが》えられたのは、身体《からだ》に蓄えられていた脂肪のおかげなんですよ。普通の体形だったら、三年も保っていなかったってお医者様も言っていました」

「怪我《けが》の功名ってやつだな」

喜んでいいのかどうかはわからない。

「でも、痩せてほっそりした円堂《えんどう》くんは何だか大人っぽくて格好いいです。まあ、結局どんな体形であっても、私は円堂《えんどう》くんが大好きなのですが」

「愛が重いよ……」

まあ、その愛のおかげで助かったのだから文句はない。

雫《しずく》はそこで、えへへ、と照れ笑いを浮かべた。

「とにかく……こうしてまた円堂《えんどう》くんと触れ合えて、私はとても嬉《うれ》しいです。嬉《うれ》しすぎて死んじゃいそうなくらい」

「……雫《しずく》に死なれると、僕が困る」

「冗談ですよ。だって私はこれから、円堂《えんどう》くんとの失われた三年間の青春を謳歌《おうか》しなければならないのですから、死んでいる暇などありません」

とても幸せそうな顔でそんなことを言われてしまったら、僕もあまり意地の悪いことは言えなくなってしまう。いずれにせよ雫《しずく》は命の恩人なのだ。僕はこの先一生を懸けて、その恩に報いていかなければならない。

もちろん、それは義務ではなく僕――円堂《えんどう》オメガの強い意志でもある。

一度は崩壊してしまった自我だけれども、これだけは紛れもない自身の願いであることを、僕は本能的に理解していた。

何故《なぜ》ならば、ずっと昔から僕も雫《しずく》のことを――。

「さあ、円堂《えんどう》くん。風も冷たくなってきましたし、そろそろ病室へ戻りましょうか」

再び車椅子を押し始めた雫《しずく》の言葉で、僕は思考を中断した。

今は――これ以上は止《よ》そう。

乾いた秋風が、火照《ほて》った身体《からだ》を冷ましていく。

「あとは円堂《えんどう》くんの退院を待つばかりですね。そのためにはリハビリを頑張ってもらわないといけませんが……リハビリがつらくて夜な夜な枕を涙で濡《ぬ》らしてはいませんか？」

「大丈夫だって」僕は苦笑した。「つらくたって、僕はもう昔みたいに泣かないよ」

子どもの頃、クラスメイトたちにからかわれると、僕はすぐに泣いていた。

弱い自分が大嫌いだった。

雫《しずく》は、そんな僕をいつも優しく励ましてくれた。ずっとずっと、雫《しずく》に守られてきたのだ。

でも、もうそんな弱い自分とは、さよならしなければならない。

何故《なぜ》なら僕は——英雄テセウスの意思を継ぐ者なのだから。

もし、《迷宮館》でテセウスと出会わなければ、僕はきっとあの場で死んでいたか、それでなくても自我を崩壊させたまま一生廃人として過ごすことになっていただろう。

テセウスと出会えたから、あの手記があったから——僕はかろうじて世界にしがみつくことができた。

世界は、つらいことばかりではないと彼が教えてくれたから、僕は今ここにいる。

強い憧憬の思いが……人格統合という奇跡に繋《つな》がったのだ。

だから雫《しずく》だけでなく、テセウスもまた紛れもなく僕の命の恩人だ。

「……そういえば、結局《迷宮館》ダンジョンの報酬ってなんだったんだ？　さすがに強制ログアウトアイテムじゃないだろうけど……《アリアドネの糸》なんて本当にあるのか？」

「気になりますか？」

雫《しずく》は、車椅子を押す手を止めて、僕の顔を覗《のぞ》き込んだ。黒曜石のような瞳は、夜空を映すように煌《きら》めいている。

「それでは、円堂《えんどう》くんが元気になったら、《迷宮館》にリベンジして今度こそあの憎きミノタウロスを討ち取ってやりましょう！　そのためにはレベリングも必要でしょうし……もう少し味方を増やす必要もありそうです。やることが一杯ですね。円堂《えんどう》くんにもたくさん頑張ってもらいますからそのつもりで！」

「――お手柔らかに頼むよ」

鮮やかな秋の夕雲を眺めながら、僕は肩を竦《すく》めて答えた。

二人の恩人の想《おも》いに報いるためにも、強くなっていかなければならない。

そしていつか、僕と同じように心の迷宮《ミステリ・ラビリンス》に迷い込んでしまった人へ、手を差し伸べるのだ。

大丈夫だ、僕を信じろ――と。

～Fin～

あとがき

この企画は、電撃文庫の担当編集者から、ある日突然「SAOの世界で特殊設定ミステリを書いてみませんか？」とお声掛け頂き、二つ返事で「やるぅ♡」と引き受けたことで実現いたしました。

まさか大好きなSAOのスピンオフ小説を書かせていただけることになるとは夢にも思っておらず……実は未《いま》だに夢見心地です。

SAOという作品の一番の魅了は、その完成された緻密かつ重厚な世界設定です。特殊設定ミステリとは、世界設定の間隙《かんげき》を突くことで不可能犯罪を演出するものなのですが……。皆様ご存じのとおり本作は設定が完璧すぎて、隙が全く見当たらない。改めて川原先生の類い希《まれ》なる天才性に舌を巻いた次第でございます。

結局、隙を突く方針は諦め、逆に世界設定に全力で乗っかることでどうにか不可能犯罪を演出することになりました。その試みの結果は、皆様の目でご確認いただけましたら幸いです。

ちなみに本当は、『名探偵キバオウ』とかやりたかったのですが、「できればゴリゴリの本格ミステリでお願いします」と言われてしまったので、現在のような形に落ち着きました。

『本格ミステリ』というものは、実は定義が曖昧なので中々難しくはあるのですが……精一杯、僕なりの清く正しい『本格ミステリ』を目指しました。少しでもお楽しみいただけましたら、恐悦至極に存じます。

なお舞台を『迷宮館』にするか『迷宮城』にするか、本当に最後の最後までずっと悩んでおりました。最終的に、「『館』のほうがミステリだと認識しやすくてよきです」という担当氏の鶴の一声で、『迷宮館』と相成りました。『館』タイトルは畏れ多すぎて、正直今でもビビり散らかしているのですが……。偉大なる先達の名を汚さぬよう、誠心誠意努めて参ります。

最後になりましたが謝辞を。

まずは監修していただいた川原礫《かわはられき》先生、そしてスタッフの皆様、お忙しい中大変なお力添えをいただきまして誠にありがとうございます。おかげさまで無事に刊行まで至りました。

イラストの遠田志帆《えんたしほ》様。あまりにも美しいイラストを描いていただきまして本当にありがとうございます。雰囲気が素晴らしくマッチしており、感動しました。家宝にします。

担当編集者の阿南《あなん》様。この度は心ときめく企画にお声掛けいただきまして、誠にありがとうございます。楽しすぎてあっという間でした。引き続きよろしくお願い申し上げます。

そして、ここまで読んでくださった皆様。本当に心より感謝申し上げます。皆様のミステリライフが少しでも充実したものになったのであれば、幸甚《こうじん》の極みに存じます。

それでは、もしあれば『次』の機会にまた――。

二〇二三年十一月　紺野天龍《こんのてんりゅう》

本書に対するご意見、ご感想をお寄せください。

ファンレターあて先
〒102-8177　東京都千代田区富士見2-13-3
電撃文庫編集部
「紺野天龍先生」係
「遠田志帆先生」係

読者アンケートにご協力ください!!

アンケートにご回答いただいた方の中から毎月抽選で10名様に
「図書カードネットギフト1000円分」をプレゼント!!

二次元コードまたはURLよりアクセスし、
本書専用のパスワードを入力してご回答ください。

https://kdq.jp/dbn/　パスワード　cza7y

●当選者の発表は賞品の発送をもって代えさせていただきます。
●アンケートプレゼントにご応募いただける期間は、対象商品の初版発行日より12ヶ月間です。
●アンケートプレゼントは、都合により予告なく中止または内容が変更されることがあります。
●サイトにアクセスする際や、登録・メール送信時にかかる通信費はお客様のご負担になります。
●一部対応していない機種があります。
●中学生以下の方は、保護者の方の了承を得てから回答してください。

本書は書き下ろしです。

この物語はフィクションです。実在の人物・団体等とは一切関係ありません。

電撃文庫

ソードアート・オンライン オルタナティブ

ミステリ・ラビリンス

迷宮館《めいきゅうかん》の殺人《さつじん》

紺野天龍《こんのてんりゅう》

2023年12月10日　初版発行

発行者　山下直久
発行　株式会社KADOKAWA
〒102-8177　東京都千代田区富士見2-13-3
0570-002-301（ナビダイヤル）
装丁者　荻窪裕司（META＋MANIERA）
印刷　株式会社暁印刷
製本　株式会社暁印刷

※本書の無断複製（コピー、スキャン、デジタル化等）並びに無断複製物の譲渡および配信は、著作権法上での例外を除き禁じられています。また、本書を代行業者等の第三者に依頼して複製する行為は、たとえ個人や家庭内での利用であっても一切認められておりません。

●お問い合わせ
https://www.kadokawa.co.jp/（「お問い合わせ」へお進みください）
※内容によっては、お答えできない場合があります。
※サポートは日本国内のみとさせていただきます。
※ Japanese text only

※定価はカバーに表示してあります。

©Tenryu Konno, Reki Kawahara 2023
ISBN978-4-04-915278-4　C0193　Printed in Japan

電撃文庫　https://dengekibunko.jp/

おもしろいこと、あなたから。

電撃大賞

自由奔放で刺激的。そんな作品を募集しています。受賞作品は
「電撃文庫」「メディアワークス文庫」「電撃の新文芸」などからデビュー!

上遠野浩平(ブギーポップは笑わない)、
成田良悟(デュラララ!!)、支倉凍砂(狼と香辛料)、
有川 浩(図書館戦争)、川原 礫(ソードアート・オンライン)、
和ヶ原聡司(はたらく魔王さま!)、安里アサト(86―エイティシックス―)、
瘤久保慎司(錆喰いビスコ)、
佐野徹夜(君は月夜に光り輝く)、一条 岬(今夜、世界からこの恋が消えても)など、
常に時代の一線を疾るクリエイターを生み出してきた「電撃大賞」。
新時代を切り開く才能を毎年募集中!!!

おもしろければなんでもありの小説賞です。

- **大賞**……………………正賞+副賞300万円
- **金賞**……………………正賞+副賞100万円
- **銀賞**……………………正賞+副賞50万円
- **メディアワークス文庫賞**……正賞+副賞100万円
- **電撃の新文芸賞**…………正賞+副賞100万円

応募作はWEBで受付中! カクヨムでも応募受付中!

編集部から選評をお送りします!
1次選考以上を通過した人全員に選評をお送りします!

最新情報や詳細は電撃大賞公式ホームページをご覧ください。

https://dengekitaisho.jp/

主催:株式会社KADOKAWA